바람, 그리고 행복

바람, 그리고 행복

초판 인쇄 2005년 11월 15일
초판 발행 2005년 11월 25일
지은이 | 김외숙
펴낸이 | 이충석
편집인 | 성상건
펴낸곳 | 나눔사
주소 | 122-949 서울시 은평구 진관내동 529-1
전화 | (02)359-3429, 359-3453
팩스 | (02)355-3429
출판등록 | 1988년 2월 16일 제2-489호

잘못된 책은 바꾸어 드립니다.
값은 뒷표지에 있습니다.

바람, 그리고 행복

김외숙 지음

나눔사

일상의 뜨락에 핀 무지개

시인, 월간목회 발행인 **박 종 구**

작가 김외숙은 여자 나이 50을 넘겨 재혼을 하였다. 70대 중반 노신사의 집요한 구애로 화려한 변신을 하였다. 부군 제임스 힐스는 영국계 캐나다인으로 현직 목사다. 캐나다에서 새 가정을 차린 지 두어 해, 김외숙은 돌연 신부일기를 들고 왔다. 이 일기에는 세대차, 타문화 충격, 목회자 부인으로서의 새 역할 등이 드라마틱하게 전개되고 있다.

주변의 완강한 반대에도 불구하고 스스로 왜 이 길을 택했는가? 홀어머니와 외아들을 서울에 두고, 왜 낯선 무연고지 이국으로 떠나야만 했는가? 더구나 작가로서, 모국어의 바다를 떠나는 그 모험을 강행할 수밖에 없었는가? 그래서 지금은 행복한가? 이런 물음에 대해서 이 에세이집은 오히려 독자에게 그 해답을 요구하고 있다.

1992년에 문단에 데뷔한 김외숙은, 그동안 한국에서 역량 있는 단편과 장편으로 문학상을 수상하는 등의 활발한 창작활동을 해왔다. 김외숙의 작품세계는 한국문화와 정서를 배경으로 한 가족 이야기가 주종을 이룬다. 섬세한 심리묘사, 이중구조의 플롯, 간결한 문체, 따뜻한 인간애와 사랑, 본질적 실존추구 등은 작품의 완성도를 높여주는 김외숙만의 독보적인 세계였다.

49편의 작은 이야기들을 묶은 이 책은, 일상의 뜨락에 핀 무지개다. 스스로 바람이 빚은 이야기들이라고 고백하거니와, 또 다른 빛깔로는 본래의 자아를 찾기 위한 탐험기라고 할 수 있다. 새 가정을 중심으로 가족과 친척, 친지들과 교인들의 이야기로부터, 타문화권에서의 에피소드가 스스럼없이 자연스럽게 전개되면서 재미와 감동을 더해준다.

갈등과 시행착오도 여과 없이 진솔하게 보여줌으로써 오히려 평범의 편린들에서 비범의 혜안을 갖게 한다. 수사와 기교가 배제된 고백들은 너무도 투명해서 읽는 이의 가슴을 시리게 한다. 자기부정과 긍정의 정반합을 통해서, 때로는 알 수 없는 힘에 이끌리는 자의식에 닿고 있다. 그래서 행간의 향기에 젖노라면, 행복을 만나게 된다.

바람의 노래

소설가 김 외 숙

내 나이 서른일곱, 아이 나이 열 살이던 늦가을 어느 날, 서른아홉의 남편의 눈을 내 손으로 감기며 생각했다,

'이건 회오리다, 내 인생길에는 결코 불어 닥치지 않아야 하는 회오리.' 라고.

흐름에 경계선을 두지 않는 것이 바람인 것일까? 그것은 서른일곱 이전의 무풍지대 같던 내 삶과 그 이후의 삶을 뚝 분지르는 무자비한 획이었고 그것으로 획은 끝인 줄 알았다, 회오리의 격정에서 웬만큼 벗어나 적어도 또다시 무풍지대 같던 십여 년을 살 동안은.

그런데, 누가 인생길을 안다 말을 할 수가 있을까?

다시 불어온 회오리는 내 인생 길에 또 다른 굵은 획 하나를 그었다.

다만, 처음의 회오리가 삭풍 같았다면 나중의 회오리는 지나치게 더운 바람의 차이였다고나 할까?

찬 바람이든 더운 바람이든 무풍지대에 길들여진 사람에게 바람은 역시 바람일 뿐인데, 그러나 두 바람은 그 성질이 서로 너무나 달라 낯설었다. 바람이 바람의 속성을 드러내고 싶어할 때는 사물이 그것에 저항할 때이다.

각기 다른 성질을 숨긴 그 바람에 나는 때로는 쓰러졌다 일어나기도 했고, 징징 울면서도 맞바람에 버티기도 했는가 하면, 때로는 나 스스로 먼저 그 바람결을 타고 누워버리는 시늉도 해야 했다. 그것은 거부

할 수 없던 바람에 길들여지기 위한 나 나름의 몸부림이었다.

이 글들은 그 간 낯설던 바람과 마주하며 안간힘을 한 흔적이며 마침내 그 바람결에 길들여져가는 과정의 고백이다. 내 인생 속으로 불어 닥친 바람을 이기기 위해 사생결단의 몸부림을 하다 마침내 내 마음의 돛을 달고 내릴 줄도 알기까지의 과정인 셈이다.

누가 인생길을 안다 말을 할 수 있을까?

내 나이 서른일곱에, 그리고 쉰하나에 불기 시작을 한, 그래서 이제는 그 바람결을 누릴 줄도 알게 되었으면서도 여전히 다 안다 고는 말할 수 없는, 바람이 빚은 삶의 이야기들이다.

차 례

차 례

1부

만남, 결혼

쉰두 살 신부의 결혼식 날에

항상 남편 제임스 힐스 목사와 함께 가는 아침 운동을 그가 여행을
하는 동안도 나는 빠지지 않았는데 오늘 처음으로 늦잠을 자버렸다. 늦
게라도 가면 되는데 핑계 겸 게으름을 좀 부린 셈이다. 오전 내내 컴퓨
터 앞에 앉아 있다가 바람도 쐴 겸 오후에 휘트니스 클럽에 갔더니 금
요일 오후라 좀 분주했다. 실내 수영장 가에서 웨딩드레스와 턱시도 차
림의 신랑 신부가 사진을 찍고 있었고, 그들은 옥외의 SPA 주변에서도
사진을 찍고 있었다. 아마도 오늘내일 이곳에서 결혼예식을 할 커플인
가 보았다.

내가 운동을 하는 휘트니스 클럽은 The Pillar & Post라는 호텔에 부
속되어 있다. 이 호텔은 100여 년 전에는 식품 공장으로, 지금은 예전
건물을 그대로 살려 일류 호텔로 사용하고 있다. 엘리자베스 여왕과 카
터 대통령 내외가 다녀간 것을 아주 자랑으로 여기는데, 특히 실내외의
수영장과 SPA, 그리고 새것이라고는 하나도 없는, 옛 것을 살린 인테리
어와 언제나 꽃으로 가득한 실내가 아주 특이하다. 실내가 계절에 상관
없이 늘 아름다우니 이 곳에서 결혼을 하는 신랑 신부들은 기념사진을
실내에서 많이들 찍는다.

제임스 힐스 목사와 나는 친구 목사 파울의 교회에서 예식을 마치고
교회 식당에서 하객들을 대접한 후, 그 날 저녁 친지들과 리셉션을 이
곳에서 다시 가졌다. 수영장 가의 팜 트리 앞에서 온갖 포즈를 취하며
사진을 찍는 예비 신랑 신부를 바라보고 있으려니 문득 지난 일월에 있
었던 그와 나의 결혼식이 떠올랐다.

쉰두 살 신부의 결혼식

결혼식이 있기 하루 전날 밤, 친구 목사 파울은 양가 가족을 교회로
불렀는데, 이유는 결혼예식 리허설 때문이었다.

'결혼식에 리허설이 왜 필요해?'

그렇지 않아도 썩 기쁘지는 않은, 그렇다고 안 올 수도 없던 서울서
온 내 형제들은 별 일도 다 보겠다는 듯 오라니 가긴 갔는데, 파울 목사
는 양가의 자녀들이 맡은 들러리 역할과 신랑 신부가 예식 도중에 해야
할 일 등을 당일에 실수가 없도록 한 번씩 시켰다. 그런데 신랑 신부의
입장 시간에, 둘 다 나이를 먹을 만큼 먹었고 특히 아버지가 계실 리도
없기에 신부인 내가 누구의 손을 잡고 입장을 하나 궁금해 했는데, 파
울 목사는 내 아들의 팔을 잡아야 한다고 했다.

'아들의 손을 잡고 웨딩마치를?'

희한한 일도 다 보겠네. 데리고 갈 아버지가 없으면 신랑 신부가 함
께 입장하면 될 일을. 그렇지 않아도 어미의 결혼식을 봐야 하는 아이

힐스 목사님과

의 마음이 여간 심란하지 않을 텐데 손까지 잡고 가 제 어미를 넘겨야 해? 아무리 생각해도 그건 아이에게 너무 가혹한 일 같았다. 내가 결혼을 할 수 있기까지 내 아이의 이해와 역할이 결정적으로 작용을 하긴 했지만 그렇다고 시킬 일을 시켜야지, 나는 좀 화가 났다. 그래서 힐스 목사께 말했다.

'이건 내 아이에게 너무 가혹한 일이다. 내 아이의 심정을 헤아려 봤나? 차라리 둘이서 함께 입장하면 될 것 아닌가?'

그랬더니 그가 말했다.

"외숙, 창재가 이해하고 도와줘서 하는 결혼이야, 이 곳에서는 재혼

아들의 팔을 잡고

을 할 때 장성한 아들이 있으면 주로 아들이 그 역할을 해. 어디까지나 창재의 일이니 창재에게 물어보자, 만일 창재가 싫어하면 그 때 다시 생각하자.”

그 말을 들으며 나는 생각을 했다. 이 나라의 부모들은 참 이기주의 적이고 자녀들은 참 이해심도 많구나 하고. 그러고는 내 아이에게 물었 더니 아이가 말했다.

“엄마, 그렇게 힘든 고비도 다 넘겼는데 이런 일이 무슨 문제라고? 엄마가 사주신 새 양복 그렇게 한 번 안 입으면 언제 빛을 보겠어?”

아이는 큰일을 앞두고 행여 어미의 마음이 불편할까봐 모든 일을 긍정적으로만 받아들이기로 작정을 한 것 같았다. 11시에 있을 결혼식엘 어머니가 맞춰주신 자잘한 수가 놓인 자주 끝동의 연분홍 저고리와 약간 진한 분홍 치마를 받쳐 입고 갔는데 모든 시선이 내게로 쏟아지고 있는 듯했다. 그것은 쉰둘에 일흔일곱의 캐네디언 목사를 남편으로 맞는 동양의 한 작은 여인에 대한 호기심이기도 했을 것이고, 그 여인이 입은, 복사꽃처럼 화사한 한복 때문이기도 했을 것이었다.

"뷰티플!"

어미의 결혼예식을 위해 난생 처음으로 산 양복 차림을 한 아이의 팔을 잡고 웨딩마치에 따라 내 정신인 듯 아닌 듯 걷는 내 귀에도 그 소리는 들렸다. 아마도 복사꽃처럼 화사한 한복을 향한 감탄이었으리라. 신랑이 바라보며 서 있는 단 앞까지 아이와 함께 걸어갔는데 파울 목사가 물었다, 내 아이에게.

"이 여인을 누가 이 남자에게 주느뇨?"

내 아이가 또렷한 음성으로 대답했다.

"I do."

내 아이의 그 말, "I do."와 함께 제임스 힐스 목사가 내 손을 잡음으로써 나는 한 남자의 아내가 되었다. 누가 인생길을 안다고 말할 수 있을까? 그것은 신부의 나이 쉰둘, 신랑의 나이 일흔일곱, 그리고 내 아이의 나이 스물다섯, 일월에 있던 일이었다.

나의 결혼 예물

우리도 단풍놀이를 하자며 모처럼 친구를 만났다. 그 친구와 나는 나이아가라 폭포 근교의 절정을 맞은 단풍을 즐기며 식사를 하고 차도 마시며 한나절을 함께 보냈다. 친구와 나는 결혼 예물 얘기를 하고 있었는데, 그 친구가 오래 전 자신이 받은 예물 얘기를 했다.

"사양하지 않았어. 해 준다고 할 때 받아야지 싶더라."

친구의 말에 내가 "예물, 많이 받았구나?" 하고 묻자 그 친구는 "응, 받을 만큼 받았어."라고 대답을 했다. 받을 만큼 받은 예물이 어느 정도인지는 정확하게 모르지만, 나는 내 친구가 만족할 만큼의 예물을 받았겠다는 짐작을 할 수 있었다. 친구의 예물 얘기를 들으며 나는 제임스 힐스 목사와 결혼을 하면서 받은 예물을 생각하고 있었다.

그는 결혼식을 앞둔 어느 날 전화로 내 손가락 사이즈를 물었었다. 내게 반지를 선물하고 싶다면서. 그런데 그는 이미 결혼 약속도 하기 전인 지난 1월, 한국으로 선교 여행을 오면서 내게 선물 보따리를 안겼는데, 아마도 선물 가방이 그의 여행가방보다 부피가 작지 않았을 정도로 많은 것을 준비해 왔었다. 레이스가 달린 미색 블라우스와 푸른색 칠부 니트, 검은색 반팔 니트, 검은색 긴팔 니트, 친구에게 부탁을 해 만든 실크로 짠 스카프, 그리고 내 생일이 일월이라고 일월 탄생석, 가넷으로 만든 팔찌와 목걸이 세트 등. 그 때는 캐나다 여행에서 처음 만나고 공식적으로는 두 번째의 만남이었는데 그 많은 선물을 안기니 내가 놀라고 당황해 어쩔 줄을 몰라했었다.

온갖 우여곡절을 거친 후, 정말 결혼식을 앞두게 된 후 그가 그렇게 내 손가락의 사이즈를 물었을 때 나는 사이즈를 말하지 않았다. 왜냐하면 나는 원래 손가락에 뭔가를 끼는 것을 좋아하지도 않지만, 예물이라면-그 의미는 달랐지만-이미 일월달 만남에서 탄생석으로 만든 팔찌와 목걸이를 받았기 때문이었다. 그러면서 내가 하나를 제의했다. '우리 서로 결혼 예물로 영어와 한글이 함께 있는 성경을 교환하는 것이 어떻겠느냐' 고. 어차피 나는 영어와 한글이 함께 있는 성경이 필요했고 그도 마찬가지였다. 그랬더니 그가 '굿 아이디어' 라며 좋아하더니 반지를 받지 않아도 괜찮겠느냐고 다시 묻는 것이었다. 그래서 내가 말했다,

"반지를 받지 못하기는 당신도 마찬가지 아니냐?"

그렇게 우리는 반지 없는, 그러나 결혼예식에 각자가 준비한 영어 한글, 그리고 그는 영어만 있는 성경을 주고받았다. 신혼여행을 다녀온 그가 장롱 속 자신의 캐비닛에서 몇 개의 작은 박스와 주머니들을 들고 와 말했다.

"이것들은 내 어머니와 결혼하지 않고 세상을 떠난 누나와 전 아내, Ruth가 지녔던 보석들이야. 이것으로 외숙의 것을 만들어주고 싶어."

그는 크고 작은, 그리고 모양도 빛깔도 서로 다른 한 움큼(?) 의 보석을 내게 보였다. 결혼 예식에 성경만을 주고받은 일, 그리고 반지 하나색시 손가락에 끼워주지 않았음을 내심 마음 켕겨하는 것 같았다. 그의 손 안의 보석들은 서로 영롱한 빛을 발하며 보석에는 별로 흥미 없어 하던 내 마음을 혼란스럽게 했다.

'준다고 할 때 받아?'

슬며시 욕심이 생기는데 한편으로는, '만일 전부인 Ruth가 생존해 계시다면 어떻게 할까?' 하는 생각이 드는 것이었다. 만일 그 분이라면 자신의 것을 며느리나 혈육인 딸에게 주고 싶지 않을까 하는 생각이 얼

른 들었다. 내가 그렇게 생각한 이유는 그 순간 내 어머니를 떠올렸기 때문이었다.

오래 전 내 어머니는 김해 김 가문에서 훌륭한 어머니 상을 받은 적이 있으시다. 그것은 내가 결혼을 한 지 몇 해 되지 않은 후의 일이었는데, 그 때 어머니는 김해 김 가문으로부터 상패와 금반지를 받으셨다. 그런데 받은 금반지를 어머니는 아무도 모르게 내게 주셨다.

"몸 불편하신 시아버지에 정신이 불편한 시누를 모시고 사는 네가 지니는 것이 온당할 듯하다."라는 말씀을 하시며.

시어머니가 일찍 세상을 떠난 집안의 외동며느리로서 교단에서 혈압으로 쓰러지신 시아버지, 어릴 적에 우물에 빠져 경기를 한 후 그 후유증으로 생각이 모자라는 사람이 된 시누를 모시고 살아야 하는 내가 행여 살다가 주저앉고 싶은 일을 만나기라도 할까, 그 때는 당신을 생각하며 힘을 얻으라고 주시는 반지란 것을 나는 알 수 있었다. 한 움큼 보석을 들고 내게 주고 싶다는 그에게 내가 말했다.

"나에게 주기 전에 먼저 며느리와 딸에게 물어보는 것이 어떨까? 만일 그들이 원하지 않는다면 그 때는 내가 하겠다."

그가 한 움큼의 보석과 나를 번갈아 바라보더니 미소를 지었다. 그리고 고개를 끄덕였다. 그래서 내가 결혼으로 받은 예물은 영어로 된 성경과 결코 내 것이라고 생각하지 않는, 그러나 말만으로도 받은 것이나 다름없는 그의 손바닥 속의 한 움큼의 현란한 빛깔의 보석인 셈이다.

도망갔었다면

　　지금 우리 집 소파에는 서울에서 온 친구가 길게 누워 자고 있다, 약간 코까지 골며. 드라마 작가로, 대학에서 강의도 하는 친구는 특별히 시간을 내어 서부 캐나다를 거쳐 와 우리 집에서는 4박 5일을 머물다 갈 것인데, 관광을 따라 다니느라 얼마나 피곤했던지 내게 온갖 것을 물어 놓고는 대답도 다 듣기 전에 잠이 든 것이다.

　　이 친구는 나와 함께 서울 YWCA 홍보출판위원으로, 동갑이라 얘기도 잘 통했는데 내가 제임스 힐스 목사와 결혼을 약속했다는 말을 듣고는 내 앞에서 운 친구이다. 친한 친구를 이 먼 곳으로 보낸 후 한때는 자신도 YWCA에는 손을 뗄 것이라고 하더니 요즘은 언제 그랬느냐는 듯 잘도 동참하고 있는 친구이기도 하다. 이 친구가 오늘 처음 나를 봤을 때 제일 먼저 한 말은 "야, 외숙아, 너무 멀더라. 네가 이렇게 멀리 와 있는 줄 몰랐다."였다. 태평양을 가로질러 밴쿠버까지 오는 것도 먼데, 캘거리에다 록키 주변을 관광한 후 또 북미 대륙을 가로질러 당도했으니 멀다고 느껴질 수밖에. 사실 엄청 먼 곳이긴 한데 내가 그 거리감을 놓아버린 이유는 아마도 인터넷과 전화 때문인지도 모른다. "네가 이렇게 멀리 와 있는 줄 몰랐다."라는 친구의 말을 들으며 나는 서울에 있는 내 여동생을 떠올리고 있었다.

　　내게는 여동생이 둘이 있다. 연년생인 바로 아래 동생과 9남매 중 8번째가 여동생인데, 그 중 큰 여동생이 지난여름에 우리 집엘 다녀갔다. 중학교 입학시험에 낙방을 하는 바람에 나는 초등학교를 졸업한 후 어린 나이에 재수라는 험난한 길로 들어서야 했다. 그 때 재수의 방법은 바로 아래 학년과 같이 공부를 한 해 더 하는 것이었는데 그것은 초등학교를 시골에서 다녔기 때문에 가능하지 않았나 싶다. 그 때부터 나는 내 여동생과 같은 학년으로 공부를 해야 했고, 한 살 차이라 참 많이 싸우기도 하면서 자랐다. 그런데 그 여동생과 나는 어른이 되어서는 친구보다 친해 내가 이 곳으로 온다는 결정을 했을 때 가장 많이 운 동생도 바로 그 동생이었다. 내가 혼자가 된 이후에는 내 아들을 마치 자식처럼 돌보았는데 중학교부터 고등학교, 대학 입학까지 행여 받는 내 마음이 상할까 봐 항상 조용히 내 아이의 등록금을 송금하곤 했다. 그 동생이 나를 아주 당황하게 한 적이 있는데 그것은 바로 결혼식 날 아침에 있었다.

1월 3일 결혼식에 대비해 12월 29일에 이 곳에 도착한 나는 힐스 목사께서 미리 예약을 해 둔 호텔에서 며칠을 머물러야 했는데, 내 여동생과 아이, 오빠와 남동생은 1월 1일에 도착해 같은 호텔에 머물고 있었다. 쉰이 넘은 신부감은 결혼식 날 아침에 머리 손질도 스스로 해야 했고, 화장을 하는 일도, 웨딩드레스 대신 한복을 챙겨 입는 것도 스스로 해야 했는데, 나는 이미 긴장과 수많은 고민으로 몇 날째 잠을 제대로 이루지 못하고 있었다.

결혼식 아침에는 부슬부슬 겨울비가 오고 있었다. 가뜩이나 잠도 오지 않아 일찍 자리에서 일어나 샤워를 하고 나오는데 옆 침대를 쓰고 있던 동생이 흐느끼고 있었다.

"너무 멀다, 언니야. 도망가자 지금이라도."

젖은 머리를 손질하려던 나는 그만 기운을 잃고 그 자리에 주저앉아 버렸다.

"토론토 가면 비행기 없을라고?"

동생은 조금 더 소리 내어 울며 내게 애원을 했다. 아무 것도, 아무 말도 할 수 없었다. 이제 11시면 나는 신부가 되어야 하는데 결혼식에 참석하기 위해 그 먼 곳에서 온 여동생은 결혼이고 뭐고 다 말고 도망을 가자는 것이었다. 내가 아무 말도 못하고 창문 커튼을 여니 비 오는 초겨울의 이른 아침은 여태 어둠으로 짙어 내 마음 같았다. 동생의 말을 뒤로하고 아무 말 없이 엘리베이터를 두고 계단을 걸어 아래층에서 자고 있을 내 아이의 방으로 갔는데, 아이 역시 깨어 있고 같은 방을 쓰던 내 남동생은 그 새벽에 나가고 없었다.

"삼촌은 운동하러 가셨어요, 엄마."

운동하러 갔다는 내 아이의 말에 내가 "이 비에?"라고 말하고 있는데 남동생이 비에 흠뻑 젖은 얼굴을 하고 돌아왔다.

"누나, 절대로 혼자서 폭포 앞에는 가지 마. 안 되겠더라, 혼자 가면."

나이아가라 폭포 쪽으로 이 비에 조깅을 하러 간 남동생은 그 빗속에 쏟아지는 폭포를 바라보며, 내가 이 곳에 살면서 행여 점프하고 싶은 마음이라도 생길까 염려를 한 것 같았다.

"누나 위해 기도했어."

행여 자신의 말에 이제 곧 신부가 될 누나가 마음이라도 상할까 염려를 했던지 나이 쉰을 바라보는 남동생은 그렇게 덧붙이며 싱긋 웃었다. 맨날, 바쁘다는 핑계로 교회 가는 일을 소홀히 하던 동생의 말이었다. 그렇게 아이의 방을 나와 내 방으로 가니 울던 여동생은 어느 사이에 일어나 드라이어로 머리를 손질하고 있었다.

'저 애가 정말 토론토로 가려고 하나?'

내가 차마 묻지는 못하고 눈치만 보는데 내 동생이 들고 있던 드라이어의 더운 바람을 내 머리에다 쏘이는 것이었다.

"머리 손질 해야지, 언니야."

동생의 말에 나는 말없이 젖은 내 머리를 동생에게 맡겼다. 그 날 아침, 신부의 머리를 손질하며 내 동생은 울고 있었고 나는 젖은 머리를 맡긴 채 울고 있었다. 도무지 어떻게 해야 좋을지, 그리고 말도 안 된다며 반대하던 식구들을 설득하던 그 용기는 다 어디에 갔는지 모르겠던, 막막하기만 하던 결혼식 날 아침이었다.

그 여동생이 지난 여름내 제부와 함께 이 곳에 와 일주일간 머물다 갔다. 그리워 못 견뎌 온 먼 여행길이었다. 그 때 내 집에 와 한 동생의 첫 말은 이것이었다.

"우리 언니, 천국 같은 곳에서 사네?"

그것은 내 동생이 더 이상 '도망가자, 언니야.' 라는 말은 하지 않을 것이라는 확신을 갖게 하는 말이었다. 그리고 그 때, 도망을 갔었다면 결코 들을 수 없는 말이기도 했다.

그 분의 고백

오늘 밤 우리 집에 전화를 한 사람이 있었다면, 화가 좀 났을 거다. 내가 통화를 길게 하느라 받지 못했기 때문이다. 내게 걸려 온 전화는 멀리 밴쿠버에서였는데 아마도 한 시간은 족히 통화를 했을 것이다. 내가 밴쿠버의 그 분과 통화를 길게 할 수밖에 없었던 이유는 제임스 힐스 목사께서 해외여행 중인 시월 중순에 우리 집으로 내외가 오기로 했는데 갑자기 못 오게 되어 그 사정을 전화로 다 얘기를 해야 했기 때문이었다. 그 분은 지금 쉰아홉의 아름다운 부인으로, 밴쿠버에 온 지 약 4년은 되었을까? 캐나다 생활 초년병인 나보다는 연령으로나 신앙의 연배로나 여러 가지로 선배로, 내가 친언니처럼 따르는 분이다.

내가 그 분을 처음 만난 곳은 작년 9월 두 번째의 캐나다 여행을 마치고 한국으로 돌아가기 위해 밴쿠버 공항에서 탑승을 기다리면서였는데 그 분은 내 옆에 앉아 있었다. 자태가 아주 다소곳하면서도 고상한 듯한, 그래서 말을 한 번 걸어보고 싶게 하는 마음을 느끼게 하던 분이었는데 나는 정말 짐을 맡기면서 말을 걸었다.

"저, 가방 좀 부탁합니다, 화장실 다녀올 동안."

가방을 매개체로 하여 말을 걸고 화장실을 다녀와 다시 대화를 시도한 것이 "한국에 가세요?"였다. 그 비행기가 당연히 한국에 가는 비행기였음에도 내가 그렇게 물은 것은 말은 걸고 싶은데 다른 할 말을 찾지 못해서였다.

"예, 딸집에 가려구요."

'딸집에 간다면 딸을 한국으로 시집을 보내셨나?' 나는 그 분의 말

힐스 목사님

에 그렇게 생각하고 있었다. 그러고 좀 있으려니 탑승시간이 되었는데 서로 탑승을 하느라 우리는 비행기 안에서 헤어졌다. 돌아오는 비행기 안에서 나는 그 분 생각은 전혀 하지 않았는데, 그 때 여행을 마치고 집으로 돌아가던 내 머리 속이 수세미 속처럼 어지러웠기 때문이었다. 1월의 청혼에서 거절을 당한 힐스 목사께서 포기를 한 줄 알았는데, 두 번째 여행에서 다시 청혼을 했기 때문이었다. 그는 두 번째의 청혼에서 "이번에도 거절하면 나이아가라 폭포에 점프할 것."이라는 으름장(?)을 놓은 터였다. 나는 그의 청혼에 대한 답, "예스"와 "노" 사이에서, 그리고 집에서 가족, 말도 안 된다며 펄쩍 뛰며 침묵으로 일관하던 그 가족에게 어떻게 또 말을 해야 하나 하는 문제 때문에 남을 생각할 겨를이 없었다.

그렇게 오랜 시간 비행 끝에 인천공항에 도착해 수화물을 찾는 곳에서 나는 그 분을 다시 만났다. 잠시 몇 마디 말을 걸었을 뿐인데도 그

분과 나는 서로 잘 아는 사이인 듯 서로 연락처를 교환했는데 그 때 내
가 나 자신을 소설가라고 소개를 했다. 그리고 집에 온 후, 그의 두 번
째 청혼으로 우리 집은 다시 벌집을 쑤셔놓은 듯 어수선해졌다. 어머니
는 여전히 침묵하시고 여동생들은 언니도 누군가를 만나긴 만나야 하
는데 목사님은 연세가… 라며 난색을 표하고 내 편이라고는 군에 다녀
와 복학을 한 내 아이, 그간 일년 동안 그가 보낸 영문 이메일을 영어
공부하라고 읽게 한, 그래서 그것을 통해서 힐스 목사에 대해 알게 된
내 아이뿐이었다. 어쨌든 처음 청혼 때와는 달리 내가 결혼 자체를 심
각하게 생각하고 있던 때라 내 9남매나 되는 형제들에게 의논을 하지
않으면 안 되었다.

　마침 집에 추도 예배가 있어 그 날, 형제들이 모두 모이면 의논하자
며 머리 속이 복잡한 채 있는데 밴쿠버의 그 분이 전화를 해 만나자고
했다. 만나자는 그 날이 추도 예배가 있는, 그래서 내 형제들이 저녁에
모이는 그 날이라 다른 날로 미루려고 하다가 처음 하는 약속이라 실례
가 될 것 같아 낮에 만나기로 했다. 나는 그 때 사실 누군가를 느긋이
만나 대화를 나눌 입장이 결코 아니었다. 그 날 저녁 형제들과 의논을
해야 하는데 그들이 어떤 반응을 할지, 그리고 만일 "예스"라고 말한다
하더라도 이 결혼이 온당하기나 한지 도무지 나 자신도 알 수가 없어
머리 속이 수세미 속 같았기 때문이었다.

　"소설가에게 소설 같은 제 얘기를 하고 싶어요. 그리고 그러함에도 하
나님께서 어떻게 감사함으로 이끌어주시는지 간증을 하고 싶답니다."

　커피숍에서 그 분을 만났을 때 그 분은 대뜸 그렇게 말머리를 끄집
어내었다. 그 분의 그 말로써 나는 그 분이 크리스천이라는 사실을 알
게 되었고, 속으로는 소설 같은 얘기를 처음 만나는 사람에게 하려는
그 분을 나는 좀 의아하게 생각을 하고 있었다. 그러나 나는 그 소설 같

은 얘기가 솔깃해 내 속에 가득 찬 고민은 잊고 있었다.

"아들 둘, 딸 하나를 두고 있었지요. 이혼을 한 후 캐나다에 사는 지금의 남편과 재혼을 했는데 그 분은 나보다 열 살이 많답니다. 혼자 오래 사느라 외로웠던지 처음 그 분을 만나고는 결혼을 생각했는데 세 자식들이 마음에 걸렸지요. 그래서 당시에 만나는 사람이 있던 딸은 서둘러 결혼을 시키고 두 아들은 아파트를 마련해 둘이서 살도록 두고 캐나다로 날아갔답니다. 형제들은 목사에 장로이고 삼 대째 예수를 믿는 집안인데 제가 이혼을 했을 때도 그러더니 결혼도 안한 자식들을 두고 재혼을 하겠다니 발칵 뒤집어졌지요. 제 편이라고는 자식들뿐이었지요.

오랫동안 저희들을 키우느라 고생을 한 어미가 안됐던지 좋은 분 만났으니 아무 것도 돌아보지 말고 캐나다로 가라는 거예요. 자식들이 어미 편을 드니 형제들도 마지못해 인정을 했는데 집안 조카 결혼식 날, 젊은 부부 결혼시킨 그 자리에서 하객들 다 나간 후 가족사진을 찍는 것으로 결혼식을 대신했답니다.

그러고 캐나다에 오니 남편에게도 딸 셋과 아들 하나가 있는데 남편이 새 엄마라고 나를 소개하니 앉아 있던 셋째 딸이 그 자리에서 까무러쳐 버리는 거예요. 한참 있다 깨어나더니 엄마가 기억에 아직 있는데 아버지가 어쩌면 이럴 수가 있느냐고 난리를 하는데… 나는 잘못 왔구나 싶었지요. 남편이 자녀들에게 다 알린 줄 알았더니 충격 받을까봐 막내에게는 말을 못했다는 거예요. 나도 내 자식을 셋이나 두고 온 사람인데 이 무슨 일인가 싶어 그때서야 내가 얼마나 못할 일을 하고 있는지를 알게 되었지요. 그래서 가겠다고 했어요. 이건 아닌 것 같다고 했지요. 그랬더니 큰사위가 붙잡고 미안하다고, 처제가 아직 어머니를 잊지 못하고 있기 때문이라고 하고… 그래서 눌러 산 것이 지금까지이지요. 지금은 그 막내 딸과 가장 좋은 관계를 유지하고 있답니다.

자식들을 두고 온 것이 늘 마음에 근심이 되는데 두 아들은 직장에 잘 다니고 딸은 지난해 이 곳에 와 아이를 낳고 산후조리를 하고 갔답니다. 나는 자식들을 두고 왔어도 하나님께서는 제 자식들을 돌보시더군요. 4남매나 되는 남편의 자식들과도 아주 잘 지내고 있답니다. 이번에 한국에 오는 비행기도 에어 캐나다에 근무하는 딸 덕분에 일등석을 타고 왔지요. 남편은 당신 자식처럼 내 아이들을 생각하고 나도 남편의 자식들이 귀하게 느껴지는군요. 나는 두고 왔어도 하나님께서는 돌보시고 또 이 곳에서 좋은 사람들을 만나게 하시니 그 은혜가 얼마나 감사한지 모르겠어요. 처음 보는 분에게 이렇게 다 드러내 놓고 있는 이유를 모르겠네요."

그 분은 스스로 모든 것을 터놓고도 왜 자신이 그렇게 다 드러내고 있는지 모르겠다고 했다. 알고 보니 그 분은 딸을 한국으로 시집을 보내신 것이 아니라 딸이 어머니를 캐나다로 시집을 가시게 한 경우였다.

마치 한바탕 꾼 꿈 속에서 방금 빠져나오기라도 한 듯 어리둥절했다. 그리고 두려웠다. 두 번째의 청혼으로 근심이 가득한, 더구나 그 날 저녁에 있을 형제들과의 의논을 앞두고 내 머리 속이 수세미 속 같았는데 나와 꼭 같은 길을 먼저 걸은, 그리고 그 속에서 하나님의 개입하심을 알고 간증하듯 하는 그 분의 말이 어떻게 해야 할지를 몰라 근심으로 가득한 내 가슴 속에 큰 용기를 심어 주었다. 그 때 나는 나의 일에 정말 하나님께서 개입을 하시고 계시는구나 하는 확신을 확실히 가질 수가 있었다. 그래서 그 날 저녁, 가족이 한 자리에 모인 자리에서 결혼을 하고 싶다는 말을 할 수가 있었다. 그것은 내 용기로나 힘으로는 가능한 일이 아니었다. 이 낯선 곳, 노 목회자에게 나를 보내시기 위해 주님께서는 그 분을 먼저 이 곳으로 보내시는 것으로 작업을 하고 계셨음이 분명했다. 그리고 나는 이렇게 이 곳에 와 있다.

내가 선택의 기회 앞에 서 있었을 때

한국이 월요일을 앞둔 한밤중일 때, 이 곳은 주일 낮이다. 오전 11시에 드리는 주일 예배를 마치고 교회에서 함께 점심식사 후, 차라도 한 잔 하며 얘기를 나누고 있으면 식당 입구 쪽에 머리칼이 하얀 캐네디언 노신사 한 분이 들어온다. 그는 늘 분홍빛 얼굴에 미소를 가득 머금고 들어오면서부터 누군가를 찾는다. 그 눈빛이 마치 유치원에 맡겨 둔 손녀를 찾아 온 할아버지 같다.

"목사님 오셨어요."

누군가가 먼저 그를 보면 그가 누구든 내게 말한다. 8시 30분과 11시에 있는 자신의 교회 설교를 위해 새벽 6시 30분에 미국 땅으로 건너가 설교를 마치자마자 한국인 교회에서 예배를 마치고 기다리고 있을 나를 데리러 오는 분. 그 분은 제임스 힐스 목사이다. 그렇게 각자의 교회에서 예배를 드린 후 집에 오는 길은 함께이다. 아름다운 파크웨이를 따라 드라이브를 하며 그는 늘 묻고 나 또한 묻는다.

"외숙, 오늘 설교는 당신에게 어땠어?"

"짐, 당신 설교는 어땠어요? 혹 교인들 잠재우지 않았어요?" 하고.

나의 농에 그는 늘 말한다.

"나는 설교하는 것을 아주 좋아한다,"라거나 "오늘은 교인들을 많이 웃게 했다."라고. 그리고 나는 내가 기억하는 한국인 교회 목회자의 설교를 말하곤 한다.

내게는 예배 시간에 갖는 나름의 습관 하나가 있다. 그것은 설교를 들을 때마다 그것을 분석하는 일인데 말하자면 설교를 어떻게 전개하는지에 대한 분석으로, 일종의 작가적인 습관인지도 모른다. 만일 그 날의 제목이 있다면, 목회자는 어떤 성경 말씀으로 도입부를 어떻게 시 작하여 전개를 어떻게 하며, 무슨 예화를 들어 그 설교를 강조하고 그 래서 어떻게 마무리를 할 것인지 하는 것인데, 좋은 습관이든 아니든 그렇게 분석을 하며 경청을 하다 보면 나 스스로가 논리적인 전개 방식 의 설교에 빠지게 되고, 그 설교 내용은 내 머리 속에 오래 남게 된다.

집으로 돌아오는 길에 그가 묻는 오늘의 설교에 대해 내가 가만히 생각을 해 보니, 마가복음으로 "때, 즉 기회와 선택"에 대한 설교 내용 이었다는 것을 떠올릴 수가 있었다. 그 내용은 사람은 살아가면서 뭔가 를 할 수 있는 여러 가지 때와 기회를 참으로 많이 갖게 되는데, 그 때 가 삶에 유익할 수 있는지 아닌지에 대한 분별력은 주님께서 주시는 지 혜로 인함이라는 내용이었다. 나는 그 내용을 대충 그에게 얘기하며 그 가 운전을 할 동안 내게 주어졌던, 내 인생을 바꾸었던 두 번의 기회, 즉 오래 전 내 아이의 아버지를 만나 결혼을 하기로 정할 때의 일과, 제 임스 힐스 목사를 만나 다시 인생길을 바꾸기로 했을 때의, 그 두 번의 때에 내가 할 수밖에 없던 선택의 순간을 떠올리고 있었다.

오래 전 내 아이 아버지를 중매로 만나 몇 개월을 사귄 뒤 결혼을 결 정할 그 때, 누구나의 결혼이 그러하듯 내게도 인생을 바꾸는 계기가 되었다. 1월에 중매로 만나 5월달에 결혼식을 하기까지 그나 나나 서 로 참으로 많이 탐색을 했는데, 그도 그럴 것이 그 때 내 나이가 스물일 곱이란, 그리 어리지 않은 나이였고, 친어머니를 대학 때 잃고 새 어머 니를 모시고 있던 그는 아버지마저 교단에서 쓰러져 병원에 계셨기에 그 모든 일을 이해할 사람을 만나자니 탐색을 하지 않을 수 없는 입장 이었다.

오래 전 일본에서 법학을 공부하고 잠시 법조계에서 일을 하신 적이 있는 그의 아버지는 당시 우리나라의 낮은 교육열을 염려하며 법조계를 떠나 거의 평생을 교육자로 일하신 분인데, 그와 내가 한창 만날 때 갑자기 혈압으로 학교에서 쓰러지신 것이다. 중매인의 말에 의하면, 그에게는 아버지와 새어머니, 두 여동생이 있으며 새어머니가 데리고 온 아들이 있다고 했다.

일월에 만나 5월에 결혼을 하기로 약속한 어느 날, 그는 내게 가족사진을 보여주었다. 그 사진은 어머니가 생존해 계시던 어느 날 그가 방학에 집에 갔을 때 찍은 사진이었다. 그런데 사진 속에는 부모님과 두 여동생, 그리고 그 외에 아무리 보아도 누군지 모르겠는 한 사람의 여자가 더 있었다.

"한 사람이 더 있는데 누구예요?"

정확하게 누가 누구인지도 모른 채 내가 묻는데 그가 '무슨 뜻이야?' 하는 표정을 지었다.

"어머니와 여동생이 둘이면 여자분이 한 사람 더 많은데…"

그가 너무나 의아한 표정을 지어 나 또한 너무나 의아한 표정으로 다시 물었다.

"모르고 있었어요, 내게 누나가 있다는 사실을?"

그 때서야 그가 낭패스런 얼굴로 물었다.

"누나가 있었어요?…"

내가 여동생이 둘이라던 중매인의 말을 떠올리며 한 말이었다. 그가 입술을 깨물었다. 그리고 어쩔 줄을 몰라 손을 쉬었다 풀었다 했다.

"미안해요, 우리 결혼할 수 없겠어요. 나는 외숙 씨가 알고 있는 줄 알았어요, 내게 정박아 누나가 있는 줄을…"

그가 갑자기 표정을 바꾸며 단호하게 말했다. 나는 그 때 그가 말하는 '정박아' 라는 뜻보다 '결혼할 수 없겠다' 는 말에 더 충격을 받아 떨고 있었다.

"그 분이 숨긴 줄을 몰랐어요. 우리는 그 누나 때문에 웃을 일이 없었지요. 어렸을 때 사택의 우물에 빠져 경기를 한 후, 생각이 모자라는, 참으로 가엾은 사람이지요. 그러나 숨기면서 결혼을 할 수는 없어요."

단호한 그의 말과는 달리, 눈은 이미 물기로 채워져 있었다. 내가 남자의 눈물을 본 것은 그 때가 처음이었던가? 그것으로 나는 거의 혼절의 수준에 이르고 있었는데, 알고 보니 중매하는 분이 그에게 정박아 누나가 있다는 사실을 얘기하지 않은 것이었다.

내 정신이 아니게 집에 돌아와 식구들에게 이 사실을 말했더니, 큰오빠가 펄쩍 뛰었다. 지금이라도 알았으니 다행이라고, 외아들에 모자라는 누나에… 알면서 불구덩이에 뛰어들 수는 없다고 했다. 내 어머니는 침묵만 하고 계셨다. 이미 결혼을 하기로 약속을 했는데 나는 어떻게 해야 하나? 눈앞이 깜깜했다. 내가 경황중에 들어 기억을 하고 있던, 그가 한 말을 내 가족에게 말했다,

"그 사람 가족은 웃을 일이 없었대, 가엾은 누나 때문에."

그러나 내 식구들의 생각은 요지부동이었다. 내 어머니는 며칠간 그렇게 침묵을 하셨다. 그리고 며칠 후, 마치 판결을 하듯 말씀하셨다.

"그 사람이 누나 때문에 결혼을 못한다면 너무 마음 아픈 일이다."

아버지가 계시지 않는 집안에 아버지를 대신해 안 된다고 하던 큰오빠와, 큰오빠와 비슷한 가족의 여론 속에서 내 어머니는 그렇게 예스도 노도 아닌 말씀을 하셨는데 그것은 실은 예스 이상의 용기를 내게 주었다. 그리고 나는 그 해 5월에 예정대로 결혼을 했다.

결혼을 하자마자 그 시누와 살기 시작해, 10년 후, 아이의 아버지가 세상을 떠난 후 3년을 더 함께 살면서 참 많이도 그녀를 부끄러워하기도 했고, 그녀의 부족한 생각 때문에 내가 겪어야 하는 갖가지의 일로

참으로 마음 힘들어하기도 했는가 하면, 그 시누 때문에 나는 적어도 몸으로는 참으로 편안하기도 했다. 워낙 깔끔한 그녀로 인해 나는 내 아이의 기저귀에 비누질도 한 번 해 보지 않았고, 하기 싫어하는 설거지도 안 해봤으니 오랫동안 시누로 인해 참으로 편안했다고 할 수 있었다. 때로 짜증을 내면서도 그 누나와 함께 사는 일을 당연하게 여기는 내게 아이 아버지는 이 세상에서 제일 좋은 아내를 맞기라도 한 듯 늘 고마워하며 살았고, 적어도 예수 믿는 일만 아니고는, 내 손아래 시누들도 올케가 하는 일을 늘 존중했고 엄마처럼 나를 따랐다. 내 인생을 바꾸는 첫 번째의 선택이 만든 꼭 십 년간의 내 결혼 생활이었다.

그리고 혼자가 된 후, 14년째 아이와 살았는데, 그 혼란스럽던 순간은 내가 제임스 힐스 목사를 만나면서 다시 한 번 주어졌다. 꼭 작년 이맘때이다. 두 번째의 청혼을 해놓고 내 대답을 기다리는 힐스 목사와, 냉담하던 내 가족 사이에서 이러지도 저러지도 못해 머리카락이 하얗게 셀 것 같을 정도로 고민을 해야 했던 그 순간, 그것은 내 남은 삶의 길을 완전히 바꿀 수도 있던 심각하던 선택의 순간이었다. 오직 내 편이라고는, 일년간 주고받은 이메일을 영어 공부를 목적으로 읽으면서 캐네디언 목회자를 알고 이해하게 된 나의 아이와, 지구 반대편의 오직 "예스"라는 대답만을 기다리는 노목회자뿐이었다.

내 형제들은 '혼자 오래 살았으니 누군가를 만날 수는 있는데 그래도 그 분은 아니다.' 라는 생각으로 냉담하게 반응하고 있었고, 내 어머니는 또다시 침묵을 지키셨다. 이미 쉰이 넘은 나는 마치 오래 전 내가 스물일곱의 선택 앞에서 그랬듯 혼란을 거듭했다. 그러나 고집을 꺾지 않았다.

"사람의 목숨은 우리가 말할 수 없어. 서른아홉에도 하나님이 데려 가시니 방법이 없었잖아?"

그것은 반대의 이유가 나이 때문이라는, 이유가 분명한 내 가족 앞에 내가 한 말이었다. 나는 정말 그렇게 생각했다, 너무나 이른 나이의 아이 아버지의 눈을 감긴 후부터는. 사람의 목숨이란 자기의 것 같아도 관리는 하나님께서 하신다는 생각을.반대하던 가족들도 내 고집을 꺾지 못했다. 그렇게, 그를 만나면서 내 인생의 길은 다시 바뀌었다.

나는 내 인생에 있었던, 인생의 길을 바꾸던 두 번의 때, 즉 선택의 때 앞에 섰을 때, 어쩌면 조금은 쉬울 수도 있는 다른 길을 두고 그렇게 험난한 길을 택했다. 그러나 그 때의 선택들이 내 인생에 기쁨을 더 많이 남기든 아픔을 더 많이 남기든, 그것은 내가 선택한 일이고, 무엇보다도 주님께서 인도하신 길이라 믿기에 후회를 하지 않는다. 나의 선택으로 인해 남들이 겪지 않은 슬픔이나 아픔이 있었다면 그것 또한 그 일을 통해 내가 뭔가를 얻기를 원하시는 주님의 뜻이 있을 것이고, 기쁨이나 행복이 있다면 그 또한 그 일을 통해 내가 깨닫기를 원하시는 주님의 뜻이 분명히 있을 것이기 때문이다. 내가 그렇게 생각을 하는 이유는, 선택 앞에 선 우리가 어떤 선택을 해 어떤 삶을 살게 되든, 어차피 그것은 하나님의 계획 안에 있는 것이라고 믿기 때문이다.

제임스 힐스 목사, 그와 함께 집에 돌아오는 주일 오후에 나는 그렇게 오늘의 설교에 대해 다시 한 번 되새김질을 하고 있었다. 선택의 때 앞에 서 있었을 때의 내 모습을.

거짓말

무엇이든 돌아서면 잘 잊어버리는 나는 요즘, 해놓고 잊어버린 내 거짓말로 좀 곤혹을 겪는다. 어떠한 이유로든 할 수밖에 없던 거짓말이었지만 그것이 드러나는 순간에는 역시 난감해진다.

어제 서부 캐나다를 거쳐 내 집으로 온 서울의 친구는 만나자마자 '너무 멀더라.'라고 하더니 곧 내게 질문 공세를 하기 시작했다. 적응은 했니? 목사님은 잘 대해주셔? 너는 글은 좀 쓰고 있니? …

그러다 나온 말이 목사님 연세였다. 무슨 말끝에 내가 너무나 아무렇지도 않게 "연세가 글쎄 일흔일곱인 분이…"라고 얘기를 하는데 "목사님 연세가 일흔일곱이셔?"라고 깜짝 놀라며, 아니, 많이 놀라는 표정이 아닌 것처럼 애를 쓰는데, 나는 그 표정에서 그 친구가 얼마나 놀라고 있는지를 이미 감지하고 있었다. 속으로 아차, 싶은 생각이 들었는데 그것은 내가 남편의 나이를 이 친구에게는 몇 살이라고 했던지를 도통 기억할 수가 없었기 때문이었다. 그래서 "응, 일흔일곱인데 전에 내가 몇이라고 얘기했니?" 하고는 그냥 멋쩍은 웃음을 웃어버렸다.

내가 제임스 힐스 목사와 결혼을 하기로 했다는 말을 했을 때 사람들은 거의 모두, 몇 살이며 무슨 일을 하느냐는 말을 가장 먼저 물었다. 이미 그 분의 나이 때문에 내 가족이 제동을 걸고 있었고, 그리고 결혼에 나이가 얼마나 중요한지는 알고 있던 터라 사람들이 특히 나이를 물을 때마다 나는 대답을 하지 않을 수 없었는데, 그럴 때마다 내가 한 대답은 "좀 많아요."였다. 내가 "좀 많아요." 하면 그들은 그 대답으로 만족하지 못하고, "많다면, 예순?" 하고 또 묻는다. 세상에, 예순이 무슨 많은 나이야? 그를 만나면서부터 내게 예순이라는 숫자는 청년의 숫자였다. 정말 예순이었다면 아마도 내 가족은 그렇게 심각하게 반대를 하지는 않았을지도 모른다.

"많다면, 예순?"이라는 질문에 접어들 때의 질문자는 이미 호기심을 한껏 발동하고 있음을 나는 또 알 수 있다.

"그냥, 많아요."

제발 대충 넘어가 주기를 원하며 그렇게 말하면 그럴수록 상대편의 호기심은 더욱 커져 "많다는 것이 얼마야, 일흔?" 하고 묻는다. 이 정도쯤 되면 나도 피곤해지고, 또 한편으로는 '힐스 목사님은 왜 나이는 그렇게 많이 잡수셔 가지고 나를 수시로 난처하게 하는지 모르겠다.'며 원망의 화살을 그 분에게로 겨누곤 했다. 그러면서 속으로는 생각했다, '그래요, 일흔만 된대도 얼마나 좋겠어요?' 하고. 그러나 그 말은 입 밖으로는 내지 못하는데, 그래서 사람들은 그의 나이를 일흔 초반으로 짐작을 하게 된다. 그렇게 말하기를 수 차례, 아니 수십 차례, 그래서 덩달아 내 거짓말도 본의 아니게 프로가 된 것이다.

그런데 그 분과의 결혼을 결정한 후 참으로 난감한 일 하나가 내게 있었다. 어차피 한 번은 거쳐야 했던 과정이기도 했는데 그것은 내 아이의 두 고모에게 나의 결정을 얘기해야 하는 일이었다. 식구가 많다 보니 더러는 당연히 알려야 한다고도 하고 더러는 실망하니 조용히 가라고도 했는데 내 아이가 판결을 했다. "엄마가 나쁜 일을 하는 것도 아닌데 왜 숨겨야 하느냐? 엄마가 못 하면 내가 말하겠다." 라고. 그래서 아이와 내가 두 시누가 사는 지방의 그 곳으로 갔지만 도저히 그 말을 할 수가 없었다. 내내 눈치만 보다가 나는 도저히 말 못하겠다. 라며 포기를 하려다 문득 기회가 생겨 그야말로 내가 눈 질끈 감고 터뜨렸다.

"나, 어딜 가게 됐어요."

집 앞에서 친구와 함께

처음에는 무슨 뜻인지 얼른 알아듣지 못하던 두 시누가 잠깐 어리둥절해 하며 나와 아이의 표정을 번갈아 보더니 한 순간 의미가 감지가 되던지 동시에 입을 다물어버렸다. 나는 두 눈에 입까지 질끈 다문 채 앉아 있었다. 한참 말을 하지 못하던 두 시누 중 큰 시누가 입을 열었다.

"힘든 결정 했네요, 언니. 그동안 우리 창재 잘 키워줘서 고마워요."

그 시누는 오래 전 제 오빠가 세상을 떠나자 내게 말했었다. "나도 젊으면서 이런 말 하기 뭣하지만, 우리 친정 좀 지켜주세요, 언니."라고. 부모님은 이미 오래 전에 세상 떠나시고 하나뿐이던 오빠마저 떠나 친정이 흔들리던 그 때 한 말이었다. 그 때는 '별 걱정을 다 한다.' 싶던 그 말이 정말 걱정이 되어 모두를 난감하게 하고 있었던 것이다.

"근데 언니, 연세가 얼마에 뭐 하는 분이세요?"

시누는 어차피 보낼 일, 좋게 떠나보내자고 생각을 했던지 그렇게 관심을 갖고 질문을 했다.

"좀 많아요, 목회자이구요." 그랬더니 "교회에 열심이더니 결국… 예순 넘으셨어요?" 하고 다시 나이를 묻는데 나는 그냥, "좀 더 많아요." 하고는 대충 넘어갔다. 그래서 내 아이의 고모들은 그 분이 예순이 좀 넘은 캐네디언 목사 정도로 추측을 하고 있었다. 그런데 지난여름 끝자락의 어느 날, 내 아이에게서 메일이 왔는데 내용은 이런 것이었다.

"엄마, 며칠 여유가 있어 두 고모 댁엘 다녀왔는데 작은 고모가 '도대체 목사님 연세가 얼마시냐' 고 물으시던데 엄마는 어떻게 얘기하셨어요? 제가 있는 그대로 일흔일곱이라고 말씀을 드리는데 고모가 아주 기함을 하시려고 하고… 그때서야 아, 엄마가 그 때 대충 얘기하셨지 싶은 기억이…"

그러니까 내 아이가 무심결에 한 말이 시누를 기함하게 했고 그리고 엄마를 난처하게 만들었다는 아이의 글이었다.

"목사님은 어쩌자고 이렇게 여러 사람 놀라게 하고 난처하게 하는지…" 이것은 내 아이의 메일을 읽은 그 때 내가 생각한 것이었다. 유난히 나이에 관심을 많이 갖는 우리이지만 내가 이 곳에 와 나이를 물었다가 난처했던 일이 한 번 있었다.

하루는 어느 한국인이 토론토로 같이 갔다 오자고 해 따라나선 적이 있었다. 그 분은 몇 년 전에 캐나다로 왔다고 했는데 나는 먼저 내 나이를 밝히며 그 분의 나이를 물었었다. 내가 나이를 물은 것은 호젓하게 둘이서 하는 기차 여행이었기에 방심도 좀 했었지만 나이를 통해 비슷한 또래라는 일종의 공감대를 찾고 싶었는지도 몰랐다. 그 때는 내가 이 곳에 온 지 얼마 되지가 않아 많이 외로웠기 때문이었다.

그런데 그 분은 이렇게 말했다.

"나이요? 말할 수 없는데요?"

단칼로 자르던 그 순간, 나이를 물은 나는 무안도 했지만 '아 참, 이곳은 캐나다지?' 하는 생각도 동시에 하고 있었다.

이 곳 사람들은 나이를 묻는 것을 실례라고 여기는데, 온 지 얼마 되지 않던 내가 그 사실을 염두에 두지 않았기 때문에 생긴 일이었다. 그 뒤부터는 절대로 남의 나이는 묻지 않는데, 그러면서 가끔 생각을 하는 것이 작년 이맘때, 내가 제임스 힐스 목사와 결혼을 하겠다는 결정에 사람들이 그의 나이를 물어올 때마다 '말할 수 없는데요?' 라고 말했다면 사람들은 어떻게 반응했을까 하는 것이었다. 만일 내가 자르듯 그렇게 말했다면 요즘처럼, 해놓고 잊어버린 거짓이 탄로가 나 난감해 할 일은 없을까? 이제는 이렇게 글로써 다 드러내고 있으니 본의 아니게 한 내 거짓말에 얼마나 많은 사람들이 기함을 하게 될지…

작년 오늘, 나는

이 해도 며칠을 남겨놓지 않았다. 지난 연말에 새 달력을 받아 들었을 때는 열두 달이나 되는 많은 날이 마치 미지의 처녀봉을 정복해야 하는 것처럼 호기심과 함께 아득하게도 느껴지더니 어느 사이 그 정상을 딛고 서서 지나간 한 해를 내려다보고 있다. 인생길에 주어지는 한 해를 하나의 작은 산봉우리로 본다면, 이제 쉰이 넘는 작은 봉우리를 넘었으니 내 앞에 남은 봉우리는 몇이나 될까? 쉰 개의 봉우리를 만나고 있는 사람이나 일흔 개의 봉우리를 만나고 있는 사람이나 지금 한 해라는 작은 봉우리를 딛고 서 있는 이 순간의 모든 사람들의 생각은 아마도 같을 것이다. 비록 오르기 힘든 과정을 만난다 할지라도 앞으로도 많은 봉우리를 더 누릴 수 있게 되기를 원하는 것.

지난 한해라는 작은 봉우리로의 등정은 내게는 유난히 난코스였다. 그 정상에 오르기 위해 평지도 걸었지만 때로는 가파른 능선과 절벽, 바위를 타는 듯한 위기의 순간도 만나기도 했다. 그것은 지금까지 내가 걸었던 이전의 등정과는 전혀 그 코스의 성격이 달랐기 때문이다. 인생을 가로지른 굵은 획 이쪽에서 걸어야 했던 전혀 생소한 길에 나는 어쨌든 빨리 익숙해져서 한숨을 돌리고 싶었었다. 이제 한 해의 정상을 딛고 서서 내가 걸어온 한 해, 그러나 지금까지의 내 인생의 길이의 절반보다도 더 길었고 힘들었던 것 같은 그 한 해라는 코스를 가만히 내려다보노라니 오만 가지의 감정이 속에서 일어난다. 오르다 주저앉고 싶기도 했고, 이 코스로의 등정을 후회도 했었는가 하면, 또 때로는 내 인생에 이 이상 옳은 선택의 길은 없을 것이라는 행복감으로 온갖 힘든 과정은 다 잊을 수도 있던 순간들이 만든, 한 해라는 작은 봉우리였다. 마음의 준비는 이미 했었지만 이 작은 봉우리를 향한 등정은 작년 오늘, 12월 29일, 내가 이 곳으로 오는 비행기를 타면서 시작되었다.

1월 3일에 이 곳에서 있을 결혼식에 대비해 며칠 앞당겨 나선 길이었다. 마침 때가 여행 성수기라 나는 홍콩 비행기 Cathay Pacific를 타고 홍콩을 경유해 토론토로 와야 했는데 공항에는 내 어머니와 아이, 창재, 내 여동생 모자, 그리고 두 올케들이 나왔다. 1월 3일에 있을 예식을 위해 내 아이와 형제들은 1월 1일, 며칠 후 만나게 되지만 내 어머니와는 언제 다시 만나게 될지 모르는 이별이었다.

"숙아, 건강해라, 잘 살아라."

제임스 힐스 목사의 청혼을 받고 내가 그렇게 갈등을 하는 동안 침묵만을 고집하시던 어머니는 이제는 방법이 없는 현실 앞에서 나를 안고 울며 그렇게 말씀하셨다. 한창 자식 커가는 재미에, 살림을 일구어 가는 재미에 신혼 때의 고난도 잊고 행복을 누릴 즈음에 열 살 된 아들과 덜렁 혼자가 되어버린 큰딸 때문에 속 골병이 드셨을 내 어머니였다. 열 손가락 깨물어 아프지 않은 것이 어디 있을까마는, 아들 셋을 두고 있던 내 아버지께 열아홉의 나이에 시집와 처음 얻은 자식이 나였으니 내 어머니에게 나는 어쩌면 당신 자신 같은 존재였는지도 몰랐다.

아이와 내게 내 어머니는 철옹성보다 든든한 울타리였다. 그 울타리 속에서 마치 무풍지대처럼 살다가 어느 날 마음에 바람이 불어 떠나려 했을 때, 내 어머니는 침묵을 하셨는데 그것은 내 마음으로 부는 바람을 이해하지 못해서가 아니라 행여 당신이 만든 울타리가 허술한 탓인가 하는 자책 때문이었는지도 모른다. 그렇게 작별을 한 후, 비행기를 탔는데 이제는 날아가는 일 외에는 대책이 없었다.

떠나는 길 외에는 다른 대책이 있을 수가 없다는 현실이 비행기 속에 갇힌 나를 옥죄기 시작하면서 또다시 내가 만든 이 어이없는 현실을 괴로워하기 시작했다. 나는 이기주의적인 사람인가? 나는 정말 나쁜 어미인가? 나는 미쳤는가? 이것이 꿈은 아닌가? 자식의 눈에 눈물을 내고, 내 눈이 마를 날이 없도록 울어야 하는 이 선택을 할 수밖에 없도록 제임스 힐스 목사라는 사람은 그렇게 대단하며 내게 소중한 사람인가?… 이미 비행기에 오르기 전까지 수없이 되풀이한, 그래서 머리 밑이 희어지고 몸 속의 진이 다 빠지도록 되풀이한 질문을 나는 이미 돌이킬 수 없는, 날고 있는 비행기 속에서 다시 하고 있었다.

결코 누군가와 다시는 가정을 이루지 않겠다던 마음의 약속을 깨뜨리고, 자식을 둔 채 떠나는 내 마음을 나는 냉정하게 다시 분석하기 시작했다. 그토록 흔들림이 없던 내 마음의 움직임은 나 자신도 결코 이해를 할 수가 없었다. 그가 그렇게 간절하게 원해도 '제임스 힐스 목사라는 사람과 결혼을 하게 해 달라' 고 단 한 번의 기도도 한 적이 없던 내 마음이 왜 어느 한 순간 바뀌게 되었을까?

아무리 생각해도 그것은 나 스스로의 뜻이기보다 내 삶을 인도하시는 분의 뜻의 개입 때문인 것 같았다. 나를 만난 첫날부터 사랑을 느끼게 되었다는, 그래서 일흔여섯을 앞두고 있던 그 날부터 사랑의 열병을 앓기 시작한 외로운 노목회자의 기도를 들으셨음이 분명하다는 생각밖에 할 수가 없었다. 그렇게 마음이 바뀌어버린 나는 가족이 그토록 반대해도 결코 '안 하겠다.' 는 말을 하지 않음으로써 결국 비행기를 탄 것이었다. 두고 온 내 아이, 내 어머니, 내 형제들, 그리고 이 나이에 이런 일로 혼자 낯선 길을 떠나야 하는 나 자신을 생각하기 시작했다. 오래 전 젊디젊은 남편을 먼저 떠나보냄으로 내 인생을 가로지르는 굵은 변화의 획은 이미 마무리된 줄 알았는데 또 다시 새로운 시작의 획은 그어지고, 그래서 혼자 떠날 수밖에 없음이 나는 서러웠다.

비행기는 이제 날기 시작했는데 나는 먼 갈 길을 앞두고 내내 울고 있었다. 아무리 그치려 해도 내 속이 그대로 녹아나는 듯 자꾸만 눈물이 솟구쳤다. 나는 오래 전 내 아이의 아버지가 세상을 떠난 후, 참 많이도 울었었다. 울면서 참 많이도 되뇌었었다,

"눈물로 씨를 뿌리는 자, 기쁨으로 단을 거둔다."라는 말씀을. 그 말씀을 믿어서인지 나의 그간의 삶을 반추하노라면 울었던 많은 날보다 몇 배나 더 많았던 날들이 기뻐하고 감사하고 잔잔한 참 평화의 날이었음을 나는 말할 수 있다. 그런데 지금의 눈물도 그 기쁨의 단을 위한 눈물인 것일까?

힐스 목사와 내가 주님 안에서 행복하고 내 아이 창재가 시냇가에 심은 나무처럼 실한 뿌리를 내려 알찬 열매를 맺을 수 있도록 하는 눈물. 나는 이 눈물이 바로 그 눈물일 수 있도록 그렇게 또 기도를 하면서 울고 있었다. 한참을 그렇게 울고 있는데 누군가가 내 좌석으로 다가왔다.

"도움이 필요하세요?"

홍콩인 스튜어디어스였다. 내가 얼른 눈물을 훔치며 고개를 저었다.

"마실 것을 좀 갖다 드릴까요?"

그녀가 다시 내게 물었다. 그러나 나는 다시 고개를 저었다. 아무리 멈추려 해도 내 속에서 마구 솟아오르는 눈물을 나는 그칠 수가 없었다. 그렇게 잠시 나를 떠나가던 그녀가 다시 다가왔다.

"제가 이유를 좀 알면 안 될까요?"

그녀가 아주 조심스런, 그리고 걱정스런 표정을 하며 물었다. 그래서 내가 말했다,

"나는 지금 자식을 두고, 내 어머니와 형제들을 두고 캐나다로 가는 길이다. 내 마음이 너무 아파서 이렇게 운다, 아마 조금 지나면 괜찮을 거다."

　그랬더니 그녀가 다시 가서 엽서 두 장을 갖고 오더니 "서울의 가족에게 쓰면 홍콩에서 보내주겠다."고 했다. 그리고 그녀는 내게 물었다, "다른 좌석으로 옮겨드리고 싶은데 괜찮겠느냐?"

　나는 내가 너무 울어 옆좌석의 승객에게 피해를 주고 있다고 여기고는 그러겠다고 말했다. 그랬더니 그녀가 기내에 있던 내 짐을 끄집어내 나를 인도했는데 그 곳은 일등석이었다. 기존의 내가 준비했던 좌석은 일반석이었다.

　"홍콩에서 토론토로 가는 비행기를 바꿔 타야 합니다. 홍콩 공항에 당신을 위해 한국인 우리 직원을 기다리게 할게요. 그녀가 당신과 당신의 짐을 토론토로 가는 비행기 탑승장까지 잘 안내해드릴 거예요."

　그녀는 내가 아이 생각에, 어머니 생각에, 그리고 혼자 낯선 길을 가고 있는 서러움에 받쳐 더 이상 울지 않도록 그렇게 배려를 했다. 그리고 내가 홍콩 공항에 당도했을 때, 다음 비행기 탑승구까지 안내할 한국인 직원이 나를 기다리고 있었다. 나는 울음을 그치고는 생각을 했다. 그녀는 그 먼 길, 고집을 세워 가게 하신 주님께서 날 위로하기 위해 보내신 사람이며, 이 일에 주님께서 개입하고 계심을 구체적으로 보여주시는 또 다른 증거일 것이라고. 그리고 태평양을 건너고 북미 대륙을 가로질러 토론토 피어슨 공항에 당도했을 때, 나는 오직 내게 이 땅에서의 자신의 남은 삶을 건 한 사람을 만날 수 있었다. 하얀 머리카락의 분홍빛 얼굴, 한 손에 꽃다발이 들고 있던 남자. 그는 바로 제임스 힐스 목사였다. 작년 오늘에 있었던 일이었다.

2부

그리운 이들

일복도 많으신 내 어머니

언젠가부터 시월 말 즈음이면 내 마음이 아리기도 하고 스산하기도 하고 가끔은 울고 싶기도 했다. 계절병인가 했더니 꼭 그것만은 아닌 것이 이내 따라오는 11월 1일이 내 아이 아버지가 세상을 떠난 날이기 때문이다.

내 아이의 아버지가 세상을 떠난 후, 내 형제들은 우리 모자가 어머니가 계시는 친정에 가 살기를 원했다. 그것은 눈앞에 없으니 걱정은 태산 같은데 그렇다고 어떻게 할 수도 없었으니 어머니와 함께 살면 어머니도, 우리 모자도 그들에게는 조금 안심이 되기 때문이었다. 그러나 혼자 었다고 보따리 싸들고 자식 앞세우고 친정을 찾는 것이 도저히 내 마음이 용납되지 않아 버티는데 어떤 계기가 있어 한 5년을 그렇게 살다가 어머니와 합류를 했다.

아이와 둘이서 살았을 때도 추도예배 날에는 내 어머니와 형제들이 동참을 했는데 내가 어머니 집에 온 후, 형제들은 해외 출장을 가지 않는 한은 지금까지 함께 했다. 그런데 이번 추도 예배, 내일 있을 예배는 형제들이 출장을 간 것이 아니라 내가 떠나 왔으니 물론 아이가 있긴 하지만 주객이 바뀐 추도예배가 될 것이 분명하다. 그래서 오늘 아침, 교회에 가기 전에 내 어머니께 전화를 했다. 내일이 그 날인데 나는 이곳에 있으니 이 일을 어떻게 하느냐는 말이 하고 싶어서. 그런데 내 어머니께서 말씀하셨다.

"여기 일은 걱정하지 마라, 창재도 있고 내가 알아서 한다. 너는 네 생각만 해라."

네 생각만 하라는 어머니의 말씀의 뜻은 '더 이상 마음 아파하지 말고 행복해라.' 라는 바로 그 뜻이었다. 내가 제임스 힐스 목사와의 큰일을 앞두고 이런 일들로 갈팡질팡했을 때, 내 어머니는 그 때도 그렇게 말씀하셨다.

"이 곳 일은 알아서 할 테니 걱정을 하지 말라."

내가 어머니와 함께 살기 시작한 이 후, 이 곳에 오기 전 마지막 추도 예배를 인도했던 작년 이때까지 어머니는 예배를 위해 모이는 내 형제들을 위해 언제나 푸짐한 음식을 준비하곤 하셨다. 나는 이렇게 멀리 떨어져 있어도 내일 있을 예배를 위해 내 어머니가 무엇을 준비하실지 환히 알고 있다. 일흔둘의 연세임에도 부엌 살림을 여태 감당하시는 내 어머니는 참으로 맡지 않아도 될 일을 또 맡으셨으니 참 일복도 많으신 분이다.

내 어머니에 대해 얘기하기 위해서 나는 내 형제들을 먼저 말하지 않을 수 없다. 열아홉에 아들 셋 있던 내 아버지께 시집을 오신 그 분, 내 어머니가 그 나이에 시집을 오셨을 때, 어머니를 잃은 셋째 오빠는 네 살이었단다. 그리고 나부터 삼남 삼녀를 더 얻으셨는데 그래서 우리 형제는 9남매다.

우리 오빠 세 분 중 큰오빠는 아버지가 국장으로 계시던 별정 우체국을 맡아 하다 지난여름에 돌아가셨고 두 오빠는 미국에서 사업을 한다. 우리의 세 오빠들은 우리가 남보다 많은, 9남매나 됨에도 '하늘 아래 우리 형제는 9남매, 아홉뿐이다.' 라며 집안에 일이 있을 때는 벌떼처럼 일어나 하나처럼 결속을 한다. 아버지가 계실 때는 아버지를 중심으로 뭉치더니 아버지가 돌아가시니 그 구심점을 어머니께로 두었다. 내 오빠들은 이 세상에 내 어머니처럼 훌륭한 분은 없다고 여긴다.

실제로 내 어머니는 참으로 훌륭하시다. 아홉이나 되는 자녀들로 하여금 똘똘 뭉쳐 하나가 되도록 내 어머니는 가르치셨기 때문이다. 그것뿐인가? 사라호 태풍으로 갑자기 부모를 잃은 먼 친척 되는 과수원지기 남매, 언니 오빠도 내 형제로 컸으니 11남매를 거두신 것이다.

내가 어렸을 때 나는 내 어머니가 편안히 앉아 동생을 안고 있으신 적을 한 번도 뵌 적이 없다. 양조장에, 우체국에, 과수원에, 그리고, 11남매나 되는 자식에, 딸린 일군들까지 해 먹이는 일로 늘 동동걸음을 하셔야 했기 때문이었다. 내 어머니를 말하기 위해 나는 또 나의 세 남동생들을 말해야 한다. 그것은 한 번도 '공부해라' 라는 말씀 없이도 내 어머니가 믿고 내보내신 그 자식들이 사회에서 어떻게 그 역할을 하는지를 말하고 싶기 때문이다.

내 큰 남동생은 미국에서 전자공학 박사 학위를 받고 지금은 삼성종합기술원 상무이사로 근무를 하고 있는데, 그는 벽걸이 TV에 들어가는 신소재를 세계에서 최초로 개발한 과학자로, 세계적인 과학지 『사이언스』지에 크게 소개된 인물이고, 영국의 과학지 『네이처』지에도 그 분야의 세계 4대 과학자로 선정된 사람이다. 김대중 정권 때 이 달의 과학 기술자로 선정된 인물이기도 하다. 그리고 둘째 남동생은 지금 현직 차장 검사로 일을 하고 있고, 셋째 남동생은 유전공학 박사로 미국의 MIT에서 연구를 하다 지금은 부산에서 대학교수로 가르치는 일을 하고 있다.

내 어머니를 향해 사람들이 '어쩌면 그렇게 훌륭한 자식들을 두었느냐' 고 말하면 어머니는 늘 이렇게 말씀을 하신다.

"나는 아무것도 한 것 없어요, 저들이 알아서 했지요."

저들이 알아서 한, 이들 세 동생들과 두 여동생, 그리고 나의 오빠들은 내 아이 창재에게 울타리 같은 역할을 해 왔고 지금도 하고 있다. 그래서 나는 믿고 이 먼 곳으로 올 수 있었던 것일까?

내가 시어머니가 돌아가시고 새 어머니가 와 계신 집안에 시집을 간 몇 년 후 내 어머니는 김해 김 가문으로부터 받은 '좋은 어머니 상'의 부상으로 받은 금반지를 가족 아무도 모르게 내게 주셨다. 그것은 혈압으로 교단에서 쓰러지신 시아버지와 생각이 모자라는 시누를 모시고 살아야 하는 내가 힘을 내어 잘 살기를 원하는 의미였었는데 그 때 내가 어머니께 말했다.

"엄마, 저는 엄마처럼 살고 싶지 않아요. 너무 힘들어서 싫어. 그런데 자식은 엄마처럼 그렇게 키우고 싶어."

자식을 그렇게 키우고 싶어한 나는 그 자식이 뜻을 펴기 위해 공부를 하고 있는 이 때, 이 먼 곳으로 와 버렸다. 내 아이 아버지의 추도예배까지 내 어머니께 맡기고. 일복도 많으신 내 어머니.

오늘 아침, 어머니와 전화를 마친 후 교회에 가는데 내 마음이 몹시 아렸다. 그것은, 그렇지 않아도 일복이 많으신 내 어머니께 큰 일 또 하나를 맡겼기 때문이었다. 내 자식이 내게 심장이듯, 내 어머니께 나도 심장이어서 평생 일 속에 사신 내 어머니는 일흔둘의 연세에 또 일을 맡으시고도 불평보다는 오히려 날 걱정하시는 것일까? 아, 나는 정말 내 어머니의 삶처럼 살고 싶지 않다. 아니, 절대로 살 수 없다.

한 마음 속의 두 생각

　사람들은 '계절을 탄다.' 라는 말을 잘 한다.

　그것은 계절의 흐름에 민감하게 반응하는 사람들의 마음의 변화를 두고 하는 말일 것이다.봄기운을 타는 사람들이 있는가 하면, 유난히 가을을 타는 사람들도 있다.

　사람들이 유난히 가을을 타는 이유는 자연의 변화와도 무관하지 않을 것이다. 여름 내내 무성하던 잎들이, 꽃들이 제 명을 다하고 떨어지는 모습, 그리고 바깥으로 나가게 하던 여름의 더위에서 어쩐지 몸과 마음을 움츠리게 하는 가을과 겨울에 접어들면서 사람들은 계절의 변화를 인생과 연관을 짓기 때문일 것이다. 가을은 비교적 젊은 층이 낭만적인 의미에서 계절을 탄다고도 하는데, 그 가을에서 겨울에 접어드는 길목에서는 어르신네들이 자신들의 삶과 연관을 지어 우울해한다고 한다. 겨울을 맞는 어르신네들이 우울해하시는 이유는 '내가 이 겨울을 잘 넘기고 다음 봄을 맞을 수 있을까?' 하는 생각 때문일 것이다.

　언젠가 어느 목사님과의 대화 중에서 이런 얘기를 들은 적이 있다. 가을에서 겨울에 접어들어 그 겨울을 넘기는 과정에서 유난히 장례 예배가 많다고. 그 말을 들으며, 그것은 고 긴 겨울이 어르신네들의 몸의 건강이나 심리적인 면에서 많이 약해질 수 있는 요인이 되기 때문이 아닐까 생각했다.

　이 곳도 어느 사이 첫서리와 첫눈이 내리고 나날이 긴 겨울 속으로 다가가고 있는데, 본격적인 겨울을 맞기도 전에 이 첫 겨울을 넘기지 못하고 한 분이 세상을 뜨셨다. 내가 나가는 한국인 교회의 어느 집사님의 남편이신데 갑자기 심장마비로 일흔다섯의 연세에 일을 겪으신 것이다. 교회로부터 연락을 받고 내가 입관예배에 가겠다고 하니 힐스 목사도 가겠다고 해 동행을 했다. 사실 속으로는 그 또한 연세가 많은 지라 보게 하고 싶지가 않았는데 장례예배란 그가 목회자로서 평생, 그리고 지금까지 하고 있는 일이라 충격을 받을 일은 없겠다 싶어 동행을 했다.

이 곳은 사람이 운명을 하면 Funeral Home이라는, 우리로 말하자면 장례식장 같은 곳에서 모든 예식을 하는데 어제 입관 예배의 동참은 내가 이 곳에 온 후 처음 맞는 장례예배였다.이미 나는 내 가족으로는 오래 전, 아버지와 내 아이 아버지의 장례를 직접 경험한 일이 있고 또 몇 번 교인들이나 아는 분들이 상을 당했을 때 그 예배에 동참을 한 경험이 있었다. 가족이 아닌 다른 분들의 장례 예배 때에는 주로 병원 빈소, 고인의 영정 앞에서 예배를 드렸는데 어제는 문상객들이 고인의 마지막 모습을 보며 예를 표하도록 했다. 사실 나는 고인을 뵌 적이 없을 뿐 아니라 예배는 단순히 서울에서처럼 영정 앞에서 드리는 것으로 알고 갔기에 무심코 관 속의 고인에게 눈길을 주면서 아주 많이 놀랐었다. 그러면서 순간 한 사람을 떠올리고 있었다. 그것은 이미 이 세상 사람이 아닌 사람을 가장 가까이 본, 내 아이 아버지의 모습이었다.

그는 간이 좋지 않아 세상을 떠났는데 간장병을 앓는 사람들이 모두 그러하듯 병이 깊어지면서 얼굴빛이 아주 좋지 않았었다. 원래 시댁 식구들의 피부가 흰 편이었고 그래서 아이 아버지도 흰 편이었는데 병이 깊어지니 피부빛깔이 나빠졌던 것이다. 그래서 입관의 절차가 있어 가족이 지켜보는 가운데 그 절차가 이루어져야 하는데, 나는 나빠진 관 속의 제 아버지를 겨우 열 살이던 아이에게 보이고 싶지 않아 내 앞에 선 아이의 눈을 가렸었다. 그런데 관 속에 누운 그는 내 눈에 참으로 깨끗해 보였다. 단정히 머리를 빗고 마치 건강하던 때의 얼굴 같아 내가 마음이 한결 놓여 잠깐 아이의 얼굴을 가렸던 손바닥을 비키는데 절차를 진행하던 사람이 가족들을 향해 봉하기 전에 관 속에 넣을 뭔가를 가져오라고 했다. 내가 뭘 넣을까 얼른 생각하다가 마침 생각나는 것이 있어 잠깐 자리를 뜨려고 하는데 "언니, 성경을 안 돼요!" 하며 시누가 나를 불러 세웠다. 그 눈이 불을 켠 듯했다. 지금은 크리스천이 된 그녀는 그 때 불교를 믿고 있었다. 제 오빠가 위중해지자 시누가 병실 침대 머리맡에다 묵주를 걸더니 급기야는 서울대학병원에 부속된 절에 가 빌자고 했다. 절에 가면서 시누가 침대 위의 제 오빠에게 말했다.

"오빠, 언니하고 절에 갔다 올게요. 내일 굿만 하면 나은 거나 다름없어요 오빠."

그 때 서울대학병원에는 종교인을 위한 공간을 별도로 두고 있었다. 시누가 내 손을 끌고 간 곳은 불교 신도들을 위한 작은 공간이었다. 그 때만 해도 살려달라고 미친 듯이 매달리다 지칠 대로 지쳐 그들이 절에 가든 굿을 하든 말릴 기운조차도 없을 때였다.

"절하세요, 언니."

작은 공간에 젊은 여승과 큰부처상이 있는데 시누가 명령을 했다. 내가 그 부처에다 대고 절을 하며 "주님, 살려주세요!"라고 했나보았다. 물끄러미 내가 하고 있던 모양을 바라보던 여승이 내게 물었다.

"종교가 무엇입니까?"

그 말에 내가 예수를 믿는다고 하는데 시누가 말했다.

"금도사가 산소에서 굿을 하면 낫는다고 해 내일 산소로 가기로 했어요."

그러면서 시누는 큰부처 앞에다 연거푸 엎드리며 절을 했다. 시누의 얼굴에는 이미 낫는다는 보증을 받기라도 한 듯 자신감마저 보였다. 그랬더니 그 여승이 질책하듯 말했다.

"보살님, 우리는 댁 같은 분들을 보살이라고 하는데 예수를 믿으면 교회에 가지 왜 여기 오셨습니까? 그 편이 나을 것 같습니다. 그리고 굿은 미신이지 불교의 방법이 아닙니다."

그렇게 질책을 듣고 시누와 내가 병실로 올라오는데 눈을 뜨고 있던 그가 말문을 닫고 완전히 혼수상태에 빠져 있었다, 불과 삼십분도 걸리지 않았던 그 시간에. 그렇게 그는 말 한 마디, 눈길 한 번 더 주지 않은 채, 하룻밤을 넘기더니 다음날인 굿을 하기로 한 날, 조용히 눈을 감았다. 그렇게 눈을 감은 그의 입관의 순간이었다. "성경은 안 돼요, 언니"라던 시누의 말을 뒤로 하고 내가 다른 방으로 갔다. 그리고 그것을 갖고 왔다.

내 아이 아버지는 결혼을 하기 전부터 안경을 쓰고 있었다. 시력이 아주 나빴는데, 결혼 후 나는 아침마다 밥상머리에 앉아서 그가 식사를 할 동안 입김을 불어 그의 안경을 닦았다. 그는 늘 이런 말을 했다.

"눈이 밝다는 것은 몸에 꼭 필요한 등불 하나 지니고 있는 거나 마찬가지야."

그러던 어느 날 아침, 잘 닦아 방바닥에 두고는 무심코 뒷걸음을 걷다가 뭘 밟아버렸는데 그것은 그의 안경이었다. 안경이 콧잔등에서 두 조각으로 똑 부러져 버렸다. 아침부터 조심성 없이 남편의 안경을 두 조각 낸 나는 거의 사색이 되어 그를 바라보았는데, 물끄러미 보고 있던 그가 도수가 맞지 않다며 넣어둔 예전의 안경을 서랍에서 찾아 쓰고 나오면서 말했다.

"이 안경 없었으면 오늘 당신이 나 대신 회사 일 해야 한다."

그 안경, 안경을 쓰지 않고는 아무 일도 못하던 그가 천국 가는 길을 행여 찾지 못할까 내가 염려라도 했던 것일까? "성경은 안 돼요."라던 시누의 말에 아무 말 없이 나는 그렇게 관 속에다 그가 아끼던 안경을 넣었다.

입관예배에서 뜻밖에도 상체부분의 뚜껑이 열려진 그 분의 관을 보며 나는 이 분은 관 속에다 무엇을 지니고 가실까 하는 생각을 했다. 그렇게 입관예배에 동참을 한 후 오늘 아침, 힐스 목사와 새벽예배에 갔다가 발인 예배에 또다시 동참을 했다. 예배는 찬송가 '저 높은 곳을 향하여'를 부르며 시작되었다.

"저 높은 곳을 향하여, 날마다 나아갑니다…"

모두들 소프라노로 부르는데 힐스 목사만 저음의 베이스 파트를 부르고 있었다. 한 권의 찬송가를 함께 들고 그는 영어 가사를, 나는 우리글 가사를 부르는데 자꾸만 눈물이 났다. 생각해 보니 나는 이 찬송가를 부를 때마다 울었던 것 같았다.

아래층 절에 갔다 온 불과 몇 분 사이에 혼수에 빠져버린 아이 아버지를 이제는 안 되겠다고 여겼는지 그 날 저녁 의사가 종교가 있으면 나름의 방법으로 예배를 드리라고 해 교회에 연락을 했더니 목사님과 구역식구들이 왔다. 목사님은 이미 의식이 없는 환자의 모습으로 보아 역시 안 되겠다고 여겼는지 구역식구들에게 '저 높은 곳을 향하여'를 계속 부르게 했다. 5절까지를 부르고 또 부르는데, 다음날 있을 굿에 쓸 물건들을 사러 갔던 시누가 돌아왔다. 교회에서 와 찬송가를 부르던 광경을 본 시누가 "살 사람을 두고 이 무슨 짓이냐?"고 노발대발했다.

시누는 내일 있을 굿을 믿고 있었다. 그러나 귀한 영혼, 마귀에게 내줄 수 없다며 목사님은 계속 찬송가를 부르도록 하는데 그 중간에 내가 피가 마르는 것 같았다. 그래서 견디다 못한 내가 말했다.

"목사님, 미안합니다. 이 사람 앞에서 다투는 모습 보여주고 싶지 않아요."

어렵고 도무지 통하지 않는 시누보다는 그래도 목사님이 모든 입장을 이해하실 것 같았다. 그리고 그 때는 이미 하나님께서도 그 영혼을 어떻게 하실 것인지는 알고 계시리라는 믿음을 나는 갖고 있었다. 왜냐하면 그가 맑은 정신이었을 때 이미 주님을 향해 '살려 달라'는 기도를 수없이 한 사람이란 사실을 내가 알 듯, 하나님께서도 아실 것임을 내가 알고 있었기 때문이었다. 그리고 다음날 아침, 그 날 선산 산소에서 있을 굿에 쓸 떡이며 돼지 머리를 시댁 식구들이 찾으러 간 사이 그는 내 앞에서 이제는 쉬고 싶다는 듯 아주 조용히 눈을 감았다.

그가 운명을 하자, 교회에서 서울대학병원으로 조화를 보냈는데, 다른 조화는 모두 빈소 안으로 받아들이면서 시댁식구들은 교회에서 온 조화만 빈소 안으로 들이지 않았다. 그 조화처럼 빈소까지 오셨던 목사님도 결국 빈소 안으로 들어오지는 못했다. 나는 그가 떠난 오래 후까지 서울대학병원 근처에 가기를 두려워했다.

발인 예배중에 '저 높은 곳'을 부르는데 자꾸만 눈물이 났다. 오래 전, 내 눈앞에서 온갖 고통의 과정의 모습을 다 보여준 그 사람 생각 때문인 것 같았다. 잊었나 했는데 아직도 관련된 일을 만나면 나는 마치 어제의 일인 듯 또렷하게 기억을 한다. 내 옆에서 힐스 목사는 굵직한 베이스로 '저 높은 곳'을 부르고 있었다.

이제 고인을 보내는 발인 예배에서 목사님은 '사람들은 관계를 맺으며 살아가는데 이 땅에서의 사람과의 관계는 언젠가는 끝이 나지만 하나님과의 관계는 영원하다, 오늘 가족은, 비록 고인은 이 땅에 없지만 고인이 주님과 관계를 맺고 있듯 가족과 주님이 관계를 맺고 있으니 주 안에서 그 관계는 영원하다.'라는 내용의 설교를 하고 있었다.

죽은 자는 주님과 관계를 맺고 있고, 나는 주님과 관계를 맺고 있으니 그 관계가 영원해서 이별을 해도 이렇게 잊지 못하는 것일까? 자꾸만 울고 싶어 나는 마구 흐느끼기 시작했다. 이미 성장한 고인의 두 아들과 집사님은 오히려 담담한데 유족도 아닌 나만 울고 있는 것 같았다.

함께 같은 찬송가를 부르던 힐스 목사가 내 손을 꼭 잡았다. 내 마음 속에 여태 지워지지 않아 나를 울게 하는 한 사람과 내 손을 잡은 자신의 손에 힘을 주고 있는 또 한 사람. 내 작은 마음은 두 사람의 생각으로, 유족은 외려 담담한데 그렇게 자꾸만 울고 있었다.

내가 사랑하지 않을 수 없는 그 분

오늘, 주일 예배를 드리는데 자꾸만 눈이 감겨 애를 먹었다. 원래, 되도록이면 허용된 앞자리에 앉아 예배를 드리는 것이 나의 습관이다. 그 이유는 설교를 좀 잘 듣기 위해서이다. 서울에서 4000명이 넘는 교회에 다니면서 나는 생각을 한 것이 있다. 그것은 많은 성도들 속에 섞여 그냥 잠깐 예배에 참석만 했다가 뭘 들었는지도 모르고 긴가민가한 채 집에 갈 것이 아니라 되도록이면 앞자리에 앉아 설교를 제대로 듣고 돌아가자고. 내가 그렇게 생각을 한 이유는 역시, 설교를 잘 듣기 위해서였다. 나는 되도록이면 앞자리에 앉아 목회자가 오늘은 무슨 말씀으로, 그 설교를 어떻게 전개할 것인지를 아주 나 나름으로 분석을 하면서 그 설교에 빠져 들어가게 되는데, 그것은 신앙심이 없던 나를 왜 믿으며, 믿는 사람의 삶의 자세는 어떠해야 하는지를 깨닫게 하는 데 참으로 유익했다. 앞자리를 탐함으로써 얻은 깨달음은 늘 나로 하여금 은혜에 감사할 수 있도록 했다.

그런데 오늘, 그리 크지도 않은, 내가 나가는 한국인 교회, 뒷자리나 앞자리나 목사님의 시야에 있을 작은 예배실 안에서, 더구나 앞자리에 앉아 있는데 자꾸만 졸음이 오니 여간 난감하지 않았다. 내가 손가락을 비틀고 손등을 꼬집으며 졸음과 씨름을 하면서 왜 이렇게 졸릴까 하고 생각하니 원래 설교를 나 나름의 방법으로 잘 듣는 내가 이렇게 조는 이유는 간밤에 잠을 제대로 자지 못했기 때문인 것 같았다.

내가 간밤에 잠을 자지 못한 이유는 한밤중에 한국에서 온 한 통의 전화 때문이었다. 한국에서 낮이니 이쪽도 낮인 줄 알고 한 전화를 나는 한밤중에 받은 것이다. 이 곳과 그 곳이 밤낮이 다르니 한국에서 전화를 할 때 신경을 쓰지 않으면 그렇게 되기가 십상이다. 전화를 한 사람은 내 큰오빠의 며느리, 그러니까 내 질부였다. 이제 9개월 된 아기를 두고 있는 내 질부가 오랫동안 만나지 못해 소식이 궁금하다고 한 전화였다. 내가 그 전화를 받고 잠을 잇지 못한 이유는 그 전화가 한밤에 왔기 때문이 아니라 그녀의 시아버지인 내 큰오빠를 떠올리게 했기 때문이다.

내 큰오빠, 나보다 열 살이 많고 내 어머니보다 열 살이 적은 그는 예순둘의 나이로 지난여름에 세상을 떠났다. 내 큰오빠는 내 아버지가 운영하시던 별정 우체국을 물려받아 고향에서 우체국 일을 하며 고향집을 지키고 있었다. 그런데 간이 나빠 오래 앓았는데, 아프면서도 성격이 긍정적이고 활동적이어서 아주 위급하기 전까지도 일을 했다.

오빠는 젊었을 때, 카츄사로 군 생활을 했는데, 내가 중학교에 다닐 때, 부대에서 주는 초콜렛과 캔디 등이 든 박스를 나와 내 동생에게 갖다 주기를 아주 좋아했고 그 오빠는 중학교부터 객지에서 공부를 하던 나를 찾아와 교문 앞에서 기다리다가 "숙아, 공부 잘 하고 있나?" 한마디 하고는 돌아가곤 하기를 즐겨했다. 지난해 12월, 내가 이 곳에 오기 직전에 '나, 간다.' 라고 인사를 하러 갔더니 "내가 마음이 이제는 편안하다. 가서 잘 살아라 숙아."라며 오빠가 울었었다. 그리고 이 곳에 와 두어 번인가 통화를 한 후, 오빠는 그 간장병을 이기지 못하고 지난여름에 세상을 떠났다.

내 오빠는 나보다는 열 살이 많고 9남매의 막내 남동생과는 열다섯 살 이상 나이가 많아도 동생들과 이야기하는 것을 워낙 좋아해서 동생들이 있고 어머니가 계시는 서울 집으로 오면 예사로 밤을 지새곤 했다. 동생들에게 맏이로서의 권위나 나이를 앞세우지 않고 대하니 우리들은 오빠들과 모두 열 살 이상이나 나이 차이를 두고 있음에도 온갖 농담도 편안한 얘기도 참 많이도 주고받았었다.

그 오빠, 열아홉에 아들 셋이 있는 내 아버지께 내 어머니가 시집을 오셨을 때, 아홉 살이었다던 그 오빠는 어머니보다 꼭 열 살이 적은데도 한 평생 '엄마'라고 부르며, 우리 어머니가 이 세상에서 최고로 훌륭한 분인 줄로 알고 대했는데, 그러다 보니 우리 집은 형제간의 우애는 남달라 무슨 일이 생기면 하나로 똘똘 뭉치기를 잘 했다.

늘 긍정적이고 죽음에 대해서도 그리 두려워하지 않는 것 같던 오빠가 그야말로 죽음에 임박해 간이식 수술을 하겠다고 했다. 간이식은 많이 드는 돈도 돈이지만 우선 이식을 할 수 있는 조건을 가진 사람을 만나야 하고 무엇보다도 이식을 감당할 수 있는 만큼의 건강이 남아 있어야 하는데 그 때는 이미 상태가 심각한 정도였다. 그러나 이식에 필요한 거액의 돈을 마련하느라 분주하고 이식을 해줄 대상자를 물색하던 중 오빠는 세상을 떠났다. 이식을 할 것이라고 내 오빠가 심각한 상태 속에서도 산다는 희망을 잠시 느끼던 어느 날, 서울의 내 아이에게서 이메일이 왔다.

"엄마, 마음이 너무나 아파요, 외삼촌을 뵈니까. 평소에는 초연하시던 분이 살겠다는 집념으로 이식을 기다리는 모습이. 그러면서도 국수가 먹고 싶다고 하시고, 할머니께서는 안 된다, 하시면서도 또 만들어 드리고. 아버지는 그 때 '냉면 먹고 싶다' 면서 엄마 몰래 드시고 오신 적이 있잖아? 삼촌은 이식을 한다고 기다리시기라도 하는데 아버지는 그때 왜 수술도 못 해봤을까? 돈 때문에? 아니면 이미 너무 늦어서? 편찮으시더라도 지금이라도 살아 계신다면 수술이라도 해 보는 건데."

아이는 내 오빠를 바라보며 같은 병으로 이미 십오 년 전에 세상을 떠난 제 아버지를 그리고 있었다. 나는 그 메일을 읽으면서 울고 또 울기를 거듭하면서 생각을 했다. 내 아이의 말처럼 그 때는 왜 간이식은 할 생각을 하지 않았을까 하고. 회사에서 정기 신체검사에서 B형 간염 증세가 있다고 해서 다시 체크를 했을 때는 이미 아주 증세가 깊어 있었다. 전신이 가렵고 소화가 되지 않으면서 손바닥에 붉은 반점이 생기고… 그러다 얼마지 않아 황달이 오는데, 평소 감기도 잘 앓지 않던 사람이라 나는 그러다 나으려니, 입원만 하면 씻은 듯이 나으려니 했다. 그래서 입원을 하고 좀 나아 회사에도 다시 나갔는데 이듬해에 재발을 했다. 한 번 재발을 하니 그 증세는 더 빨리 진전되어 소변을 보지 못해 오는 복수 증세와 얼굴이 흙색으로 바뀌면서 정말 심각해지는 것이었다. 사람이 하루에 배설해야 하는 소변량이 있는데 그것을 배설하지 못하고 몸에다 가두고 있으니 배는 불러오고 소금이라고는 한 톨도 넣지 않는 음식 앞에서 그는 늘 구역질부터 했다.

　하도 음식을 간 없는 것으로 내놓으니 질린 그가 어느 날 나가서 냉면을 먹고 왔다, 그 편치 않은 몸을 하고. 그 날 나는, 그가 가여워서, 그리고 말을 듣지 않는 그가 원망스러워서 그에게 대들면서 많이 울었었다. 그리고 그때부터 새벽기도를 다니며 매달렸다. 살려달라고. 고등학교 때 학생회에 동참을 한 것이 신앙생활의 전부요, 장손으로 명절까지 열이나 되는 제사를 모시던 그가 기독교 방송을 들으면서 '하나님!'을 찾은 것도 그 때부터였다. 나는 그 때, 그의 증세가 어떠하든, 믿지 않는 그가 돌아왔으니 하나님께서 분명 살려주실 것이라고 믿었다. 그 때의 그 믿음은 지옥 같은 절망의 상태에서도 내가 천국을 느낄 수 있던 유일한 이유였다. 그렇게 입원을 해 있는데도 큰 진전이 없자 그는 집에 가고 싶어했다. 집에서 쉬면 낫겠다며 어린아이처럼 보채는데, 그렇게 퇴원을 하고 집에서 한 달은 있었을까? 회사에서는 서울대학병원에 입원을 하라고 자꾸만 연락을 했다. 그 때 서울대학병원에는 우리나라의 간장병 권위자이던 김정룡 박사가 있었는데, 그 분에게 치료를 받게 하자는 것이었다. 그러나 이미 오랫동안의 병원 생활과 또다시 검사의 과정을 짐작한 그는 한사코 입원을 하지 않겠다고 했다. "김정룡 박사가 있다, 서울대학병원에는. 그 분만 만나면 당신은 나을 수 있다."고 해도 절대로 입원은 하지 않겠다며 버티니 회사에서 자동차와 사람을 보내 억지로 입원을 하게 했는데, 그 유명한 김정룡 박사를 주치의로 진료를 받게 하기 위해서였다. 그러나 회사가 관여를 해도 워낙 바쁜 분이어서 그것은 이루어지지 않았다.

어렵게 입원을 한 후에도 나아지는 증세는 없었다. 2인 병실의 옆 환자는 마치 만삭의 임부처럼 부른 배를 하고도 살겠다고 식사 챙겨 먹는데 그는 먹는 것을 거부했다. 그리고 죽은 듯이 누워 있기만 했다. 그런데 어느 날 아침, 아침마다 회진을 도는 의사들이 방으로 왔는데, 한 무리 의사들을 이끌고 온 분, 그리고 옆 환자와 아이 아버지의 배를 체크하던 그 분, 어디선가에서 많이 본 얼굴이다 싶어 생각해 보니 TV에서 본 적이 있는 바로, 김정룡 박사였다. 이제야, 김정룡 박사를 만났으니 남편은 낫겠다 하며 내가 한 가닥 빛이라도 잡은 듯 마음이 밝아지는데 죽은 듯이 눈을 감은 채 몸을 맡기고 있던 그가 반짝 눈을 뜨더니 다시 한 번 눈을 깜박였다. 그리고 소리쳤다. "김정룡 박사다."라고. 그런데 그 때는 이미 그 김정룡 박사는 한 무리의 의사들을 끌고 병실을 나간 뒤였다. 김정룡 박사에게 지극히 짧은 순간 자신의 몸을 맡긴 그의 눈빛이 광명처럼 빛났다. 그것은 '이제는 살았다,' 라는, 죽음 앞에서 희망줄을 잡은 사람의 표정이었다. 그러나 그는 그 병원에 입원을 한 지 꼭 열흘 만에 눈을 감았다. 김정룡 박사를 본 며칠 후였다.

그 때는 그랬었다. 간이식이라는 단어는 들어본 적도 없던, 오직 김정룡, 간 박사를 만나면 살겠다는 희망을 가질 수 있던 그런 때였다. 내가 간이식이라는 단어를 처음 접한 것은 아주 나중의 일이었다. 북한에서 비행기를 끌고 온 이웅평 대위, 그가 간장병을 앓다가 간이식을 했다는 소식을 접한 것이 바로 그것이었다.

그랬는데 열 살이던, 그래서 웬만한 것은 마치 기억의 창고에다 도장이라도 찍은 듯 선명하게 기억을 하고 있는, 그러나 평소에는 말이 없던 아이가 그렇게 애절하게 메일을 보내 온 것이었다. 비록 말은 없었어도 제 아비에 대한 그리움, 너무나 일찍 떠난 아비를 늘 아픔으로 간직하고 있었다는 뜻이리라.

서울에서 한밤을 한낮으로 알고 한 질부의 그 전화로 나는 지난여름, 간이식을 앞두고 세상을 떠난 내 큰오빠, 그러나 영주권 신청중이라 해외여행은 할 수도 없어 마지막 가는 길을 보지도 못한 그 오빠를 생각했다. 그리고 또 김정룡 박사만 만나면 나을 것으로 알던 오래 전의 내 아이 아버지를 생각했다. 그것은 주일 예배 시간, 앞자리에 앉아 손등을 꼬집고 손가락을 비틀어 가며 졸음과 씨름을 한 이유였다.

간이식도, 김정룡 박사도 나을 수 있는 하나의 방법은 될 수 있어도 그것이 곧 생명을 살리는 길 자체는 아니라는 사실을 나는 같은 병을 앓은 두 사람을 통해 알 수 있었다. 아무리 발버둥을 쳐도 사람이 마음대로 할 수 없던 일. 그것은 사람의 목숨이었고, 그것은 바로 하나님의 손 안에 있기 때문이었다. 어떤 일의 계획과 노력은 인간에게 맡기시되 그 인도와 마무리는 당신께서 하시는 그 일, 그러나 그 속에서도, 죽음보다 고통스런 지옥을 경험하게 하시면서도 낫는다는 희망을 갖게 하시던 그 때의 그 일, 그것이 곧 '은혜' 임을 나는 나중에 깨달았다.

그러함에도 그 분의 은혜가 내게 족함을 깨닫게 하시던 그 은혜, 그래서 나는 살려주시리라 믿은 서른아홉의 내 아이 아버지를 데려가셨음에도 여전히 그 분을 사랑하지 않을 수 없다.

내 삶 속의 두 남자

한 달 동안의 한국 · 일본 선교여행을 마치고 남편 제임스 힐스 목사
가 돌아오는 날은 11월 1일이다. 9월 28일에 떠나 그 날 돌아오니 한
달이 조금 넘는데, 그래도 그것은 지난 여행보다는 짧은 기간이다. 그
가 비행 일정표를 내게 내밀었을 때, 그래서 그가 돌아오는 날이 11월
1일이라는 사실을 알았을 때 사실 나는 마음이 좀 우울했었다. 그것은
오래 전에 지나간 11월 1일이 내 인생에 둘도 없는 슬픈 날이었기에 그
날을 떠올렸기 때문이었다.

1989년 11월 1일. 그 날은 B형 간염이 간경화로 발전하여 서른아홉
의 나이로 내 아이의 아버지가 세상을 떠난 날. 내 한쪽 날개가 부러지
고 내 아이의 기댈 언덕이 쓰러진 그 날, 아이와 내게는 그리 기억하고
싶지 않은 날인데 하필이면 여행에서 돌아오는 날이 그 날이었다.

"My a little chicken, 왜 그렇게 우울해 보이지? 한 달 동안이 너무
길어서?"

결혼한 지 9개월 만에 한 달 이상이나 되는 해외여행을 두 번째나 해
야 하는 것이 좀 미안했던지, 그래서 내가 우울해한다고 생각하는지 그
가 그렇게 물었다. 내가 고개를 흔들었다. 마치 터지기 직전의 풍선처
럼 내 감정이 팽창했다.

"그런데 왜?"

그가 다시 물었다.

그때서야 내가 엉엉 울음을 터뜨렸다. 그가 놀라 내 어깨를 감싸안
았다.

"미안해, 외숙."

그는 자신의 긴 여행 때문에, 그래서 내가 다시 혼자 남겨지는 것이 두려워서 우는 것이라고 여기는 것 같았다. 나는 울면서 말하기 시작했다. '그 날은 내 아이 아버지가 세상을 떠난 날'이라고. '해마다 아이와 내 가족과 추도예배를 드렸는데 올해는 내가 그럴 수가 없다.'고. 그 말을 들은 그가 말없이 한 손으로 내 어깨를 감싸고 다른 한 손으로 내 뒷머리칼을 쓸어내리기 시작했다.

내 머리카락을 쓸어내리며 등을 토닥이는 것은 내가 낯선 생활에 적응을 하지 못해 힘들어 할 때마다 나를 위로하는 나름의 방법이었다.

"오우, 외숙, 미안해, 내가 몰랐어."

그도 그 푸른 눈동자에 눈물을 글썽이고 있었다.

이튿날이었다. 그가 좋은 생각이 있다더니, "이번에 서울 가면 내가 창재 아버지 산소에 가면 안 될까?"라고 말했다. 그의 눈빛은 아주 진지했는데, 전날 내게 그 말을 듣고 밤새 생각해낸 아이디어 같았다.

"당신이 창재 아버지 산소에?"

내가 반문했는데 그것은 생각해보니 참 웃기는 일 같기도 하고, 그렇다고 못하라는 법은 없는 것 같기도 했는데, 어쨌든 순간적인 판단이 서지 않았다. 그래서 내 아이 창재와 의논을 하겠다고 하고는 아이에게 전화를 했는데, 아이의 생각도 긍정적이었고 오히려 '목사님께 고맙다.'고 전하라는 말을 덧붙였다.

"그런데 엄마, 목사님 서울에 계시는 그 날이 중간고사 기간이라 내가 시간을 내기가 힘들 것 같아요. 목사님 모시고 산소에 가려면 내가 중간고사를 빠져야 하거든?"

아이는 참으로 미안하다며 자기의 사정을 말했는데, 그는 이번 여행에 주로 지방에서 일을 해야 하고 서울에 가는 것은 겨우 이틀, 내 아이

전 남편의 무덤 앞에서

가 시험을 봐야 하는 그 날이었다. 그렇게 한바탕 울고 나서 나는 그를 서울로 떠나보냈다. 지난 여행 때는 유언장 때문에 울게 하더니 이번에는 또 이 일로 울고… 생각해보니 나는 너무 자주 우는 것 같아 실은 좀 미안했다.

그가 떠난 후 나는 온갖 상상을 하기 시작했다. 만약 내 아이가 시간이 있어 그와 함께 내 아이 아버지의 산소에 간다면, 그 분위기는 어떨까? 하고. '당신을 정말 사랑해요, 김외숙, 아들 창재'라고 새겨진 비석, 그리고 다른 묘지보다 큰 그의 묘.

아이 아버지가 눈을 감자, 불교에, 무속신앙에 심취해 있던 시댁 식구들은 예수를 믿는 나 때문이라며 원망의 화살을 내게로 돌렸었다. 서울대학병원에 입원해 있을 때 시댁 식구들은 마산의 금도사에게 알아보니 고향 선산에서 크게 한번 굿을 하면 털고 일어난다고 해 식구들은 날짜를 정해놓고는 돼지 머리를 주문하고 떡을 주문하며 바삐 움직였는데, 산소로 가야 하는 그 날 아침, 시댁 식구들이 주문한 돼지머리를 찾으러 간 사이에 그는 내 앞에서 조용히 눈을 감았다.

영안실에서도 기세가 대단한 시댁 식구들 틈 사이에서 어린 아들과 죄인인 듯 말없이 있던 나를 내내 지켜보던 회사사람들이 이러다가 나까지 지레 죽겠다고 여겼던지 제의를 했다.

"용인에 산소를 구할 테니 선산으로 가는 일은 다시 생각해보는 것이 어떨지요. 어린아이 데리고 가보고 싶어도 하루해에 갈 수 없고 더구나…"

그들은 기세가 양양한 시댁 식구들 사이에 날 그냥 두면 안 되겠다고 여긴 것 같았다. 그래서 아이 아버지는 선산을 두고 용인 공원묘지에 안장되었다. 그리고 삼우제 때 갔더니 그의 묘가 다른 묘보다 훨씬 커 내가 물었다. 왜 묘가 더 크냐고. 장례 당일에는 눈에 들어오지도 않았던 일이었다. 그랬더니 제부가 말했다.

"이담에 창재가 크면 제 아버지 묘, 엄마 묘를 따로 두면 찾아다니기 힘든다고 회사에서 이담에 처형 세상 떠나면 합장하라고 돈 더 들여 크게 했어요."

그 때 내가 미소지었다. "아직 언제 죽을지도 모르는 사람, 묘부터 만들어 놨으니 나는 오래 살겠네?"라고 말하며.

그 묘지, 이 다음에 내 자식의 고생을 덜어주기 위해 합장을 하라고 일부러 많은 돈을 들여 회사에서 마련한 아이 아버지의 묘지, 그리고 그 묘지 앞에 선 푸른 눈의 캐네디언 노 목회자. 내 삶의 길을 바꾼 두 남자의 만남. 그들의 만남은 내 아이의 사정으로 이루어지지 못했다. 그러나 그들은 언제나 내 마음 속에서 서로 만난다.

배냇저고리와 어머니

어제 서울로 떠난 내 친구가 이 곳에 오기 전, 나는 집에서 자동차로 30여 분 거리에 있는 대형 마켓엘 다녀왔다. 친구가 날 보겠다고 그 먼 길을 오는데 뭘 좀 대접할 것을 사두기 위해서였다. 그 마켓 옆에는 큰 옷가게가 있었는데 언뜻 스쳐지나 가노라니 내 눈에 남자 바지 하나가 들어왔다. 도독한 천의 감색 바지였는데 그 바지는 내 아이가 추울 때 집에서 입으면 따뜻하겠다 싶었다. 그 날 산 바지를 어제 친구 편에 보내면서 나는 또 생각에 빠지기 시작했다. 날씨가 추워지는데 옷은 제대로 입고 다니는지, 그렇지 않아도 편도선이 잘 붓고 비염이 있어 환절기 때마다 고생하는데 이 가을을 잘 넘기고 있는지 하는 생각이었다.

이 곳으로 오기 직전에 내 어머니는 집수리를 하셨다. 지은 지 오래된 개인 주택이라 수시로 손볼 일이 생겼는데 내친 겸에 나와 아이가 거처하는 아래층도 거실과 방의 바닥을 바꾸고 벽지도 도배를 하자시는 것이었다. 바닥은 몇 년 되었지만 아직 깨끗하고 벽지는 불과 바꾼 지 한 해밖에 되지 않았다.

"창재가 혼자 있을 때 집 분위기라도 밝아야지."

아직 깨끗한 벽지 등을 왜 바꾸려느냐고 했더니 어머니는 그렇게 말씀하셨다.

"연분홍으로 해라, 아이가 집에 들어왔을 때 덜 썰렁하도록."

그러니까 이번 공사는 내가 이 곳으로 떠난 후 내 아이가 느낄 외로움을 지레 염두에 두고 하시는 일 같았다. 그렇게 공사를 시작하면서 나는 옷장을 정리해야 했는데, 내가 지니고 갈 옷과 내 아이가 입을 옷을 찾기 쉽게 정리를 해야 했기 때문이었다.

그러는 도중에 나는 서랍 깊은 곳에서 작은 보퉁이 하나를 발견했다. 그것은 스무 해가 넘도록 지니고 다닌, 그러나 잊은 듯이 넣어두기만 한 내 아이의 배냇저고리와 몇 장의 면으로 만든 기저귀가 담긴 보퉁이였다.

스물네 살의 덩치 큰 내 아이가 이 세상에 태어났을 때 그 붉은 몸을 감쌌던 저고리와 기저귀. 내 아이의 살 냄새와 젖비린내가 스민 내 아이 살갗 같은 옷이었다. 별안간 마음이 싸아하게 아려오면서 순간적으로 북받쳐오르는 감정 때문에 내가 숨을 쉴 수가 없었다.

“창재야!”

나는 그 아기가 스물네 살의 청년이 되었다는 사실도 잊은 채, 그 때의 내 아기를 생각하며 옷을 끌어안았다. 나는 도저히 내 아이 곁을 떠날 수가 없을 것 같았다. 먼 훗날, 이 아이가 자라 장가를 들면 색시에게 ‘네 남편도 이런 시절이 있었단다.’ 라며 물려주려고 이십 년을 넘게 간직해 온 그 배냇저고리 보퉁이를 보는 순간 나는 내 마음을 바꿀 수밖에 없었다.

“Jim, 저, 도저히 안 되겠어요.”

하루하루를 날 맞을 기대로 살고 있던 제임스 힐스 목사께 전화를 걸어 나는 그렇게 말을 했다. 미안하지만 도저히 갈 수 없다고. 이미 친구 파울 목사의 교회를 예식장으로, 그리고 그의 주례, 초대장까지 보내고 예식에 쓸 꽃까지 모두 예약을 해 둔 그는 당황할 수밖에 없었다.

“외숙, 창재는 이 곳에서 공부하게 할 거야. 창재는 내 자식이 될 거야.”

그는 하루에도 수 차례 마음이 오가는, 눈앞에도 없는 신부감 때문에 덩달아 초죽음이 되었는지도 몰랐다. 그 날 저녁, 내가 아이에게

“너 안 가면 나도 안 간다.”라고 어깃장을 놓았는데 그 때는 진심이었었다. 그런데 아이가 말했다.

“엄마, 나이 스물넷이나 된 아들이 엄마 치맛자락 잡고 따라가야겠어요? 우리 약속 다 했잖아? 군에 보내고 유학 보냈다고 생각하자고. 엄마가 아무리 그러셔도 난 하던 공부는 마쳐야 해. 그리고 필요하면 대학원 때 갈 거야, 그것도 미국으로.”

평소 순한 아이도 고집을 세우는데 나는 도저히 꺾을 수가 없었다. 내가 아이의 고집을 탓하려다가 그만둘 수밖에 없던 이유는 나 또한 고집을 세우고 있었기 때문이었다. 자식의 고집이야 어미를 닮은 탓일 테니 누구를 탓할 수 있을까? 어미가 저 때문에 이랬다 저랬다 하는 모양이 마음이 아팠던지, 그리고 고집을 세우면서도 미안했던지 아이가 덧붙였다.

“엄마, 목사님은 정말 대단하신 분이야. 인생의 황혼 앞에서도 결코 포기하지 않는 그 열정, 사랑, 그래서 마침내 고지식하고 관습에 얽매여 있던 한 여성을 그것으로부터 탈출시키시고 있잖아? 그 적극적인 사고와 행동을 나는 정말 존경해.”라고. 철없는 어미는 자식의 그 말도 힘이라고 다시 떠날 준비를 하고 있었다.

그러던 어느 날, 도배를 앞둔 집안은 장롱 정리로 어수선한데 어머니가 물끄러미 바라보시더니 말씀하셨다.

“옷은 다 갖고 가지 마라, 신발도 몇 켤레 두고. 오면 신고 입게.”

나의 결혼을 앞두고 시종 침묵만 고집하시다가 ‘한복은 내가 맞춰주마.’라며 날 데리고 바느질 솜씨 좋은 한복집으로 가시던 어머니가 또 다시 그렇게 내 발목을 잡으셨다. 그러면서 웃으며 덧붙이셨다. “창재야, 니 엄마 붙잡아라.”라고. 몇 번이나 간다, 안 간다 하면서도 결국은 떠나고 말 딸의 고집을 꺾어 주저앉힐 사람은 내 아이뿐이라고 생각을 하셨던지 어머니는 그렇게 말씀하셨다. 그러나 내 아이, 제임스 힐스 목사님을 그래서 존경한다던 그 아이는 빙그레 웃기만 할 뿐이었다.

친구가 떠나기 전날 밤, 친구의 가방에다 내 아이가 입을 새로 산 바지를 챙겨 넣으며 나는 먼저 내 가슴에다 그 바지를 꼬옥 안았다. 내 아이의 어린 몸을 감쌌던 배냇저고리를 껴 안듯. 그리고 생각했다. 내가 아직 입지도 않은 내 아이의 옷을 보고 이렇게 마음 아파하듯 내가 두고 온 서울의 내 옷가지를 보며 내 어머니도 날 생각하시며 우실까 하고.

어미에게 자식은 무엇일까?

어미에게 있어 자식은 아마도 심장이리라.

배반한 아내보다

시월이 다 가고, 벌써 11월 초하루를 맞았다. 절정이던 내가 사는 동네, Niagara on the Lake의 형형색색의 단풍도 이제 반은 땅에서 구르고 더러는 속절없이 후루루 떨어지기도 한다. 내게 있어 시월은 늘 가을인데, 십일월 초하루는 날씨와 상관없이 언제나 스산한 초겨울이다. 날씨와 상관없이 내가 초겨울을 느끼는 이유는 아마도 이 날이 내게는 특별한 날이기 때문일 것이다. 어젯밤 잠자리에 들기 전에, '새벽에 일어나면 서울 내 집에다 전화를 해야지' 하고 마음을 먹었다. 원래 힐스 목사께서 집에 있을 때나 없을 때나 아침 운동 때문에 다섯 시 반에는 일어나는데 나는 대체로 그 약속을 나 혼자서도 잘 지키고 있었다. 일어나자마자 서울에다 전화를 했더니 내 여동생이 받았다.

"언니야, 우리 예배드리고 지금 저녁 먹는 중이야."

"벌써?"

벌써? 라고 물으며 생각을 해보니 10월 31일 새벽 2시부터 썸머 타임 해제로 이 곳이 아침 5시 반일 때 서울은 저녁 7시 반, 종전보다 한 시간이 더 빨리 가는 것이었다. 나는 그 곳이 저녁 6시 반 즈음이라고 착각을 하고 전화를 한 것이다.

"언니야, 세월이 약이라더니 이제 형부 추도예배 드리고 먹는 저녁밥도 맛있네?"

동생은 그렇게 말하며 까르르 웃었다.

'그래, 많이 울었으니 이제는 웃어야지 밥맛도 나야지, 그럼.'

나는 행여 내가 없이 드리는 첫 예배로 식구들이 울음바다라도 만들고 있으면 어쩌나 걱정을 했는데 내 동생이 까르르 웃으니 나도 한결 기분이 환해졌다.

"엄마, 뭣 하러 맨날 전화해요, 잘 하고 있구만. 찬송가 '주 날개 밑' 불렀고 시편 23편 읽고 기도하고, 엄마가 하던 대로 했어."

내 아이가 전화를 바꿔 자신이 인도한 예배를 내게 보고를 했다. 오래 전 내 교회 목사님께서 추도 예배를 드리는 순서와 알맞은 찬송 성경 구절이 든 프린트물을 주셨는데, 사실은 어머니 집으로 이사하면서 잊어버리고는 내 멋대로 찬송과 성경 구절을 정하여 매년 같은 것을 부르고 읽곤 했었는데 그것을 내 아이도 따라 한 것이다. 오랫동안 제사와 추도 예배 사이에서 참으로 힘들어했는데 이제는 내 아이가 심지 굳게 잘 하고 있으니 마음이 아리면서도 한편으로는 안도의 숨을 쉴 수가 있었다.

오래 전, 아이 아버지가 세상을 떠나자 시댁 식구들, 특히 두 시누와 시고모, 시숙모님들이 내가 믿는 예수 때문이라며 참으로 눈총을 많이도 줬었다. 바람막이를 잃은 나는 죄인처럼 죽은 듯이 있을 수밖에 없었는데 이듬해 첫 추도 예배 때였다. 목사님과 구역식구, 친정 식구들이 모여 첫 추도 예배를 드리는데 시댁 식구는 아무도 오지 않았다. 바로 예수를 믿는 나 때문이었다. 원래 외아들에 장손인 아이 아버지는 내가 결혼을 하자마자 많은 제사를 지내야 한다고 했다. 두 분의 시증조모와 증조부, 두 분의 조모와 조부, 그리고 남편이 대학 때 돌아가신 시어머니와 그 이후에 돌아가신 시아버지. 증조모, 조모님이 두 분인 이유는 일찍 돌아가시고 재취를 맞으셨기 때문이었다.

일년에 명절까지 합해 제사가 모두 열 번이었는데 아이 아버지가 함께 있었을 때는 제사를 지냈었다. 그 때는 집안에 나만 예수를 믿었고 아이 아버지는 학교 다닐 때 잠시 교회에서 학생회 활동을 한 것이 신앙생활의 전부였다 보니 추도예배 자체를 알지 못했었다.

나는 그 때 솔직히 그 많은 제사 음식 감당하는 일이 너무 번거롭고 힘들어 추도예배로 드리자고 했는데 그 때 나 또한 뭘 모를 때였다. 그러나 아이 아버지는, 아내의 신앙의 자유는 허용하되 아내도 집안에서 중요하게 여기는 제사를 따라 주기를 원했었다. 그런데 문제는 아이 아버지가 세상을 떠난 후에 일어났다. 첫 추도예배부터 아무도 참석하지 않던 시댁 어른들이 다른 제사 때 와서 한 말씀이 '지방을 써서 제사 때마다 우편으로 보내줄 테니 제사를 지내라.'는 것이었다. 그 분들은 서울이 아닌 지방에서 사셨는데, 그 때 겨우 열 살이던 내 아이가 제사상에 놓을 지방을 쓸 수 없음을 알고 한 명령이었다. 그 때 내가 생각을 했다.

'이래서는 안 되겠구나, 이렇게 휘둘려 살다가는 신앙은 지킬 수도 없겠구나, 더구나 내 아이를 이렇게 방치해서는 안 되겠구나.'

그래서 내가 시숙모께 말했다.

"제게 제사를 그대로 맡기신다면 제사는 지내되 제 방식으로 하겠습니다."

내가 제의한 '내 방식' 그것은 추도예배였다. 그것은 언제나 있는 듯 없는 듯 남편의 등 뒤에 따라가기만 했던 나 자신이 결혼 후 처음 드러내 보인 의견이기도 했다. 그 때는 음식을 준비해야 하는 번거로움 때문이 아니라, 남은 자가 죽은 자를 기리며 드리는 추도예배의 의미를 알고 있었다.

"그렇게는 못한다, 조상을 예수 믿는 질부한테 맡길 수는 없다, 윗대 어른들 제사는 내가 모시고 갈 테니 질부는 시어른하고 조카 제사를 예수 식으로 하든 알아서 해라."

시숙모께서는 그렇게 통보를 하셨는데, 그 후 나는 내 아이 조부모님과 아이의 아버지 기일에는 추도예배를 드렸다. 그리고 집에 있던, 교직에 계시던 시아버지께서 부임지를 옮겨 다니면서도 참으로 소중하게 지니고 다니셨던 제기를 몽땅 버렸다. 그것은 아이 아버지가 떠난 이듬해에 있었던 일이었다.

"우리 아들, 잘 하네, 훌륭한 지도자 될 자질이 보인다!"

함께 예배를 드렸을 때의 방법을 기억하고 그대로 한 아이가 대견해 내가 농담을 하는데 "엄마, 나, 목사 되라고?" 하고 소리친다. 실은 한 번도 목사가 되겠다는 생각은 가져본 일이 없는 아이이다.

"야, 아들아, 목사가 어디 니가 되고 싶다고 마음대로 되고 되기 싫다고 안 되는 일이냐? "

내가 그렇게 행여 나 없어 마음 우울했을지도 모르는 아이를 멀리서나마 다독이기 위해 또 농을 했다.

"수진이 내외도 왔고 오늘 식구들이 많다, 창재 고모들은 전화했더라. 너는 걱정하지 마라, 근데 목사님은 도착하셨나?"

아이에 이어 어머니가 받으셔서는 내 둘째 남동생의 친구 내외, 결혼하여 자녀가 대학에 들어갈 나이가 되도록 내 어머니를 떠나지 못한다며 이웃에서 살고 있는, 형제 같은 그 내외도 와 함께 예배를 드렸다며 목사님 안부를 덧붙이셨다. 어머니는 당신보다 연세가 많은 사위를 '목사님' 이라고 부르신다. 알고 보니 울음바다가 아니라 내 아이가 있는 그 집은 내 어머니와 형제와, 형제 같은 이웃이 함께 한 화사한 웃음바다였다.

그랬다, 올 11월 1일은 오래 전 내 아이 아버지가 내 곁을 떠난 날이고, 또 오랫동안 먼 길을 떠났다 제임스 힐스 목사가 집으로 돌아오는 날이다. 내 인생 속에 이별과 재회가 하루 안에 있는 이 날에 나는 어디다 마음을 두어야 할지를 몰라 아침부터 그 먼 서울 내 식구들을 찾고 있었다. 배반한 아내보다 정이 많은 그들이 있기에 내 인생 속에 있는 이 특별한 날에 나는 마음의 평안을 얻는다. 서울의 내 아이가 그러하듯.

비석에 새겨야 했던 글

오늘, 한국에서의 일정을 마무리하고 일본으로 떠나는 서울에 있는 힐스 목사와 통화를 했다. 그는 설교와 강연, 그리고 선교 관계자를 만났고 그리고 두 번째로 서울의 내 가족과 만나기도 했다. 내가 그와 통화를 했을 때는 나의 가족과 만나는 시간이었는데 그가 통화를 마무리하며 아주 작은 소리로 말했다.

"I love you, my a little chicken."

원래 목소리가 큰 편인 그가 갑자기 작은 목소리로 "내 병아리야, 사랑해,"라고 하기에 "갑자기 왜 목소리는 낮추고 그러느냐?"고 내가 물었다. 그랬더니 그는 "식구들이 있어서."라며 웃는 것이었다.

누군가 때문에 '사랑해.' 라는 말을 목소리 낮춰 하는 것은 평소의 그의 방법이 아니었다. 오랫동안 한국을 여행하다 보니 사랑의 표현에 인색한, 아니 절제를 하는 한국인의 정서를 알게 되었기 때문인 것 같았다. 그렇다. 한국인은 정말 사랑의 표현을 절제하는 편이다. 아니, 부끄러워 마주보며 말하는 것을 어색해한다고도 할 수 있다. 나 또한 그랬으니까.

오래 전 내 아이 아버지와 가정을 이루고 있을 때였다. 그도 나도 경상도 사람으로 감정의 표현에는 참 인색한 편이었다. 그런데 그가 가끔 내게 "당신 나, 사랑해?"라고 물은 적이 있었다. 그가 그렇게 묻는 것은 그에 대한 내 사랑의 확인이기보다는 '나는 당신을 사랑해.' 라는 표현의 우회적인 물음이라는 것을 나는 이미 경험상 알고 있었다. 그러나 나는 그 때마다 말로 표현하는 것이 뭐 그리 중요하냐며 슬며시 미소로

비석에 새긴 글

넘기곤 했는데, 그가 정말 나를 사랑하고 있다는 것을 절실히 깨달은 것은 그가 혼수상태에 빠졌던 그 때였다.

간성혼수에 빠진 그는 눈을 뜨고 있는데도 사람을 알아보지 못했는데, 그것은 그가 영원히 눈을 감기 며칠 전의 일이었다. 의사가 물어도 "김외숙", 간호사가 내가 누구냐고 물어도 "김외숙", 내가 물어도 그는 "김외숙"이라고만 했다.

두 눈을 뜨고도 사람을 알아보지 못하는 간성혼수였다. 사람을 알아보지 못하는 혼수상태 속에서도 오직 "김외숙"이라고만 말하던 것은 그의 의식 속에는 하나뿐인 아들도 아닌, 바로 나만 있다는 증거였고 그것은 곧 사랑이었다.

그가 세상을 떠나고 삼우제를 지내러 공원묘지 사무실로 갔는데, 묘지 관리인이 비석을 세워야 한다며 비석에 새길 글을 남기라고 했다. 그 때 내가 잠시 난처했던 것은 일반적으로 비석에다 무슨 말을 남기는지 내가 알지 못했기 때문인데, 그러나 서른일곱의 여자가 서른아홉의 남편의 비석에 새길 글을 미리 준비해 두었을 리는 만무한 일이었다.

그 때 퍼뜩 내 머리 속으로 지나가는 말이 있었다. 나는 종이에다 그것을 새겨달라고 적어두고는 사무실을 나왔다. 내 글을 옆에서 물끄러미 바라보고 있던 여동생의 남편이 "처형, 아무래도 현재 진행형보다는 과거형으로 새기는 것이 어떨까 싶은데요?" 라고 말했는데, 나는 그냥 미소로 그의 의견을 넘겨야 했다. 아마도 그는 혼자를 지키기에는 너무 젊은 내 나이를 의식한 것 같았다. 비석에 새겨진 그 글, 지금까지 그의 무덤을 지키고 있는 비석 속의 그 글은 바로 이것이었다.

'당신을 정말 사랑해요, 아내 김외숙, 아들 창재.'

내가 동생 남편의 의견을 거절하며 이 글을 새겨야 했던 이유는 정말 그가 듣고 싶어했을 때 그 때는 표현하지 못했기 때문이었다. 그러나 그것은 때늦은 후회였다.

오래 동안 그 사랑을 지키며 살 줄 알았는데 나는 지금 이 곳에 와 있다. 내 인생길이 이렇게 바뀔 줄은 나는 예측하지 못했다. 예측할 수 없는 인생길, 그러나 예측할 수 없기에 우리가 현실 속에 있을 때 최선을 다해야 하는지도 모른다. 그 중에서도 주어진 기회를 미룰 수 없는 것이 사랑의 표현에의 기회일 것이다.

이 곳에 온 후 내가 가장 많이 듣고 있는 말은 아마도 '사랑' 이란 단어일 것이다. 그것은 감정, 특히 사랑의 감정을 숨기지 않고 표현하기를 즐겨하는 이 쪽 사람들의 습관 때문이다. 표현의 절제가 곧 미덕이

라고만 알고 있던 내게는 아주 낯설기도 한 것이었지만 그것으로 나는
두 가지는 알 수 있었다. 사랑의 표현은 더 큰 사랑을 만들 수 있다는
것을. 그리고 그것은 하고 싶었던 말을 비석에 새겨야 하는 일은 결코
만들지 않는다는 사실을.

3부

그들의 이야기

만일 나라면

　목회자에게 토요일은 바쁜 날이다. 설교 준비나 주일을 맞을 준비 때문일 것이다. 한 주간에 나흘, 주일부터 수요일까지 교회에서 설교와 심방, 그리고 상담이며 여러 가지 일을 하는 제임스 힐스 목사는 주로 목, 금요일은 집에서 공부를 하거나 나와 함께 할 수 있는 뭔가를 한다. 그러다 토요일은 평소 짬짬이 준비해둔 설교 원고를 다시 점검을 한 후, 프린트를 해 가끔은 내게도 읽어보라고 하는데 그가 일을 할 동안 나도 일을 한다. 새벽기도를 다녀 온 후, 그는 자신의 일을 하고 나는 대청소를 하는 것이다.

　하필 주일을 준비해야 하는 토요일에 대청소를 하는 습관을 들여 때로는 청소기 소음 때문에 내가 미안해하면 그는 말한다, "나는 아주 집중을 하고 있어서 주위에서 소리를 내도 신경이 쓰이지 않는다."라고. 그리고 그가 일을 할 때 내가 안심하고(?) 청소기 소음을 만들 수 있는 다른 이유 하나는 설교 준비에 쓰이는 그의 컴퓨터는 지하 자신의 서재에 있기 때문이다.

　토요일을 이렇게 서로 각자의 일을 하다 지겨우면 차를 마시러 가기도 하는데 어제 토요일에는 저녁에 초대를 받았다. 저녁식사 초대가 아니라 식사 후, 티를 마시자는 초대였다. 초대를 한 사람은 New Comer's Club의 소그룹인 워킹 그룹의 나와 같은 멤버이자 내 친구인 데니스였다.

　"외숙, 오늘 작은딸이 학교에서 촛불 예배가 있는데, 남편 밥과 참석했다가 7시에 올 거야. 7시 30분에 우리 집에서 함께 차 마시고 싶은데 너와 네 남편 사정이 어떠니?"

우리는 당연히 오케이를 했다.

New Comer's Club의 크리스마스 파티를 하는 날, 갈 때는 데니스의 남편 밥이 우리를 파티 장소에 데려다 주었고, 파티를 마친 나와 데니스를 힐스 목사가 데리러 오면서 이미 데니스와 힐스 목사는 인사를 나눈 터였지만 밥과 힐스 목사는 서로 초면이었다.

데니스는 내가 처음 그 클럽의 월례 모임이 있던 날, 200여 명이 넘는 멤버 중 동양 여성이라고는 나 혼자뿐인 것 같던 그 모임에서 내 소개를 한 후, 티타임을 갖는데, 아는 사람이 없어 좀 낯설어하던 내게 가장 먼저 말을 건 여성이었다. 그녀는 고등학생과 대학생, 두 딸을 둔 캐네디언으로, 영국에서 5년을 살다가 지난해 11월에 다시 캐나다로 온, 나이가 나와 비슷한, 적당히 살집이 있는 전형적인 아줌마 스타일의 중년이다. 내기 처음 데니스를 봤을 때, 나는 그녀가 Bed & Breakfast를 운영하는 줄 알았다.

Bed & Breakfast란, 흔히 관광지나, 그렇지 않은 동네라도 호텔 대신 가정집에서 잠을 자고 또 아침 식사까지 할 수 있는, 말하자면 민박 같은 의미의 집이다. 이 곳에서 Bed & Breakfast를 운영하기 위해서는 일정한 자격증을 소지해야 하고, 음식 솜씨가 아주 좋아야 하며, 매일 사람들이 다녀간 잠자리는 호텔보다 더 깨끗하게 신경을 써야 하는, 호텔보다는 좀 싸지만 그래도 가격이 만만찮은 민박이다. Bed & Breakfast의 좋은 점은 하룻밤이라도 주인과 가족처럼 편안하게 지낼 수 있을 뿐 아니라, 다른 손님들과의 교류도 쉽고, 주인 여자의 음식 솜씨가 좋으면 아주 우아하고 근사하게 식사를 곁들인 숙박이 가능하다는 점이다.

우리 동네가 워낙 고풍스럽고 아름다운 동네로 소문이 나다 보니 많은 사람들이 찾는데, 이러다 보니 자신의 집에서 Bed & Breakfast를 운영하는 사람이 많다. 그들은 봄부터 가을까지 찾는 사람들로 돈을 버는 목적도 있지만, 세계의 다른 나라로부터, 다른 지방에서 온 많은 사람들과 많은 것을 서로 교류하기 위한 목적과 그 속에서 삶의 탄력을 받기 위해 하는 사람들도 많다.

내가 데니스를 Bed & Breakfast를 운영하는 아줌마라고 생각한 건 일 잘 하게 보이는 그녀의 몸집 때문이었다. 그러나 그녀는 그냥 자식 키우고 살림하는 주부였다. 내가 그녀가 결코 Bed & Breakfast는 운영할 수 없겠구나 하고 생각을 한 건 지난 10월, 캐나다의 추수감사절에 그녀의 집 파티에 초대를 받은 후였다. 그 때는 힐스 목사는 일본에서 선교 일을 하고 있던 때라 나 혼자 초대를 받았다.

그녀는 집을 모르는 나를 그녀의 큰딸이 운전을 하는 자동차로 데리러 왔었는데 그 때 예사롭게 생기지 않은 큰딸의 외모에 속으로는 엄청 놀랐다. 20대의 엘리자베스 테일러를 닮은 인상이랄까? 펑펑하게 살집이 있는 데니스, 화장도 하지 않고 머리는 늘 뒤로 하나로 묶어 참으로 검소하고 솔직히 인물도 별로 없는 그녀에게 저렇게 아름다운 딸이 있다는 사실에 속으로 놀라고 있었다.

그런데 더 놀란 것은 그 집에 도착해서였다. 그 집은 몇 주 전, 아침 식사에 초대를 받아 간 그 집, 야생 칠면조가 무리 지어 노닐던 그 동네였는데 집이 얼마나 크고 아름다운지 내가 또 입을 다물지 못했다. 크고 하늘을 찌를 듯한 나무들이 담장을 이루고 뜰 한 쪽엔 큰 수영장이 있었다. 야생 칠면조는, 마치 방목하는 우리네 시골의 닭처럼 이 집 뜰로도 지나다닌다고 했다.

그 날, 추수감사절이라 먼 곳에 사는 양쪽 어머니와 형제들이 모여 갖는 파티에 데니스의 친구로는 나 혼자 초대를 받았었다. 칠면조 요리를 곁들인 파티를 두 딸이 서비스를 하는데 어머나, 작은 딸, 내년에 대학에 들어가는 작은 딸은 또 얼마나 아름답던지 눈이 부실 정도였다.

엘리자베스 테일러를 닮은 큰딸과 눈이 부시도록 매력적이고 아름다운 작은 딸, 그리고 야생 칠면조가 노닐고 큰 수영장이 딸린 저택에 사는 아줌마, 데니스가 왜 Bed & Breakfast를 할 필요가 없는지 나는 그 때서야 알 것 같았다. 두 딸을 저렇게 탐스럽게 키우고 이 저택을 유지하자면 관광객에게는 신경을 쓸 이유도, 짬도 없겠다는 생각이 들었기 때문이었다.

그런데 식사를 마치고 가족과 모두 둘러앉아 와인 한 잔씩을 하며 담소를 하고 있을 때 두 청년이 다시 왔다. 모두들 악수하며 반기는데 "작은 딸 대니얼의 보이 프렌드야. 다른 한 학생은 독일에서 유학 온 클레스 메이트이고."라며 데니스가 말했다. 같은 고등학생이니 덩치는 커 보여도 아직은 어딘가 어린 티가 가시지 않은 청소년이었다. 그 보이 프렌드는 이미 그 집이, 그 가족과는 첫 만남이 아닌 것처럼 자연스럽게 먹을 것을 먹고 자연스럽게 대화에 동참을 했다. 독일에서 온 그 학생은 아마도 추수감사절 휴일에 독일의 집까지 갈 수가 없어 따라 온 모양인데, 그 태도가 아주 다소곳하고 예의가 바르고 정중해 보였다.

친, 외할머니, 삼촌 가족, 그리고 부모와 남인 나까지 모인 자리에 가족 중에 제일 어린 막내딸이 제 보이 프렌드를 데리고 온 그 분위기, 그 일을 아주 자연스럽게 받아들이고 함께 대화를 나누는 가족, 그것이 내 눈에는 예사로 보이지 않았다. 그런데 아버지는 늦게 딸의 보이 프렌드가 오자 딸과 그 보이 프렌드의 중간에다 자신의 좌석을 만들어 앉아 두 젊은이를 양편에 두고 서로 얘기를 하곤 했다. 그랬었는데 어제 데니스의 집에 티를 마시기 위해 갔더니 학교에서 촛불 예배를 마친 작은 딸이 그 보이 프렌드와 함께 오는 것이었다. 그 작은 딸은 얼마나 눈 부시도록 아름다운지 내가 눈길을 뗄 수가 없는데, 그 보이 프렌드가 지난번에 한 번 보고 인사를 했다고 또 악수를 청했다.

'녀석, 머리의 피도 안 마른 것이 보는 눈은 있어 갖고.'

그 애는 반갑다고 인사를 아는데 솔직히 내 마음은 그랬다. 내년 9월에 대학에 들어가야 할, 우리로 말하자면 인생에서 가장 바쁠 고 3인 그들이었다. 데니스 내외와 우리가 티와 와인 한 잔씩을 하며 얘기를 할 동안 작은 딸과 보이 프렌드는 다른 방에서 놀고 있었다. 데니스 내외는 작은 딸이 그 나이에 남자애와 함께 있어도 전혀 아무런 걱정을 하지 않는 것 같았다. 그래서 내가 물었다.

"데니스야, 너는 네 딸이 지난 추수감사절에도 저 친구를 데리고 왔던데 저렇게 자주 어울리면 걱정이 되지 않니?"

그랬더니 데니스의 남편 밥이 말했다.

"외숙, 우리는 딸이 남자 친구를 집으로 데리고 오는 것을 아주 환영해. 딸은 이미 남자 친구가 있을 나이이고 그 남자 친구는 우리 집에 자주 오니 우리가 함께 얘기를 많이 나눌 수 있어 이제는 아주 미더워."

"큰딸 남자 친구도 영국에서 공부하는데 이번 크리스마스에 우리 집에 올 거야. 우리는 참 많이 기다리고 있어."라며 데니스가 거들었다.

큰딸은 이제 스물두 살의 대학생이다.

'와, 화끈한 부모네. 근데 믿는 도끼에 발등 찍힌다는 말도 모르나?'

그들의 말을 들으며 그들의 트인 사고에 내심 감탄을 하다 생각을 해보니 이 곳은 캐나다이고 그들은 한국인이 아니라 캐네디언이었다. 그리고 나는 내 아이를 생각하고 있었다.

대학 한 학기를 마치고 군에 다녀온 내 아이가 2학기에 복학을 하기 위해서는 학교를 자주 오가며 정보를 들어야 했다. 그러던 중에 같이 입학을 한 여학생, 그러나 내 아이가 군 생활을 할 동안 공부를 계속해 이미 3학년 2학기에 있던 한 학생을 통해 수업을 위한 정보를 많이 얻을 수 있었다. 그러는 사이 내가 세 번째의 소설집을 냈었고, 내 아이가 그 도움이 고마워 '엄마가 쓴 작품'이라며 그 학생에게 내가 낸 책을 소개를 했는지, 아니면 책을 한 권 주었는지는 정확하게 기억을 할 수는 없다. 그 뒤 그 학생은 내 작품을 읽고 작품에 대한 나름의 생각을 하고 몇 권을 더 사서 다른 사람들에게 선물을 했다는 말을 아이에게서 듣고는 생각을 했다.

'젊은 학생이 작품을 읽는 자세가 예사롭지가 않고 아주 사려가 깊네'

작가에게 있어 제 작품을 정성껏 읽어주는 독자만큼 귀하게 여겨지는 사람은 없다. 그런데 그 여학생이 나중에 내 아이의 여자 친구가 되었는데, 그 사실을 내가 안 것은 내 남동생 내외를 통해서였다.

"창재 맛있는 거 좀 사 주려고 불렀더니 여자 친구를 데리고 나왔데?"

"여자 친구라고? 우리 창재가? 그럴 리가?"

그 때의 나의 반응은 그것이었다. 그것은 내 아이도 드디어 여자 친구를 사귀었구나 하는 기쁨과 반가움이 아니라 솔직히 걱정이었다. 엄마도 모르는 사이에 어떤 애를 사귀었나 싶은 생각, 앞으로 오직 공부만 해야 할 아이가 여자에게 마음이 빼앗기면 공부도 할 수 없는데 싶은 걱정이랄까? 하여튼 아직은 아닌데 싶은 생각을 하고 있었다.

내 글의 독자와 내 아이의 여자 친구는 그 의미부터가 엄청 달랐다. 나는 내 아이가 이 다음에 만날 배필에 대한 기도를 아이가 중학에 들어가기 전부터 시작했고 지금도 하고 있다.

'주님께서 사랑하시고 주님을 사랑하는 여성…' 그것이 기도 내용 중의 하나인데, 알고 보니 그 아이는 교회에 아주 열심인 학생이었다. 내가 제임스 힐스 목사와의 결혼을 앞두고 있었을 때, 물론 아이 스스로 어미의 결혼을 적극적으로 찬성을 하긴 했지만, 그 마음의 쓸쓸함이 어느 누구보다 컸음은 내가 짐작할 수 있었다. 그 때 그 여학생이 내 아이 가까이서 말동무가 되기를 나는 원했고 이 곳에 오기 전에 한 번 만나 얘기를 나누고 싶었는데 그것은 이루어지지 않았다.

사람의 앞날이야 아무도 모르니 그 학생과 내 아이가 끝까지 그 관계를 잘 유지해 갈지 아니면 이별의 과정을 거칠지는 모르지만 사귀는 동안은 서로 많이 배려하고 격려하며 하고 있는 공부를 잘 하라는 당부를 하고 싶었었다. 그리고 내가 이 곳에 온 후, 지난여름이었다. 내 아이가 메일에서 이런 말을 했었다.

"엄마, 시험 대신 리포터로 대신하는 과목이 있는데 아주 중요해요. 그런데 그 애와 같이 우리 집에서 공부하면 안 될까?"

그 때 그 메일을 받고 나는 고민을 했었다. 이 아이들을 집에 와서 공부를 하게 해야 하나, 그러지 말라고 해야 하나 하고. 생각해보면 믿음이 문제였는데, 아이들은 사실 우리 눈앞에 있을 때보다 학교나 바깥에 있을 때가 더 많다. 그런데 만일 우리가 아이들을 믿지 못한다면 불안해서 살지 못할 것이다. 더구나 나는 이 먼 곳, 캐나다 땅에 있지 않는가? 어디에 있든 제 갈무리를 잘 할 것이라는 믿음. 그것 때문에 우리는 자식을 바깥에다 보내놓고도 안심을 할 수 있는 것이다. 그런데 집에 하루, 그것도 공부 때문에 데려오겠다는 그 말을 듣고는 내가 선뜻 '그래라.' 라고 할 수가 없었다. 그것은 왜였을까?집으로 데려오는 것 자체, 그것으로 뭔가를 인정한다는 의미가 다분할 수가 있는데 아직은 그러고 싶지가 않다 랄까? 그리고 또 하나는 할머니는 계시지만 엄마도 없는 집에 여학생을 마음대로 데리고 옴으로써 행여 내 아이가 어른들의 눈에 걱정스럽게 비쳐지기라도 할까 하는 염려 때문인 것 같았다. 그래서 내가 답을 했다.

"아들아, 네 사랑 전선에는 이상이 없는 것 같구나. 그런데 공부를 꼭 집에 데리고 와서 해야 하겠니? 이건 내 생각인데 할머니도 계시고… 알잖아, 어른들의 생각. 엄마는 네가 어른들이 신경을 쓸 일은 하지 않았으면 싶어. 다른 방법을 찾아보길!"

부드러운 것 같으면서도 거의 고압적인(?) 방법으로 아이의 방법에 반대하는 답을 보냈더니 아이가 답을 보내왔다. '공부는 집에서 하지 않기로 했다.' 라는 내용이었다. 아이의 그 글로 내가 마음을 놓긴 했지만 생각해보면 그것은 참으로 어리석은 방법이었다. 스물다섯이나 된 아이가 마음만 먹으면 어디서든 원하는 행동은 할 수 있는데 단지 눈앞에서 그 방법을 피한다고 마음 편안해 한다는 것은.

그 일로 나는 나 자신을 다시 살펴보았다. 내 아이를 참 많이 믿는다고는 하면서도 결국은 믿지 못하고 있는 자신을. 그리고 내 아이보다 주변의 시선을 더 많이 의식하고 있는 나 자신을.

이제 겨우 고등학생인 내 친구 데니스 딸과 남자 친구, 그리고 그들을 대하는 데니스와 밥을 보며 나는 생각을 했다. 만일 나라면, 만일 눈부시도록 아름다운 저 어린 딸이 내 딸이라면 나는 어떻게 했을까 하는 생각을. 아마도 나는 그 딸에게 티라도 앉고 흠이라도 생길까 맨날 안달하느라 학교에도 불안해 제대로 보내지 못하지 않을까 싶다. 그리고 그 남자 친구 때문에 내 딸의 앞날이 망가져버리기라도 할까 초대는커녕, 주변에는 얼씬도 하지 못하도록 눈에 불을 켠 채 지키지 않을까 하는 생각을 했다. 그래서 하나님께서는 내게 딸은, 눈부신 딸은 주지 않으신 것일까? 아들 하나도 제대로 지키지 못하고 훌쩍 떠나온 내게.

데니스와 밥과 힐스 목사와 나, 우리는 그렇게 와인과 티를 나누며 눈부신 딸과 듬직한 아들 생각을 하며 대화를 나누고 있었다. 아무리 내가 생각과 행동이 나와는 다른 캐나다 땅에 있다고 할지라도 생각의 뿌리는 역시 지극히 한국적인 어미의 고정관념에서 놓여나지 못했음을 나는 발견하고 있었다.

처가 말뚝에다 절을

주일부터 주로 월, 화, 수요일을 교회에 가는 제임스 힐스 목사는 목
요일부터는 집에서 밀린 일들을 한다. 오늘은 운동 후 집에 와 아침 내
내 서재에서 약 450매나 되는, 매달 띄우는 선교 편지 봉투를 프린트하
더니 그 일을 끝내자마자 내 옆자리에 있는 컴퓨터에 앉아 다른 일을
하기 시작했다. 나는 그가 지금 당장 해야 할 일들을 대충 알고 있다.
올해의 설교 계획서를 만들어야 하고 3년째를 맞은 Dr.Min 공부를 위
해 주문해 둔 책을 읽어야 하며, 선교 편지를 나와 함께 봉투에 넣어 봉
하고 우표를 붙여 보내는 작업을 해야 하고, 지난 연말부터 미루고 있
는 은행에 보내야 할 어떤 자료를 작성해야 하며, 그리고 이번주 해야
할 설교 준비를 마무리해야 한다.

이제 새해가 되었으니 일흔여덟이 된 그에게 주어지는 일치고는 너
무 많은 분량의 일이지만 그는 늘 "아이구, 바빠라," 하면서도 참 잘 해
낸다. 그 연령의 다른 사람들 같으면 거의 대부분 하던 일을 손에서 놓
고 삶을 즐기면서 여유를 누릴 텐데 힐스 목사, 그에게 있어 일은 곧 삶
을 즐기는 것 자체인 것 같다. 가끔 내가 어떤 일로 이런 말을 할 때가
있다.

"진짜 스트레스 받네."

그러면 그는 말한다,

"외숙, 죽은 사람은 스트레스를 받지 않아."

그렇게 모든 일을 긍정적으로 생각을 하니 그 연세에 젊은이도 때로
는 힘들어 할 수도 있는 일을 두고도 그리 걱정을 하지 않고 늘 즐겁게

사는 것 같다.

지난 한 주 동안, 허리가 아파 지팡이를 짚고 다녔는데 주일에 설교를 해야 할 사람이 지팡이를 짚고 다니니 나는 여간 걱정이 아니었는데, 그는 또 이렇게 큰 소리로 자기 멋대로 멜로디를 붙여 노래를 불렀었다.

"나는 에이치 에이 피 피 와이 (I am H, A, P, P, Y), 나는 에이치 에이 피 피 와이!"

그는 자신의 허리가 그렇게 아파 힘들어하면서도 행여 내가 신경을 쓸까 늘 콧노래를 부르고, 시키는 것이라고는 단 하나, 양말을 신겨주고 벗겨달라는 것뿐이었다. 몸을 구부리기가 쉽지 않았기 때문인데 그러면 나는 서비스로 발까지 씻겨 주기도 했다.

그런데 그렇게 일이 가득한 그가 바쁜 일 하나를 또 만들었다. 이 일은 그가 만든 일이기보다는 아내를 한국인으로 두었기 때문에 생긴 일이라고 할 수 있다.

지난 12월 초 즈음인가? 토론토에 사는, 내가 아는 어느 신문 기자가 전화를 해 왔다. "힐스 목사님의 도움이 좀 필요해요."라고 시작을 한 그 사람이 원하는 도움이란 이것이었다.

한국의 이희아라는 소녀 피아니스트가 지난 3월인가 토론토에서 연주회를 가진 적이 있는데, 이번에는 서울의 한 방송국에서 외국인을 관객으로 한 연주회를 하는 것을 취재하여 특집을 만들려고 하는데 그 방면에 알 만한 사람을 자기가 몰라 힐스 목사를 떠올렸다는 것이었다. 그렇게 일이 연결이 되자 힐스 목사도 무관심할 수가 없었는데 중요한 이유는 희아라는 학생이 아내의 나라의 학생이고 정상이 아닌, 네 손가락으로 연주를 하는 피아니스트였기 때문이었다.

아내의 나라의 피아니스트, 그렇게 어려운 몸의 조건을 극복하고 피

아니스트가 된 그 학생에게 아주 감탄을 하던 그는 마치 자신의 일처럼 우리 동네에 있는 연주회장으로 알맞은 교회를 물색하고, 그 교회 목회자를 만나 의논하고 결국은 1월 30일 연주회를 하기로 진행을 하게 된 것이다.

연주회장으로 결정을 한 그 교회는 평소에도 자주 연주회를 갖는, 200년이 넘는 역사로 유명한 곳이다. 그러나 막상 행사를 하기로 정했지만 이 곳의 날씨가 그 즈음에는 아주 춥거나 눈이 엄청 올 수도 있는, 그리 좋은 조건이 아닐 수도 있기에 그 교회 목회자나 담당자, 그리고 나와 힐스 목사, 특히 이 연주회를 총책임진 토론토의 그 기자에게는 여간 신경이 쓰이는 일이 아니었다. 더구나 토론토에 사는 그 기자는 우리가 같은 동네에 산다는 이유로 힐스 목사와 나의 역할에 대해 많이 기대를 하는데, 해도 바뀌어 가뜩이나 일이 많은 그의 사정을 아는 나로서는 여간 미안하지 않을 수 없었다. 나야, 그 학생이 내 나라의 학생이고, 더구나 불편한 몸으로 그 먼 곳에서 오니 기꺼이 내가 할 수 있는 일을 돕는다고 하지만 그는 정말 자신의 일만으로도 늘 시간이 부족한, 다른 일에는 신경을 쓸 겨를이 없는 노 목회자였다. 그런데 새해를 맞으면서 토론토의 그 분이 한국엘 볼 일이 있어 다니러 가게 되면서 이 곳에서의 일은 정말 힐스 목사와 내가 교회의 당사자들과 의논을 하고 일을 추진해야 하는데, 그래서 며칠 전에도 그 분들과 만나 광고에 대한 것과 연주회 당일에 있을 여러 가지 준비 등에 대해 의논하는 모임을 가졌었다.

다음주 화요일, 우리는 이 곳 지역 신문에 희아 학생의 연주회를 소개하기 위해 그 교회 목회자와 기자를 다시 만나기로 했는데, 어제 저녁에 힐스 목사가 자다가 일어나 말했다. "외숙, 정말 잘 해내야 할 텐데 어떻게 하면 더 잘 할 수 있을까?" 하고. '아이고, 가뜩이나 바쁜 양

반이 이제는 연주회 때문에 잠까지 설치는구나.'

실은 나도 이왕 나선 일, 잘 해내야 한다는 생각을 하고 있는데 그가 잠까지 설치며 궁리를 하니 고맙기도 하고 미안하기도 하고 걱정도 되었다. 그런데 오늘, 아침 내내 선교 편지 봉투를 프린트하던 그가 내 옆 컴퓨터에서 한참을 작업을 하더니 프린트를 뽑아 뭔가를 내게 보였다. "Chicken, 읽어봐라."라며.

그 속 한 면에는 희아 학생이 피아노를 연주하는 사진과 함께 힐스 목사와 내가 이번 연주회에 동참을 하게 된 과정과 연주회에 대한 소개를 한 내용, 뒷면에는 희아 학생의 프로필이 가득 들어 있었다. 그것은 우리가 갖고 있는 희아 학생에 대한 프로필로, 힐스 목사가 다시 내용을 첨가하여 편집을 한 것이었다.

"이걸로 뭘 하게?" 내가 다 읽은 후 물으니 그가 말했다. "우리 타운하우스 집집마다 돌릴 거야."라고. "아니, 이 일을 궁리하느라 간밤에 자다 일어나 그 고심을 했어요, 며칠 후, 지역 신문에 실리면 절로 알게 될 텐데?" 내가 속으로는 은근히 그의 철두철미한 준비성과 책임감, 그리고 편집 솜씨에 감탄하며 말했더니 "신문에 나오면 알게 되겠지만 우리가 미리 이렇게 알리면 더 잘 기억을 하게 되잖아?"라며 이미 타운하우스의 숫자대로 프린트를 해 봉투에 넣고 있었다.

그는 이미 자신의 교회와 휘트니스 클럽 멤버들에게 광고를 했고, 만나는 사람들에게마다 희아의 사진이 든 연주회 홍보물을 보여주더니 어제는 보석가게에 갈 일이 있었는데, 보석가게 주인이게도 연주회를 소개하였고, 라디오 방송국과 WNED라는 TV 방송국에도 홍보를 부탁할 생각을 하고 있는데 가능할지는 모르겠다.

"Chicken, 나, 이거 돌리러 갈 거야. 나 따라 갈래?"

그는 어느 사이 머플러를 목에 두르고 외투를 걸치며 집을 나서고 있었다. 그의 머리 위에는 몽골 여행에서 갖고 온, 닥터 지바고를 생각하게 하는 털모자가 얹혀 있었다.

'색시가 이쁘면 처가 말뚝에다 절을 한다더니…'

이 나이에 이쁠 것도 없는 색시 때문에 아무런 상관도 없는 일을 저렇게 신나서 하는 그를 바라보노라니 문득 그 말이 떠올랐다. 그리 춥지는 않지만 바람이 제법 부는 바깥으로 그는 이미 나가고 있었다. 내가 급히 외투를 입고 따라나서며 큰 소리로 말했다. "오케이!" 하고.

내 땅에서 오는 학생, 그 장한 학생을 위한 일인데 내가 마다할 일이 아니었다. 그와 나는 오늘 그렇게 서울에 있었을 때도 만난 적이 없는 그 학생을 위해 집집마다 돌며 연주회 안내장을 돌렸다.

원더풀 뉴스

사노라면 가슴을 쓸어내려야 하는 일들을 더러 만나게 된다. 마치 복병처럼, 함정처럼 우리의 삶 주변 곳곳에는 평탄한 발길을 걸어 넘어지게 하는 일들이 숨어 있기 때문이다. 갑자기 만나는 교통사고가 그런 것인가 하면, 사업의 실패도 그것의 하나일 수가 있고, 가족이 건강을 잃을 때도 평탄하던 삶은 그 리듬을 잃게 된다. 그러나 복병이나 함정을 만났어도 다시 가슴을 쓸어내릴 수 있다면 그것은 복이다. 느닷없이 만난 힘든 일로 몸과 마음을 수습하기조차도 힘든 경우가 이 세상에는 얼마나 많은가? 순식간에 들이닥친 바닷물로 가족을 잃고 삶의 장막을 잃고 일의 터전을 잃고 망연자실한 사람들을 우리는 최근에 너무나 많이 보고 있다.

그들의 삶 속에 숨겨져 있던 함정은 그 규모가 너무 엄청나고 큰 것이어서 그들 스스로는 도저히 다시 그 함정에서 빠져나올 엄두조차도 낼 수 없는 일이기에 망연자실한 그들을 위해 우리는 지구의 다른 곳에서 기도를 하고 구체적인 사랑의 손길을 내밀기도 하는 것이다. 경우는 다르지만 참으로 마음이 절망하고 애통해 아무것도 눈에 들어오지 않았을 것 같은, 너무나 두렵고 좌절도 되었을 그 삶 속의 함정을 이제는 건너뛰고 오늘, 가슴을 쓸어내리는 은혜를 입은 한 가족을 나는 소개하고 싶다.

그녀, Karen Young은 제임스 힐스 목사의 교회 비서이다. 그녀는 중년 여인으로, 힐스 목사는 자주 그녀의 남편의 건강이 좋지 않다고 말했었다. 그가 그녀의 남편의 건강을 염려할 때마다 나는 남의 일 같지가 않아 늘 '어떡하나?' 하는 생각을 했었다. 건강을 잃은 남편으로 인해 나와 내 아이의 인생길이 바뀌는 경험을 하고 있는 내가 그 말을 들을 때마다 무심할 수가 없었다.

그런가 하면 그녀 자신도 허리 통증이 있는데 그래서 나는 '가족의 건강 때문에 걱정이 많겠구나.' 하는 생각을 그녀를 떠올릴 때마다 했었다. 그런데 지난 가을부턴가? 그녀의 스물한 살 된 아들도 건강이 좋지 않다고 힐스 목사가 걱정을 하기 시작했다.

"어떻게 안 좋은데?"

가뜩이나 남편도 아픈데 다 키운 아들까지 아프다면 만일 나 같으면 내 정신이 아니겠다. 라는 생각을 나는 그 말을 들을 때마다 하곤 했다.

"암일 것 같대. 임파선."

턱 주변에 뭔가 멍울이 생기면서 그것이 커지는데 주변에서 다들 암일 것이라고 추정을 하고 있다고 했다.

"말도 안 된다, 다 키운 자식을…"

설상가상으로 그녀에게 주어지는 너무나 가혹한 고통에 내가 화가 날 지경이었다.

"어쩌라는 거야? Karen이 뭘 어떻게 해야 하는 거야?"

스물한 살이나 되도록 다 키운 자식을, 쇠붙이도 녹일 열정으로 장래를 위해 뭔가를 하고 있어야 할 자식이 암이 틀림없을 것이라는 질병을 안고 집에 와 있으니 그 어머니의 마음은 바로 지옥이었으리라. 아무런 기쁨이 없으리라. 그것은 힘도 없는 아녀자에게 주어진 시련치고는, 함정치고는 감당하기에 너무 벅찬 것이었다.

"외숙, 기도하자. 기도뿐이다."

그 아들의 생일인 지난 5일에 있을 수술의 결과를 위해 그와 나는 그렇게 기도를 하기 시작했는데 Karen 그녀는 오히려 그 와중에 성탄이라고 케이크와 쿠키를 만들어 보냈기에 내가 그 여유에 감탄을 했었다. 그런데 오늘 아침, 베이스먼트에서 일을 하던 힐스 목사가 누군가와 통화를 하던 중 큰 소리로 "Wonderful! Thank you Lord!"를 외치며 혼자서 하하하 웃고 난리도 아니었다.

"무슨 일로 저러시나? 엄청 좋은 일이 있나 보네?"

베이스먼트는 서재로, 그가 설교 준비를 할 때나 매달 보내는 선교 편지를 만들 때는 주로 그 곳에서 일을 하는데, 전화 벨 소리가 없었던 것으로 보나 아마도 일을 하다가 누군가에게 전화를 한 것 같았다. 평소 베이스먼트에 있으면 그는 늘 문을 닫고 일을 한다. 그 이유는 어지럽혀진 책들을 내게 보이고 싶지 않다는 것인데 문을 닫았음에도 불구하고 저렇게 큰 소리로 웃으며 외치는 소리가 위층까지 들리는 것으로 보아 누군가에게 크게 축하할 일이 생긴 것이 분명하다는 생각을 나는 하고 있었다. 그렇게 한참을 "원더풀, 탱큐 하나님!" 하고 웃으며 전화를 하더니 위층으로 왔다.

"외숙, Karen의 아들이 암이 아니래! 간밤에 우리 집에 전화를 했는데 아무도 안 받더래."

그가 또 다시 소리쳤다. 그러고 보니 간밤에 외출을 했다가 우리가 좀 늦게 집에 돌아왔었다.

"암이 아니래?"

실컷 암이 아니기를 기도해놓고 아닌 것이 오히려 이상하다는 듯 내가 놀라 묻는데 그가 계속 말했다.

"고양이 때문이래. 고양이가 할퀴면서 바이러스를 옮긴 거야."

"뭐야, 고양이?"

바짝 신경을 곤두세우게 해놓고 한 순간 맥이 빠지게 하는 격이랄까? 기껏 고양이 때문에 사람이 그렇게 초죽음에 빠질 수도 있다는 사실이 어이없어 허! 하고 웃다가 생각하니 그것이 아니었다.

"주님, 고맙습니다. 고양이 때문이었다니요. 하하하. 살려주시니 고맙습니다. 고양이면 어떻고 강아지면 어떻습니까!"

어이없어하다 이렇게 힐스 목사처럼 하하하 하고 나도 큰 소리로 웃으며 기도를 하지 않을 수 없었다. 그 전화를 마치고 우리는 우리 동네에 사는 버지니아라는 여성의 집으로 방문을 하게 되었다. 그녀는 1월 30일에 한국인 피아니스트, 이희아 학생의 연주회가 있을 St, Marks 교회의 교인으로, 그 연주회에 대해 의논을 하기 위해 힐스 목사와 나, 그리고 그 교회의 Wright 목사를 자신의 집으로 초대를 한 것이다.

그녀의 집은 내 집에서 걸어서 3분 정도 걸리는 곳으로, 실내가 마치 유럽의 어느 왕가 후손의 집에 들어서기라고 한 듯 가까이 다가가 보기조차도 조심스러운 우아한 골동품 장식과 가구들로 차 있었다. 벽에 걸린 사진 속의 조상들의 의상은 평민의 그것이 아닌 것 같았는데 힐스 목사도 그렇게 느꼈던지 이렇게 물었다. 영국에서 왔느냐고. 실제로 이곳에는 영국에서 건너와 삶의 터전을 잡고 사는 사람도 많고, 그러다 보니 출신이 좀 다른 사람들도 더러 있는가 보았다. 힐스 목사도 부모가 지극히 평민이지만 영국인이다. "부모가 영국과 헝가리 출신이다." 라고 버지니아가 말했는데, 정말 왕손인지 아닌지에 대해서는 물을 수도 없었는데 그녀가 말을 하지 않아 나는 그냥 '평민은 아니었겠다' 라는 짐작만을 하고 있었다.

그녀가 아주 아름다운 찻잔에다 커피를 내놓고 케이크를 내놓으며 우리를 대접하는데 아주 살이 오르고 검은 빛과 잿빛 털의 빛깔이 우아한 두 마리의 고양이가 슬며시 다가와 힐스 목사와 내 무릎에 와 턱 하니 안기는 것이었다.

"고양이야, 너 아주 예쁘구나."

개나 고양이를 키우는 것은 싫어해도 보기는 좋아하는 힐스 목사는 윤기가 자르르 흐르는 고양이털을 쓸어주며 마치 아기 다루듯 하는데, 고양이를 좋아하지 않은 나는 그렇다고 내 무릎에 와 앉은 고양이를 밀칠 수도 없고 참 난감했다.

"고양이가 아주 프렌들리해요, 외숙."

프렌들리나 마나 고양이 자체를 좋아하지도 않고 더구나 불과 몇 분 전에 고양이가 바이러스를 옮긴 사실을 들은 탓에 나는 내 무릎에 앉는 것도, 털에 손을 대는 것도 싫었다. 그러나 마지못해 고양이털을 쓸어주는데 그것이 무릎에서 떨어질 줄을 몰랐다. 그 때 힐스 목사가 버지니아에게 물었다.

"내 비서의 아들이 임파선이 계속 커져서 암이라고 아주 걱정을 했는데 알고 보니 고양이가 바이러스를 옮겨 생긴 병이라더라. 버지니아, 당신은 그런 말 들어본 적이 있나?"

그랬더니 버지니아가 말했다.

"아, 내가 아는 한 사람도 양쪽 턱에 멍울이 생기고 자꾸 커져 암인 줄 알고 병원에 갔더니 고양이가 할퀼 때 바이러스를 옮겨서 생긴 병이라더라. 그런데 우리 고양이들은 아주 프렌들리해서 걱정 안 한다."라고. 그래서 내가 속으로 생각을 했다. '프랜들리 좋아하네. 믿는 도끼에 발등 찍힌다는 것도 모르나?'

'비서 Karen의 아들도 분명 고양이를 좋아했으면 했지 싫어했을 리가 없다. 만일 싫어했다면 고양이를 만날 일이 없지 않겠는가? 모르긴 해도 고양이를 너무 좋아해 함께 놀다 할퀸 자국으로 바이러스가 침범했을 것이 분명하다.'

이것은 Karen의 아들의 병을 통해 내가 추정을 하고 내린 확실하지 않은 결론이었다. 그러나 고양이면 어떻고 강아지면 어떤가? 중요한 것은 생떼 같은 자식이 죽음의 공포에서 살아온 것이 아닌가?

 "Wonderful ! Thank you Lord!"

너무나 엉뚱한 방법, 고양이를 이용해 우리의 기도를 들어주신 주님
께 어떻게 이렇게 기도를 하지 않을 수가 있겠는가? 우리가 살아가면
서 비록 가끔씩은 우리의 발을 걸어 넘어지게 하는 복병을 만나고 또
함정을 만나 허우적대는 일이 있을지라도 결국은 "Wonderful! Thank
you Lord!"라고 찬양할 수 있고, 그렇게 감사할 수 있다면, 그래서 가
슴을 쓸어내리며 한숨을 돌릴 수 있다면 그것은 복이리라. 너무나 큰
축복이리라.

그렇게, 잔치는 끝났다

그 날 하루 때문에 일월 한 달을 마음 졸였다. 그토록 아름다운 계절을 두고 하필 가장 깊은 겨울, 매일 눈이 쏟아지는 일월 말에 콘서트를 하기로 약속이 되어 있으니 우선 날씨가 도와주지 않으면 일은 엉망이 될 것이 분명했다.

이 곳의 일월은 거의 매일 눈에다 가끔 눈폭풍까지 휘몰아치는데, 그 전 주일 같은 경우에는 많은 교회가 눈폭풍으로 예배가 취소될 정도였다. 그 날 주일, 연주회장이 될 그 교회의 예배에 참석한 인원은 겨우 열두 명이었다니 모두 날씨 탓이었고, 만일 연주회 날에도 날씨가 궂으면 멀리 한국에서 불편한 몸으로 올 희아 학생과 방송 팀에게 여간 낭패를 안기는 일이 아니었다.

토론토에 사는, 이 일을 주관하는 기자는 전화를 할 때마다 거의 맥이 빠진 목소리로 걱정을 했다. 단지 내가 한국인이라는 이유로, 제임스 힐스 목사가 캐네디언이라는 이유로 우연히 관련이 되어버린 그와 나는 달리 방법이 없어 기도만 할 뿐이었다, 어떻게든 그 날, 날씨가 궂지 않게 해 주십사고. 날씨가 좋다고 할지라도 이 동네의 많은 사람들은 이미 춥고 긴 겨울을 피해 따뜻한 플로리다나 카리브로 겨울 한 철은 떠나서 지내기 때문에 가뜩이나 많지 않은 인구의 조용한 동네가 더 한산할 텐데 정말 얼마나 많은 사람들이 올지 걱정이라는 것이 St. Marks 교회의 연주회 담당 책임자, 버지니아의 말이었다. 그렇게 연주회가 있는 주일 아침을 맞았는데, 힐스 목사는 설교를 해야 하니 교회로 가야 했고 나는 연주회장인 그 교회에서 예배를 드리기로 했다.

"외숙, 나는 교회에서 바로 연주회장으로 갈 테니 그 곳에서 만나. 그리고 우리 교인들이 오면 연주회 마치고 안내를 하자."

그는 집을 나서며 그렇게 말을 했다. 안내란 이미 전날, 예약을 해 둔 레스토랑으로 자신의 성도들을 안내한다는 뜻이었다. 그는 미국 땅에 있는 자신의 교회 성도들이 그 먼 길을 달려 콘서트에 오면 저녁 대접을 해 보내기 위해 이미 레스토랑 예약을 해 둔 터였다.

주일 예배 시간에 희아는 그 교회 목회자의 요청으로 한 곡을 연주를 했다. 희아의 뒷자리에 앉은 나는 연주를 하기 전에 희아가 옆에 앉은 어머니께 "기도하자, 엄마."라고 하는 말을 들을 수 있었다. 그렇게 둘이서 기도를 한 후, 예배 도중에 베토벤을 연주했고 나는 내내 '저 학생이 저렇게 먼 길을 와 연주를 하는데 이 귀한 연주를 많은 사람들이 와 들어야 할 텐데' 하는 생각만을 하고 있었다. 그렇게 오후를 맞아 잠깐 집에 왔다가 다시 연주회장에 가니, 힐스 목사는 이 곳 TV 방송 관계자와 인터뷰를 하고 있었고 사람들은 연주회장을 채우기 시작했다. 이미 전날, 리허설을 하는 모습도 처음부터 끝까지 지켜봤다.

같은 곡을 수없이 되풀이 연주를 하는 모습을 촬영 팀은 카메라에 담았고 시차 적응이 되기도 전이라, 잠이 묻은 눈을 하고도 희아 학생은 그 여려 보이는 네 손가락으로 시키는 대로 리허설에 응했다. 희아가 연주를 할 동안 그 어머니는 한쪽에 앉아 내내 기도하고 있었다. 드디어 오후 두 시, 연주회는 시작되고 하얀 드레스를 입은 희아가 무대 위에 나오는데 나는 구태여 뒤를 돌아 몇 사람이 왔나를 확인하지 않아도 그 박수 소리만으로도 분위기는 짐작을 할 수 있었다.

지난주에 눈폭풍 때문에 겨우 열두 명 예배에 동참을 했다는 교회는 이 교회 교인들과, 힐스 목사 교회의 교인들과, 이 동네 주민들과, 한국인교회 교인들로 보기 좋게 채워져 있었다. 그것은 비록 여느 연주회장처럼 가득한 청중은 아니었지만 아직 발에 눈이 밟히는 가장 깊은 겨울에, 특히 노년층이 많은 이 동네의 특성으로 볼 때, 그 눈길을 마다 않고 멀리서 온 우리의 피아니스트의 연주를 듣기 위해 왔으니 그것은 할렐루야였다. 눈폭풍도 없었고 보기 좋게 자리를 채운 관중들, 무엇보다도 건반 위에서 춤을 추던 희아의 네 손가락. 그 손가락이 만들던 기가 막히게 감미롭던 피아노 선율. 희아 어머니는 그 연주가 끝날 때까지 기도를 했고 힐스 목사는 내 손을 잡으며 시종 눈물을 글썽였고 나는 생각을 하고 있었다. '우리가 열 손가락을 가지고 뭘 못 한다고 해서는 절대로 안 되겠구나.' 하는 생각을. 그리고 또 생각했다. '뭐든, 우리가 앞질러 염려할 일은 아니구나.' 하는 것을.

희아 학생은 이미 많은 무대 경험이 있는지 마이크를 잡고도 전혀 긴장을 하지 않고 자신의 연주곡을 설명을 하였고, 오히려 조크까지 하며 그 연주회를 이끌어가고 있었다.

"하나님께서 성령의 열매 중 특히 제게 '인내'라는 열매를 주셔서 하루 열 시간씩의 연습을 할 수 있었어요."

희아는 5년 동안 하루 열 시간씩 연습을 한 쇼팽의 '즉흥 환상곡'을 연주하기 전에 그렇게 말했다. 어린 나이에 주님께서 주신 '인내'라는 열매를 마다하지 않고 받아 '아름다운 음악'으로 열매를 거둔 그녀. 그 '인내'라는 열매조차도 하나님께서 주신 열매라고 생각을 할 줄 아는 그녀가 비록 몸은 작아도 믿음은 참으로 큰 사람으로 느껴졌다.

"할렐루야!"

그렇게 희아의 피아노 연주가 끝나자 어머니가 무대 위에 섰는데 그 어머니는 서자마자 그렇게 하나님을 찬양부터 했다.

"아기가 태어나자 주변의 사람들이 캐나다 같은, 장애 아이들이 대접받고 사는 나라로 입양을 보내라고 했습니다. 그러나 나는 예수님의 음성을 듣고 저 아이를 감사함으로 키웠습니다. 행여 몸과 마음이 힘든 분들이 계시면 내 아이를 통해 위로를 받고 힘을 얻게 되기를 원합니다."

그녀의 짧은 간증은 청중들을 감동의 도가니에 몰아넣기에 충분했다. 연주는 끝났지만 힐스 목사의 역할은 아직 남아 있었다.

"외숙, 가자. 우리 식구들이 기다려."

그는 점심도 거르고 온 자신의 교인들을 위해 예약해 둔 레스토랑으로 가야 했다. 그 역시 점심은 거른 채였다. 열두 명의 성도들과 힐스 목사와 나는 아주 근사한 식사를 하게 되었는데, 성도 한 분이 미안하다고 자신들이 목회자를 대접하겠다고 했다. 그러나 힐스 목사는 "이 동네는 우리 동네다."라며 그들을 대접했다. 표현에 있어 우리나라 사람들보다 훨씬 적극적이어서 때로는 호들갑스럽게도 느껴지는 그 성도들은 음식을 먹으며 내내 희아의 연주에 대해 "원더풀"하다고 말을 했다. 성도들과 함께 식사를 하는 기회를 가진 나는 또 생각하기 시작했다. '참 좋은 목회자와 참 좋은 성도들이구나.' 하는 생각을.

그렇게, 잔치는 끝났다. 우리는 우리가 할 수 있는 최선을 다했다. 제임스 힐스 목사와 나는, 그렇게 우연히 연관이 된 그 잔치에서 이제는 놓여나 제 자리로 돌아왔다.

고개 숙인 아버지들을 위한 변명

두 주간 동안 내가 나가는 한국인 교회 예배에 불참했다가 어제, 오랜만에 예배를 드리러 갔다. 첫 주는 눈폭풍이 너무 심해 갈 수가 없었고 두 번째 주는 이 희아 학생의 피아노 연주회장인 St. Marks 교회에서 예배를 드려야 했기 때문이다. 며칠간, 불과 십 미터 앞이 보이지 않을 정도로 이 동네와 파크 웨이가 저녁 안개로 자욱하다.

짙은 안개는 동네를 덮고 있는 수목에 내려 그대로 얼어 온 동네에 안개꽃을 피우고 있다. 안개가 만든 안개꽃은 눈꽃과는 달이 아주 섬세한 가지까지 얼음 알갱이를 스프레이한 듯한데 그 안개꽃이 교회에 가는 길 위에서 크리스탈처럼 눈부셨다.

"와, 환상이다!"

사람의 솜씨로는 결코 흉내 낼 수 없는 장관은 이 곳의 특이한 자연 조건이 만들어낸 것이었다. 특이한 자연 조건이란 아마도 거대한 온타리오 호수와 겨울 날씨답지 않게 포근한 기온이 우거진 수목과 어우러지며 만들어낸 현상이 아닌가 싶다. 그렇게 안개꽃에 마음이 취해 있는 내 눈에 불과 두 주 전에는 없던 새로운 뭔가가 언뜻 들어왔다.

"저것이 전에는 없었는데, 뭐지?"

그것은 파크 웨이의 길가의 어느 집 앞에 세워진 아주 작은 집이었다. 집은 마치 간이 화장실처럼 아주 작았지만 지붕까지 얹었고 말하자면 보통 집의 축소판이랄까? 사람이 두세 명쯤 들어설 수 있는 크기로 나무문은 닫혀 있었다.

그 집이 아니어도 나이아가라 폭포에서 우리 집으로 오는 파크 웨이

중간 즈음에는 세상에서 제일 작은 교회가 있는데, 이 곳으로 관광을 오는 많은 사람들이 자동차에서 내려 작은 교회 안에도 들어가보곤 한다.

그 교회는 사람이 여덟 명 정도 들어갈 수 있을까? 지난 부활절 아침에는 이 곳의 어느 교회 교인들이 와 예배를 드리는 것을 볼 수 있었고 힐스 목사의 말에 의하면 결혼식도 한단다. 오가면서 눈여겨보면 한국인으로 보이는 관광객들이 정말 많이 찾는데 힐스 목사도 그렇게 말했다. 한국인들이 작은 교회를 많이 찾는다고. 그것은 한국인이 종교에 관심이 많기 때문이거나 혹은 세상에서 가장 특별한 것에 유난히 관심을 많이 갖고 있기 때문인지도 모르겠다.

그러나 나는 몇몇 몰지각한 한국인들 때문에 솔직히 좀 부끄럽다. 그 교회 안에는 흔적 남기기를 좋아하는 한국인 관광객들이 방명록에는 물론, 벽에다 이름이나 글귀로 낙서를 하여 부끄러움의 흔적을 만들기 때문이다. 그래서 교회 측에서 지우는 작업을 했다는데 사람들이 그 흔적을 또다시 남겨둔 곳이 바로 세계에서 가장 작아 오가는 사람들의 발걸음이 잦은 그 교회이다. 그런데 그 교회보다 더 작은 집이 길가에 세워져 있었던 것이다. 하여 기존의, 작은 교회보다 더 작은 것을 다시 지었나 하고 언뜻 바라보니 그렇다고 교회로 여길 만한 아무런 표지도 없는 것을 보니 교회는 아닌 것 같았다.

그렇게 궁금한 채 예배를 드린 후, 날 데리러 오는 힐스 목사와 집으로 돌아오는 길에 나는 다시 그 작은 새 건물을 보게 되었다.

"저것이 전에는 없던 집인데 뭐 하는 곳이에요?"

궁금해 내가 그렇게 물었다.

내 말에 그가 자동차 속도를 줄이며 바라보더니 말했다.

"아, 저 집? 아이들 스쿨버스 기다리는 집이야. 저 집에 어린 학생이 있나봐. 아마도 아버지가 만들었겠지."

"그러니까 스쿨버스 정류장이네? 근데 바로 코앞에다 집을 두고 왜 정류장을 만들어요, 그것도 아버지가?"

간이 화장실이나 세상에서 제일 작은 교회보다 더 작은 교회가 아닌, 아이들의 스쿨버스 정류장, 그것도 집 뜰이나 마찬가지인 곳에다 아버지가 만들었다니 내가 또다시 궁금해진 것이다.

"자기 자식들을 사랑하기 때문이지. 추운 날, 버스 기다리면서 떨지 말라고. 어떤 아버지는 속에다 난방 시설도 하는 걸? Ruth의 아버지도 Ruth가 어렸을 때 스쿨버스 기다리느라 춥다고 저렇게 직접 집을 만들어 주었다더군."

그는 아주 예사롭게 말했는데 내게는 예사롭게 들리지 않았다. 우리나라야 버스 정류장이라면 해당 기관이나 여러 단체가 홍보를 목적으로 만들기도 하고 그리고 그것은 일반적으로 집의 형태는 아니다. 그러나 이 곳의 한 아버지는 집에서 나온 어린 자녀들이 버스를 기다리는 시간 동안이라도 춥지 않도록 실내에서 기다리라고 자녀들을 위해 아버지가 직접 만든 개인 정류장이었던 것이다. 더구나 그것을 이미 힐스 목사가 알고 있고 전 부인이 어렸을 때도 그랬었다니 이 땅의 아버지는 예사로 그렇게 하나 보았다.

'자상도 하시지. 아이들이 얼마나 행복할까?'

자녀에 대한 잔정은 아버지보다 주로 어머니 몫이라고 생각을 하고 있던 나는 얼굴 모르는 그 아버지를 향해 그렇게 중얼거렸다. 그러고 보니 방법은 달라도 나도 내 아버지의 잔정을 받지 않은 것은 아니었다.

위로 아들 셋을 두고 나를 첫딸로 얻으신 아버지는 어딘가에 가실 때 나를 데리고 다니기를 좋아하셨다. 아버지를 따라가는 곳이라야 주로 오빠들이 공부를 하고 있던 대구의 우리 집이었는데 그 집은 동산동에 있었다.

"숙아, 봐라, 저것이 니가 다닐 학교다. 에스 엠이다."

아직 초등학교에 입학도 하기 전이던 내게, 우리 집 뒤 언덕 위의 담장이 넝쿨에 가려진 붉은 벽돌의 건물을 가리키며 "저것이 니 학교다, 에스 엠이다." 하시면 나는 그 학교를 언제 즈음에 가야 하는지, 에스 엠이 뭔지도 모른 채 '아, 나는 저 학교 학생이 되어야 하는구나.' 하는 생각을 하곤 했다.

나는 초등학교를 시골에서 다니면서 이 다음 나이를 먹으면 오빠들처럼 당연히 대구에 가서 공부를 해야 하는 줄 알았고, 내가 다닐 학교는 이미 정해 져 있었기에 에스 엠이 아닌, 다른 학교를 가야 한다는 생각은 한 번도 해본 적이 없었다. 알고 보니 아버지께서 말씀하신 에스 엠은 성명여중과 신명여고의 영문 이니셜이었는데 실제로 그 학교는 에스 엠이란 이름으로 더 유명하기도 하다. 그렇게 내가 갈 것이라고 초등학교에 입학을 하기 전부터 정해진 그 학교를 나는 제 때에 갈 수가 없었다. 가야 하는 줄은 알고 있었지만 공부는 하지 않았으니 시험에 붙을 리가 없었다. 어린 나이에 고달픈 재수의 길을 걸어 결국 나는 이듬해에 그 학교의 교복을 입음으로써 아버지의 원을 풀어드린 셈이었다.

그런데 그 학교, 에스 엠이 일제 때 마르다 부르엔이라는 미국의 선교사가 와 설립을 한 학교였으니 그 학교가 대구에서는 기독교 정신을 바탕으로 한 여성 신교육에 앞장 선 학교였고 그 학교에서 나는 체계적인 예배의식을 처음 접할 수가 있었다. 그것을 계기로 나는 종교를 묻는 사람에게 기독교라고 대답할 수 있는 신앙심을 키우게 되었고 그것은 내 삶의 방향을 알리는 지표요 내 삶의 목표가 되었다.

양조장이라는, 기독교와는 어쩌면 상극일 수도 있는 술을 취급하는 일을 하신 내 아버지가 딸을 그 학교 학생으로 재수를 시켜가며 만드신 이유는 당신이 예수를 알았기 때문이 아니었다. 왜냐하면 내 아버지는 종교가 없으셨기 때문이다.

돌이켜보니 일제 때 학창시절을 보내신 내 아버지께서 그 당시 신여성이던 내 선배들의 모습을 동경하신 나머지 이 다음 딸을 얻으면 저 학교 교복을 입게 해야지 하는 생각을 하신 결과가 아니었을까 하는 짐작을 나는 미루어 한다. 어떠한 이유로든 내 아버지가 어린 내 손을 잡고 다니시며 수 없이 반복시켜 주입을 한 말씀들이 내게는 하나의 목표가 되어 그 학교 학생이 될 수 있었고 그 계기로 내 삶의 여정에서 꼭 만나야 할 '예수'를 만난 사실, 그것은 아버지의 사랑 때문이 아니었을까? 이렇게 아버지를 생각하노라면 나는 또 내 기억 속의 한 아버지를 떠올리게 된다.

오래 전 내가 새벽기도를 다니고 있었을 때, 내가 살았던 아파트에서 교회의 새벽 예배에 참석을 하려면 늘 네 시 반에 출발하는 첫 버스를 타야 했다. 첫 버스를 타야 다섯 시에 시작하는 새벽 예배에 동참을 할 수 있었는데 그 새벽 첫 버스 속에서 나는 매일 한 늙수레한 초로의 남자를 만났다.

그는 늘 버스의 히터가 설치된 위치의 뒷좌석에 앉아 왔는데 그것은 그 좌석이 가장 따뜻하기 때문이 아니었나 싶다. 그는 국방색 긴 끈의 가방을 무릎 위에다 놓고는 내가 탈 즈음에는 눈을 감고 있었다. 나는 아침마다 그 분 가까이에 서거나 앉아 그 가방을 유심히 바라보곤 했었다. 천으로 된 낡은 그 가방 한 쪽 귀퉁이에 망치처럼 생긴 연장이 꽂혀 있고 이미 무겁게 보이는 그 가방에는 공사 현장에서 쓰일 연장이 들어 있지 않을까 하는 짐작을 나는 하곤 했다.

'저 연세면 이미 과년한 자녀들이 있을 텐데…'

그러면서 다들 곤히 잠든 시간에 일터로 나가야 하는 초로의 아버지의 입장을 나는 늘 상상하곤 했다. 생활이 궁해서일까? 아버지가 저렇게 무거운 가방을 메고 신 새벽에 집을 나서는 것을 자녀들은 알까? 안다면, 행여 아버지의 연장 가방을, 늙고 초췌한 아버지의 모습을 부끄러워하는 자식은 아닐까? 매일 같은 시간에 공사 현장으로 떠나면서 버스에서 눈을 감고 있는 그 분과 꽤 무거울 듯한 가방을 번갈아 바라보며 나는 그렇게 생각을 하곤 했다. 그리고 아버지의 자식에 대한 사랑을 생각하곤 했다.

어른은 '바담 풍' 해도 자식들아 너희들은

　태평양을 건너고 북미 대륙을 가로지른 이 먼 곳에 내가 살고 있어도 가끔은, 떠나온 우리의 땅과 이 곳이 멀다는 느낌을 잊을 때가 있다. 그 가장 큰 이유는 인터넷 때문인데 인터넷 상의 한국의 소식은 내가 그 곳에서 읽으나 이 곳에서 읽으나 같은 시간, 같은 내용이기 때문이다. 인터넷을 통해 나는 내 아이와 자주 글을 주고받고, 그 곳에서 일어나고 있는 소식을 접하며, 또 한 가지 더, 인터넷을 통해 나는 이 글을 먼 곳의 독자들에게 띄울 수 있으니 인터넷 덕을 톡톡히 보는 사람은 아무래도 내가 아닌가 싶다. 그렇게 인터넷을 통해 덕은 보는데 때로는 그것을 통해 대하게 되는 내 땅의 소식으로 마음이 개운하지 않을 때가 있다.

　사람 사는 세상에서 일어나는 소식이란 것이 보고 들어 늘 행복할 수만은 없지만 요즘 내 땅에서 들려오는 일련의 소식들은 참 마음을 무겁게 하고 어쩌다 이렇게까지 됐을까 하는 통탄까지 하게도 된다. 한 때 여유 있게 잘살다가 여러 이유로 힘든 고비를 겪기도 하는 것이 사람들의 삶의 과정이긴 하지만 삶이 곤궁할 때, 사람들의 생각까지 피폐해지고 질서나 윤리, 도덕까지 땅에 뒹구는 듯한 느낌이 드니 참으로 어떤 방법으로든 인간성을 회복하기 위한 수술을 하지 않으면 안 되겠구나 하는 생각을 하지 않을 수 없다.

　며칠 전부터 인터넷은 부장검사의 아들 시험 답안을 대신 작성한 교사에 대한 것과 또 며칠 전부터는 교사가 수업 현장에서 성적인 수치심을 유발하는 언어를 썼다고 하여 다섯 학생이 일억 원이라는 거액의 소송을 제기했다는 소식을 띄우더니 오늘 아침에는 판사가 그 교사로 하여금 일백 만원씩 그 학생들에게 보상금을 지급하라고 강제 조정을 했다고 하는 것이었다. 도대체 어쩌다가 그림자도 함부로 밟을 수 없던 교사와 학생간의 관계가 거액의 소송관계가 되어 버렸는지, 부장검사라는 존재가 도대체 얼마나 대단한 존재이기에 함부로 대할 수도 없던 교사가 스스로 나서서 하수인처럼 지저분한 일에 개입을 하게 되었는지, 한창 배우는 자식을 두고 있는 어미로서 참 통탄을 금할 수가 없다.

내게는 현재 차장검사로 일을 하고 있는 남동생이 있다. 내 동생이 힘들게 공부하여 검사가 되었을 때 내 어머니는 이 말씀을 하셨다.

"절대로 남의 돈을 탐하지 말고 대신, 고향에서 행여 소송 일로 찾아 오는 사람들이 있으면 빈 입으로 돌려보내지 말고 꼭 차라도 한 잔을 대접을 해서 가게해라."

나는 어머니가 하시는 이 말씀을 참으로 많이도 들었는데 그래서 내 동생이 소송 일로 찾아 오는 고향 사람들에게 차를 대접해 보냈는지는 알 수가 없지만 그의 생활의 검소함은 내 형제이기에 너무나 잘 알고 있다. 내 어머니는 가끔 그러셨다.

"네 동생이 집에 오면 나는 휴지 한 장도 눈치가 보여 함부로 못 쓰겠다."

내 어머니가 말씀하신 휴지는 흔히 말하는 사각상자 속의 부드러운 티슈를 말하는데 서울 근교에서 근무를 할 때는 주말마다 자녀들을 데리고 어머니 집을 찾는 동생이 집에서 티슈 한 장도 아껴 쓴다는 말을 내 동생댁이 들려주었다.

그 남편의 그 아내라고, 동생댁은 지금까지 식구들의 잠옷은 만들어 입히고 뜨개질을 해 겉옷으로 입히는가 하면 퀼트 솜씨가 좋아 집안은 마치 작은 퀼트 작품 전시장인 듯 바느질 솜씨로 가득할 정도이다. 지금은 고등학생이 된 내 동생의 아들은 내 아이가 작아서 입을 수 없는 바지를 물려 입기도 했고 중학생이 된 딸은 내 여동생의 아들이 작아서 입지 못하는 바지를 받아 입기도 하며 자랐다.

이렇듯 생각과 생활이 곧고 검소하니 자신이 하는 일에도 소신껏 당당할 수 있고 그것은 내 동생뿐 아니라 공직에서 일을 하는 사람 모두의 당연한 신념이어야 할 것인데 교사와 검사 아들과 관련된 소식이 참으로 마음을 갑갑하게 하는 것이다.

사실 사건이란, 그것이 좋은 일이든 흉한 일이든 늘 말없는, 잠잠한 다수 위에 두드러져 드러나는 현상이기에 이 사회 전체를 가늠하는 잣대는 되지 못한다. 다만 그 일을 통해 우리는 그 시대의 사회상은 대충 파악은 할 수 있기에 가끔씩 오르는 이러한 일에 예민하게 반응을 하게 되는 것이다.

그러나 나는 오늘, 말없이, 그러면서 자기 위치에서 이 사회에서의 역할을 감당하는, 그래서 아직은 이 세상을 아름답다고 감히 말할 수 있는 다수 속의 한 분을 소개하려고 한다. 그림자는 소리를 만들지 않는다. 특히 스승의 그림자는 인격의 향기는 드러내되 결코 요란한 소리는 만들지 않기에 함부로 밟을 수조차 없는지도 모른다. 조용히 그 인격의 그림자를 드리워 커가는 한 청년으로 하여금 잠을 이루지 못하도록 한 그 분을 나는 오늘 소개하고 싶다.

그 분을 나와 내 아이가 처음 알게 된 것은 우리가 그 아파트에 살 때였다. 수학선생님인 그 분은 터울이 많은 두 딸을 두고 계신데 큰딸이 내 아이와 같은 학년이었다.

우리가 그 아파트에 이사한 지 일년 후에 내 아이 아버지가 세상을 떠나, 그 아파트에 사는 대부분의 주민들은 내가 혼자가 된 것을 알 정도였는데 그 이유는 시댁 식구들의 청에 따라 서울대학병원에서 눈을 감은 그를 발인하는 날 아파트 뜰까지 모시고 와 발인 제사를 지냈기 때문이었다. 너무 젊어 혼자가 되어버린 나와 너무 어린 나이에 아버지를 잃은 내 아이의 행동은 그래서 늘 사람들의 시선을 의식하지 않을 수 없었다. 그래서 나는 내 아이에게 이 말을 하지 않을 수 없었다. "꼭 같은 일을 해도 너와 내가 하는 일은 눈길을 끌게 된다. 그래서 늘 조심을 해야 한다." 라고. 그렇게 아이와의 삶을 시작하게 되었는데, 어느 날 아래층에 사는 이웃이 남편이 수학교사인데 자신의 딸을 가르치며 내 아이를 함께 가르치겠다는 것이었다. 그 분들을 나는 그리 잘 알지 못했는데 이유는 내 아이 아버지의 병환 때문에 내가 이웃과 왕래를 할 마음의 여유를 갖지 못했기 때문이다. 그런데 잘 알지도 못하는 이웃이 그것도 아무런 대가 없이 공부를 지도해주겠다는 것이었다. 나는 그 때부터 이런 생각을 했었다.

'하나님께서 참 알뜰히도 우리를 살펴주시는구나.'

알고 보니 그들은 독실한 크리스천이었다. 그렇게 중학생 때부터 시작된 공부가 정기적인 것은 아니지만 내 아이가 대학에 들어갈 때까지 지속되었고 그래서 우리 모자는 그 선생님 내외분께 큰 은혜를 입고 있었다. 내 아이가 그리 성적이 좋지 않아 선생님께서 가르쳐주신 것에 보답을 다 하지는 못했지만 아이의 마음속에는 늘 감사함이 있어 자주는 아니어도 그 분께 인사를 드리러 가 뵙고 오기를 아주 잘 한다.

갑자기 기대고 살았던 가장을 잃고 마음의 각오는 단단히 하느라고 하여도 늘 흔들리고 무엇을 어떻게 해야 할지를 모를 때 현실적인 도움으로 그래도 세상은 살아갈 만하다는 것을 보여주시던 그 분들을 나는 이 곳에 올 때 말을 하지 않고 실은 조용히 왔었다.

그런데 내가 이 곳에 오기 전 내 아이가 말했었다,

"엄마, 내가 선생님 댁에 인사하러 가면 엄마가 캐나다 가셨다는 말씀을 드려야 할까?"

그런데 나는 그 때 말씀드리지 말라고 했다. 그 이유는 내 아이가 어미의 재혼 얘기를 남에게 해야 하는 난감한 상황을 만들어주고 싶지 않았고 또 다른 한편으로는 좀 부끄러웠는지도 모른다. 자식을 두고 떠나는 나 자신에 대한 당당하지 못함이 만든 기분이었으리라. 그렇게 떠나와 작년 스승의 날 때나 명절에, 나는 내 아이에게 선생님을 찾아뵈라고 일렀고 내 아이는 이미 시키지 않아도 알아서 인사를 드릴 나이였다.

그런데 오늘, 내 아이에게서 나는 참으로 귀한 글 한 편을 받았다. 그것은 그 분이 내 아이에게 보내신 글로 내 아이가 그 글을 읽고 잠을 이룰 수가 없다며 보낸 것이었다. 그 글은 이것이다.

엄마, 엊그제 선생님께서 메일을 보내셨어. 한 번 읽어봐요. 내가 얼마나 사랑 받으며 이 곳에 살고 있는지, 난 참 가슴 뭉클하더라.

어떻게 보내고 있니? 올해도 벌써 한 달이 다 지나가는구나. 공부 열심히 하고 있겠지? 공부 할 시기에 전력투구하려무나. 졸업하면 항상 학점이 쫓아다닌단다. 너희 집을 네가 지켜야 할 의무가 있단다. 시간은 찰나다. 정말 너무 빠르게 흘러가는구나. 선생님이 너를 처음 본 것이 중학교 3학년인가였는데 군대 갔다 오고 복학하고 조금 있으면 졸업하고 결혼할 것이라고 생각하니 인생무상이구나.

드디어 머리에 흰머리가 많아졌다. 어찌할 수가 없구나. 받아들일 수밖에. 가족 모든 분들에게 안부 전한다. 잘 알고 있겠지만 어머님은 너만 보고 살아가실 것이라고 감히 생각한다. 너만 보고 살아오신 세월이다. 오로지 너만 믿고 의지하고. 잘 해드려라. 물론 잘하고 있지만.

열심히 살아가는 모습이 보고 싶구나. 결혼하고도 우리 집에 놀러오는 모습이 보고 싶다. 해준 것도 없는데 때마다 와서 인사하는 모습이 아름답

고 나도 보람이 있다. 자주 메일이나 문자 메시지 보내자. 잘 지내고 공부
열심히 하자꾸나. 안녕...

난 이런 사랑을 받아. 엄마. 엄마, 걱정하지 말아요. 날 지켜보는 사람들
많으니까. 엄마도 그 곳에서 충실히 살아가길 바래요. 오늘밤은 참 가슴이
뭉클한 것이 잠이 안 오는 밤이다.
나두 사랑해요, 엄마~

내 아이를 자식처럼 사랑하는 그 선생님 내외께 나의 삶의 변화는
충격일 수도 있다. 자식을 두고 떠나온 나의 선택은 끝까지 한 가정을,
자식을 지키지 못한 한 여성에 대한 배반감마저 느끼게 할 수도 있다.
그러나 그러함에도 내가 이 글을 띄우는 이유는 내 땅에서 들려오는,
너무나 우울한 소식이 그것이 전부는 아니라는, 소리 없이 그림자를 드
리워 인격의 향기를 드러내는 분들은 아직 그 땅의 침묵하는 다수임을
말하고자 함이다.

어미가 백 번 말하는 것보다 스승의 따스한 말 한 마디가 자라나는
한 젊은이에게는 삶의 길잡이가 될 수도 있음을 나는 말하고 싶다. 이
토록 큰사랑을 받은 내 아이가 이 다음 성장하여 자신이 그 입장에 있
을 때 어떻게 사랑에 인색할 수가 있겠는가? 그 사랑에 감동하여 잠 안
오는 밤을 맞는 우리의 젊은이들이 내일을 향한 꿈을 키우고 있는 한은
더러 어른들이 부끄러운 일을 만든다 할지라도 장래의 그 땅은 밝을 수
밖에 없지 않겠는가?

우리는 비록 ‘바담 풍’이라고 할지라도 자식들아, 부디 너희들은
‘바람 풍’이라고 말할 수 있기를, 그래서 결코 밟아서는 안 되는 것은
지키고 존중하며 살 수 있는 세상을 만들기를.

아픈, 너무나 마음 아픈 일

어젯밤에는 초저녁에 잠자리에 들었다. 여덟 시를 조금 넘긴 시간이었으니 다른 날 같았으면 힐스 목사와 차 한잔 나누며 TV를 시청할 시간이다. 근데 어제는 만사가 귀찮았다. 잠을 자기 위해서가 아니라 마음을 좀 가라앉히기 위해서 잠자리를 택했는지도 모른다. 그 역시 나를 따라 잠자리에 들었다. 그러나 우리는 둘 다 잠을 이루지 못했다.

힐스 목사가 교회에 갔다 오더니 일찍 저녁을 먹자며 부엌으로 들어갔다. 그는 냉장고를 이곳 저곳 뒤지더니 갈아둔 고기를 찾고 야채를 찾더니 또 그 특유의 요리 솜씨를 부리기 시작하는 것이었다. 그는 음식을 완성해 놓고도 가끔은 정원에서 꽃도 몇 송이 꺾어 식탁 위에다 얹기도 하고 꽃 한 송이나 고운 이파리를 음식과 함께 큰 접시 한쪽에다 장식을 하기도 한다. 결코 심심하고 밋밋한 것을 참지 못하는 그가 야단스레 또 재료를 찾을 때, 나는 생각하고 있었다. 분명 누군가를 부르고 싶어 할 것이라고. 아니나 다를까, 그는 내게 물었다.

"외숙, 우리 파울 부를까?"

나야, 당연히 좋다고 하는데 가끔은 우리끼리 먹자고 할 때도 있다. 내가 그렇게 말을 하면 그는 '아, 외숙이 오늘은 나와 둘이서만 있기를 원하는구나.' 하고는 전화를 하지 않는다.

내가 파울 목사를 안 것은 이미 결혼하기 전부터였다. 그러니까 일 년 동안 제임스 힐스 목사와 이메일을 나누는데 그 속에 수시로 파울 목사가 등장하는 것이었다. 나는 그 때 그가 힐스 목사와 비슷한 연배인 줄 알았는데, 그것도 그럴 것이 그는 늘 파울을 '나의 가장 좋은 친구’ 라고 했고 가까이 살아 자주 만난다고 했기 때문이었다.

근데 실제로 그는 나보다 나이가 조금 더 많은 쉰 중반의 사별의 아픔을 겪은 사람으로, 음악을 전공하고도 음악가로의 길을 접고 목회자의 길을 가고 있었다. 그는 지금은 혼자로, 언젠가 서울에 있는 내 친구를 소개해주고 싶어 힐스 목사에게 의향을 알렸더니 그가 말했다.

“외숙, 나는 아시아 여행을 많이 해 아시아 여성에 대한 호기심을 갖고 있었지만 그는 어떻게 생각할지 모르겠다. 시간을 두고 생각을 해보자.”

그런 그는 내 결혼식 주례를 했고 주일 설교를 마치면 자주 우리와 함께 식사를 한다.

힐스 목사와 파울 목사는 늦게 시작한 Dr. Min 공부를 서로 격려를 하고 정보도 주고받으며 참으로 다정하게 잘 해내고 있다. 그 파울 목사를 힐스 목사는 맛있는 음식을 했다고 부르겠다는 것이었다. 그래서 내가 그러자고 했다. 왜냐하면 그저께, 그가 커피 마시자고 전화를 해 팀 홀튼에 함께 나갔는데 그가 앓는 손바닥의 어떤 증세 때문에 표정이 그리 밝지를 못했기 때문이었다.

그는 왼손바닥에 생긴 마치 무좀 같은 염증을 내가 이 곳에 온 후부터 지금까지 치료를 하고 있는데 알고 보니 단순한 피부병이 아니라 몸의 다른 기관의 이상으로 생긴 것이라고 했다. 그래서 그는 아주 자연 식품만을 먹으려 애쓰는데 나는 아침마다 야채즙을 해 먹으면서도 가끔 파울을 생각하곤 했다.

‘그에게도 아내가 있다면 야채즙을 만들어 줄 텐데… 더구나 그는 자연 식품을 먹어야 하는데…’

그렇게 요리를 끝낸 힐스 목사는 전화를 했다.

“파울, 외숙과 내가 근사하게 식탁을 차리고 있어. 와서 함께 할 수 있겠어?”

근데 파울은 쾌히 '오케이'를 하는 것 같았고 그리고 돌아서는데 일 분이나 됐을까 초인종이 울렸다. 누군가 하고 내가 문을 여니 그는 파울이었다. 우리 집에서 자동차로 15분은 더 걸리는 거리에 사는 파울이 수화기를 얹기가 바쁘게 초인종을 누르는 것으로 봐서 이미 약속도 없이 내 집에 거의 당도하고 있었음이 분명했다.

"와우, 파울, 날아왔네! 어서 와."

힐스 목사가 반기며 그의 표정을 보는데, 그가 좀 경직되어 있었다.

"무슨 일이야, 파울?"

그때서야 힐스 목사가 묻고 나도 그의 표정만 살피는데 파울이 울음을 터뜨렸다.

"의사가 그러는데 암 같다고."

제임스 힐스 목사, 나, 파울, 그렇게 우리는 잠시 말을 못하다가 셋이서 울었다. 부엌에 선 채, 서로 끌어안은 채.

"어떡해, 어떡해요, 주님,"

그러니까 그는 의사의 그 말을 듣고 마음이 심란해 아무도 없는 자신의 집으로 가지 않고 내 집으로 오고 있었던 것이다. 나와 힐스 목사는 그 자리에서 기도를 하기 시작했다.

"주님의 손에 있습니다. 우리 모두가 주님의 손안에 있습니다. 주님 안에서 우리가 좀 더 사랑을 나누게 하옵소서."

우리 셋은 그렇게 울다가 다시 식탁에 앉았다. 식탁을 치우니 파울 그는 화장실에 갔는데 그 속에서 크게 노래를 부르기 시작했다. 큰 소리로 집안이 울리도록 그 우람한 목소리로 노래를 부르고 난 후, 우하하하 하고 웃거나 열정적으로 피아노를 치는 것은 내가 아는 그의 습관이었다. 그는 화장실에서 입으로는 노래를 하면서 울고 있었던 것일까? 아내도 자식도 없는 파울 목사, 그에게 이럴 때 한 마디 위로가 될 수 있는 아내가 있으면 얼마나 위로가 될까? 장성한 자식이라도 있으면 얼마나 위로가 될까?

그의 집 뜰에는 큰 너도나무가 있는데 그 나무에는 두 개의 그네가 달려 있다. 그 그네들은 파울 목사의 아내의 자식들이 그 집을 찾을 때 그들의 아기들이 타라고 매달아 둔 그네이다. 힐스 목사와 내가 그 집을 갈 때마다 나는 늘 그 그네를 타고 힐스 목사와 파울은 빙그레 웃으며 내가 그네 타는 모습을 바라보곤 한다. 자식도 없는 그 집에 그네가 있음은 그가 얼마나 아이를 좋아하는지를 의미하는데 실은 그의 친자식은 없다. 그런데 이럴 때 아내와 자식이 있다면 그가 덜 외로울 텐데 하는 생각을 해 보았다.

오래 전 내 아이 아버지가 심각한 증세로 병원에 있을 때, 내 마음은 수시로 지옥과 천국을 오갔는데 그 때 늘 이런 생각을 했었다.

"내가 한 그루의 꽃나무라면, 내가 저 어항 속의 한 마리의 금붕어라면… 내가 그들처럼 아무런 생각을 할 수 없다면…"

참으로 견디기 힘든 나날이었다. 이럴 때 파울에게 아내와 자식이 있다면 그들은 나와 같은 천국과 지옥의 고통을 경험은 하게 되겠지만, 그래도 파울이 이 놀랍고 낙망하고 두렵고 좌절되는 순간에 적어도 우리 집을 찾는 심정은 안 가져도 된다는 생각이 들었다.

그를 보낸 후, 힐스 목사와 나는 엎드려 번갈아 기도를 했다. 그리고 약속을 했다. 만일 그가 수술을 해야 한다면 우리가 가족이 되자고, 그리고 경제적으로도 신경을 쓰지 않게 하자고.

우리가 좋아하는 파울 쇼브리지 목사. 그 사람 때문에 힐스 목사와 나는 어제 만사가 귀찮아, 일찍 잠자리에 들었다. 그러나 편히 잠을 잘 수는 없었다. 기도뿐, 우리가 할 수 있는 것은 너무나 한계가 분명함을 알기 때문이었다.

벼랑 위에서도 조크를

한 사람이 가진 마음의 넉넉함, 즉 마음의 여유를 우리는 무엇으로 가늠할 수 있을까? 그 사람이 가진 돈이나 명예일까, 아니면 학식이나 타고난 성품일까? 우리가 사람이되 마음이 넉넉한 사람이 되기 위해서는 어쩌면 이 모든 것이 필요한지도 모른다. 돈을 지니고 있어도 그것을 누리거나 나누고 싶은 마음이 없으면 넉넉한 사람의 반열에 들 수가 없고, 명예가 있어도 그 명예에 맞는 생각이나 행동을 하지 못하면 그 또한 넉넉한 사람이 될 수가 없기 때문이다.

사람의 마음의 크기를 가늠할 수 있는 하나의 방법으로 어떤 절박한 상황에 놓였을 때 그 사람이 보이는 생각과 그것에서 우러난 말과 행동을 들 수 있을 것 같다.

벼랑 위에 서 있는 듯한 절박한 상황일 때 사람들이 보일 수 있는 반응은 다양하기 때문이다. 어떤 사람들은 낭떠러지를 내려다보며 절망과 좌절을 하는가 하면 어떤 사람은 그 속에서도 살아날 수 있는 방법을 모색하기도 할 것이다. 그런가 하면 절망적인 순간에도 그 절망 자체를 바라보지 않고 신앙이나 다른 방법으로 두려움을 극복하려는 사람도 있을 수가 있다. 어떤 위기의 순간을 만났을 때 이렇게 서로 다르게 반응하는 사람들에 대해 우리는 누구는 잘 하고 누구는 못한다라는 이분법으로 평을 할 수는 없다. 단지 그런 상황과 반응을 통해 우리는 그 사람의 마음의 여유는 대충 짐작을 할 수가 있다.

이미 지난해 말 즈음에 암일 것 같다는 의사의 말을 듣고도 파울 목사는 계속 설교를 했었다. 그럴 수밖에 없었던 이유는 수술 날짜가 새해로 잡혀 있었기 때문이었다. 매주, 주일 예배가 끝나면 힐스 목사와 파울 목사는 서로 주일 예배에 대한 얘기를 만나거나 전화로 나누고 더구나 Dr. Min 공부를 함께 하기 때문에 서로 정보를 교환하기 위해 보통 한 주에 두세 번 이상을 통화를 하고 한 번 정도는 만나기도 한다. 오십대 중반을 넘긴 파울 쇼브리지 목사와 여든을 바라보는 제임스 힐스 목사, 두 사람이 이렇게 서로 며칠간이라도 안부를 모르면 궁금해 못 견디는데, 그들이 연령을 초월하여 친구가 될 수 있음은 두 사람의 인품 때문이 아닐까 하는 생각을 나는 가끔 한다.

연세가 한참 많은 힐스 목사는 맏아들 같은 파울 목사를 늘 같은 일을 하는 목회자로 존중을 하고, 파울 목사는 아버지 같은 힐스 목사를 늘 대화와 의논의 상대로 존중을 하니 그 관계가 변함이 있을 수가 없다. 두 남자가 제각기 아내와 사별을 하고 혼자 살면서 서로 삭막한(?) 대화만 나누다가 내가 이 곳에 온 후부터는 어쩌면 대화의 내용은 좀 바뀌었을지도 모르겠다. 그러니까 만나야, 맨날 교회 얘기나 공부 얘기가 주를 이루던 것이 힐스 목사가 늦게 맞은 색시 자랑을 좀 하게 되면서 얘기의 방향이 바뀌지 않았을까 싶다.

원래 피아니스트이면서 작곡을 잘 하는 파울 목사는 우리 집에 올 때마다 피아노에 앉기를 즐겨한다. 피아노라면 힐스 목사도 찬송가는 악보를 전혀 안 보고 연주를 할 수 있고 나도 찬송가는 반주를 하지만 음악을 전공한 파울 목사 앞에서 우리는 둘 다 명함도 못 내민다. 그 대신 파울 목사가 알아서 연주를 하거나 아니면 힐스 목사가 연주를 하라고 시키는데 그는 가끔 나를 위해 연주를 하기도 한다.

"이 곡은 외숙을 위해 연주를 하는 거예요."라며 마치 신흥종교의 교주 같은 얼굴을 한 그가 나를 위해 연주를 하면 힐스 목사와 나는 말을 잃는다. 내가 장로교 목사인 파울 목사를 신흥종교 교주 같다고 말하는 이유는 그가 나이 예순도 안 된 나이 임에도 잿빛 머리카락에 잿빛 턱수염을 기르고 있고, 그 속에 묻힌 눈동자가 아주 예리하면서 선량하여 사람을 끄는 힘이 있기 때문이다. 파울 목사가 나를 위해 연주를 하면 나는 그 곡이 너무나 아름다워 다시 연주를 해 보라고 할 때가 있다. 그러면 그는 이렇게 말한다.

"다시 꼭 같은 곡을 연주할 수 없어요, 외숙. 방금 머리 속에서 작곡을 하면서 연주를 했기 때문이죠."

그 파울 목사가 내일 아침 열 시 반에 수술을 하기로 되어 있다. 그가 앓고 있는 병이 암인지 아닌지를 판가름하는 수술이다. 힐스 목사와 나는 이미 오래 전부터 기도를 하고 있는데 내일 있을 수술에 행여 초죽음이 되어 아내도 없는 집에 혼자서 누워있나 하여 전화를 하니 그가 받았다. 오늘 힐스 목사는 오후에 교회에 가야 하는데 점심을 바깥에서 먹자고 이미 약속을 한 터여서 만일 파울 목사가 식사를 할 수 있으면 함께 하자고 할 참이었다.

"짐, 수술하기 몇 시간 전까지는 먹을 수 있어요. 나, 금방 갈게요."

보통 사람 같으면 수술을 앞두고는 먹는 것이고 뭐고 만사가 귀찮아 싸매고 누웠을 텐데 그는 아직 훨씬 많은 시간을 남겨두었다면서 오겠다는 것이었다. 그렇게 통화를 한 후 파울 목사가 우리 집에 나타났을 때는 힐스 목사도 외출을 할 준비로 몽골에서 갖고 온 털모자까지 쓰고 있었는데 파울 목사는 눈 속에 걷기 편한 장화에다 귀마개까지 있는 털모자를 쓰고 있었다.

"하하하, 모자 참 우습다. 당신들 목사 맞아요?"

힐스 목사가 쓴 모자는 닥터 지바고를 떠올리게 하는 누런 털의 둥근 모자이고, 파울 목사의 모자는 잿빛 털의 창과 목덜미, 그리고 귀까지 덮게 되어 있는 희한한 모자였다. 두 남자의 모습이 너무나 우스꽝스럽게 보여 내가 깔깔 웃자 파울 목사가 자기 모자의 털은 토끼털인데 누나가 올 겨울에 사 주었다고 했다.

토끼털이라니 문득 생각이 났다. 우리 고향 집 앞에는 큰 강 너머 앞산이 있다. 여름에 비가 오는 날이면 늘 앞산부터 뿌옇게 묻어오곤 했었는데 그 산에서 겨울에 청년들은 토끼를 잡았었다. 산 아래 위를 청년들이 몰려다니며 토끼를 몰아 잡으면 그 털로 귀마개를 하곤 했는데 그 털 빛깔이 파울의 모자 털 같은 잿빛이었다. 그리고 한겨울에 가끔 꿩이나 다른 새를 잡으러 오는 사람들이 있었다. 그들은 꼭 긴 공기총이나 거물을 메고 다녔는데 내 기억에 그들 역시 한결같이 털이 달리고 귀를 덮는 모자를 쓰고 있었었다. 그런데 파울 목사의 모자가 그 모양에다 토끼털이라는 것이었다.

그렇다면 힐스 목사의 모자는 여우털일까? 아무리 눈이 발목을 덮고 기온이 곤두박질쳐 날씨가 매섭다고는 하지만 두 남자, 그것도 점잖으신 두 목사의 차림이 하도 우스꽝스러워 내가 까르르 웃으며 다시 말하지 않을 수 없었다.

"하하하 당신들 두 사람, 그 차림을 하고 만일 서울에 나타난다면 아마도 밀렵꾼인 줄 알고 당장 잡혀갈걸?"

내 말에 힐스 목사가 받았다.

"그럼, 체면을 중시하는 한국에서 목사가 이런 모자 쓰고 나타나면 성도들도 아주 기절할 걸."

그러자 파울 목사가 받았다.

"이 모자가 어때서? 외숙, 만져 봐요, 얼마나 따뜻한데 이 토끼털. 그런데 외숙도 토끼털이네?"

그러고 보니 내 모양도 웃기기는 마찬가지였다. 눈길에 걷기 편하라고 힐스 목사가 크리스마스 선물로 산 부츠, 이 곳이 서울이었다면 결

코 신을 일이 없을 이 부츠 목에 파울 목사와 꼭 같은 색깔의 토끼털로
둘러져 있는 것이었다. 나는 이 부츠를 신을 때마다 만일 서울의 내 가
족이 본다면 "캐나다에서 일년 살더니 펑퍼짐하니 아예 멋은 포기를
했나보다."라며 엄청 웃을 거라는 생각을 하곤 한다.

그렇게 우리는 이상한 토끼털 모자와 부츠 때문에 한참을 웃었다.
우리가 그렇게 웃을 동안 내일 있을 파울 목사의 심각한 수술을 의식하
는 사람은 아무도 없었다. 그렇게 셋이서 까르르, 하하하 하고 웃고 나
니 시장기가 느껴져 함께 손을 잡고 식사 기도가 끝나자마자 먹기 시작
했다. 파울 목사는 내일 심각한 수술을 앞둔 사람이라기에는 너무나 왕
성하게 식사를 했고 힐스 목사와 나도 오직 먹는 일만 즐겼다. 그렇게
커피까지 느긋하게 마시자 힐스 목사가 말했다.

"파울, 이제부터는 하나님께서 일하실 차례야."

그러자 파울 목사가 말했다.

"하나님께 해주신다고 할 때 골치 아픈 박사 공부도 좀 맡길까요,
짐?"

"오우, 파울, 하나님께서는 학위가 필요하지 않으신걸."

둘이서 주고받는 조크로 우리는 셋이서 또 한바탕 웃었다.

서로 다른 두 교회에서의 설교와 여러 신앙 모임과 음악 모임에 동
참을 하고 있는 파울 목사는 박사 과정의 공부를 늘 힘들어했고 그럴
때마다 행여 중도에서 포기를 할까 힐스 목사는 포기하지 말라고 다짐
을 받곤 했었던 터였다.

일을 시작하면 끝장을 봐야 손을 떼는 그는 자신이 일흔여덟의 나이
에도 하고 있는 일이라면 파울 목사도 얼마든지 할 수 있다고 여길 뿐
이었다. 그것은 수술 후, 자리를 털고 일어나면 뭐든 할 수 있다는 믿음
의 다른 표현이기도 했다. 이제 내일이면 그 크고 심각한 수술을 하는

데 우리는 그렇게 조크를 하고 있었다.

만나면 늘 조크를 하여 웃게 만드는 두 목사, 제임스 힐스와 파울 쇼브리지. 나는 가끔 그들의 말을 이해하지 못해 맹하니 있을 때도 있지만 그래도 그들이 조크를 하고 있구나 하는 감은 잡을 수가 있다. 이 조크가, 수술 후에도 계속될 수 있기를, 그래서 우리가 셋이서 늘 웃을 수 있도록 하나님께서는 일을 시작하실 것이다, 힐스 목사의 말처럼.

한 사람의 마음의 여유, 그 넉넉함은 바로 낭떠러지 위에 서 있는 것 같은 위기를 만났을 때, 그래서 마음이 몹시 절박하고 두렵고 불안할 때, 그 마음을 어디에다 두는가 하는 것으로 가늠할 수 있을 것이다. 마음이 그 속에 빠져 있지 않도록 차원 높은 조크로 다스려 밝게 하고, 그래서 어차피 맞을 수밖에 없는 일이라면 그것으로 밝고 지혜롭게 이겨내는 여유. 그 여유를, 마음의 넉넉함을 내일 오전, 수술이라는 심각한 국면에 처한 파울 목사와 힐스 목사를 통해 나는 느낄 수 있었다.

상한 목숨의 동아줄을 붙잡고

한 주간, 컴퓨터를 쓰지 못한 동안, 참으로 많은 이메일이 배달되어 있었다. 워낙 쓰레기 메일이 많아 거의 대부분은 휴지 통으로 쓸어 넣었지만 그 중에 많은 메일은 답을 해야 하는 것이었다. 한 주간 동안 밀린 답을 쓰노라니 종일 컴퓨터 앞에 앉아 있을 수밖에 없었는데, 힐스 목사에게도 메일이 많이 왔던지 나만큼이나 끈기 있게 앉아 있었다. 우리는 한참 일을 할 때는 서로가 거의 반나절 정도는 좋이 한 마디 말없이 각자의 컴퓨터만 들여다보는데, 그러다 싫증이 나면 "나가자!" 하고 언제 본 일 있냐는 듯이 매몰차게 꺼버리고는 일어서 나간다. 요즘은 최근에 탈고를 한 장편 소설과 매일 작품을 올리는 일로 컴퓨터 앞에 앉아 있는 시간이 더 길어졌다.

내가 말 한 마디 없이 자판만 두들기노라면 그는 한 번씩 내 뒤로 와 머리카락도 잡아당기고, 오랫동안 퍼머를 하지 않아 생머리가 된 것이 보기 싫어 흔히 구립뿌라고 하는 hair roller를 자주 말고 있는데 뒤에 와 풀어버리기도 하고, 또 뺨도 꼬집으며 방해를 하곤 하는데 오늘은 일이 많은지 영 꼼짝 하지 않는다. 그렇게 마치 경쟁을 하듯 내 옆에서 말없이 작업을 하던 그가 갑자기 "외숙!" 하고 불렀다.

"외숙, 몽골에서 메일이 왔어, 그 환자에게서."

"그 환자라면, 심장 수술?"

그의 말에 내가 하던 일을 멈추고 올려다보는데 그가 온 메일을 얼른 프린트를 해 내게 건넸다. 그것은 지난 달, 몽골에서 십삼 년째 죄수 선교 일을 하는 힐스 목사의 친구, 일흔두 살의 뉴질랜드 여인, 마아가렛을 통해 알게 된 Nyam-Ulzii라는 심장병을 앓은 몽골의 젊은이가 보낸 메일이었다.

이미 지난 12월 1일에도 마아가렛으로부터 수술을 잘 끝냈다는 메일을 받았었다. 그녀는 환자가 입원을 하면서 수술하기 전까지의 과정도 수시로 메일을 보냈었는데 그 때 환자의 수술 성공률은 50%라고 했었다. 스물일곱 살에, 태어난 지 이제 겨우 한 달이 된 아들과 어린 아내, 그리고 가난한 부모형제를 둔 젊은이였다. 워낙 위중한 상태였고 수술도 성공을 할 수 있을지 아무도 장담을 할 수 없는 위급하고 판단이 혼란스런 상황에서 마아가렛은 수술을 하게 해야 할지 어떻게 해야 할지를 몰라 힐스 목사에게 메일로 물어 오기도 했는데, 그 때 그는 수술을 하는 것이 옳다는 답을 해 보냈었다.

그렇게 힘든 과정을 거쳐 수술을 하는 날, 다섯 명이 심장병 수술을, 한 명의 환자가 뇌수술을 했는데 세 명의 환자가 수술을 실패해 세상을 떠났다. 오전 10시에 시작해 오후 4시에 끝난 수술에서 환자는 피가 부족해 위험한 지경에 빠져 기다리는 사람들을 절망하게도 했었다. 그런데 그 환자가 이튿날 아침에 깨어났다. 환자는 간호사를 통해 바깥으로 전갈을 보냈는데, 그 말을 마아가렛이 이메일로 힐스 목사에게로 보낸 것이 이것이다.

"Thank you to everyone who has been praying for me and especially to those who gave their money for the doctors to do the operation. I am so thankful. I am alive!… and I am hungry!"

환자가 한 몽골 말을 영어로 번역을 해 이메일을 보내며 마아가렛은 이렇게 말머리를 시작했었다.

"Praise God! He answers prayer."

십여 년 동안 동북아시아와 중앙아시아 선교 활동을 하고 있는 힐스 목사는 그 중에서도 특히 여러 면에서 환경이 어려운 몽골에 대해 아주 많은 관심과 애정을 갖고 있다. 현재 몽골 박물관 협회 회원이기도 한 그는 우리 집에 몇 점이 있는 몽골 화가가 그린 작품을 어느 작품보다 귀중히 여기고, 뭐든 정돈되지 않은 것이면 버리기를 잘 하는 내가 행여 몽골에서 갖고 온 작품들을 쓰레기통에라도 버려버릴까 무척 신경을 쓴다.

내가 이 곳에 온 후, 음식은 주로 그가 만들지만 그래도 살림살이 관리는 내가 하는데 두 식구가 먹는 음식이란 때로는 남을 때가 많아 행여 쓰레기 통으로 버리기라도 하면 그는 늘 말한다. "외숙, 몽골 아이들을 생각해야 해." 라고.

솔직히 몽골과는 거리상으로도 그렇거니와 더구나 태어나면서부터 몽고반 이라는 푸른 반점에, 닮은 얼굴형만 보더라도 백인인 힐스 목사보다 한국인인 내가 훨씬 친근감을,그리고 관심을 가져야 하는 입장이었다. 그러나 이 곳에 오기 전까지 내게는 몽골과는 그리 연관된 일이 없던지라 솔직히 신경을 쓰지 않았었다. 그런데 지금은 힐스 목사의 관심이 몽골에 가 있으니 나도 무관심할 수가 없다.

몇 주에는 몽골의 일간지 여기자가 신장 이식 수술을 해야 하는데 도움이 필요하다는 메일을 보내와 우리는 그녀가 수술을 할 수 있도록 동참을 했었고 그녀는 지금 회복중에 있다. 얼굴도, 이름도 몰랐던 그 젊은이, 이제 겨우 한 달 아들을 둔 그 사람을 위해 우리는 한 마음이 되어 기도를 했었다. 내가 그를 위해 진심으로 기도를 할 수 있었던 이유는 물론 그의 목숨이 소중하기 때문이기도 했지만 그를 간절히 기다리는 어린 아내와 한 달 된 아들, 그리고 노모를 생각했기 때문이었다.

마음은 간절한데 몸이 할 수 있는 일은 너무나 그 한계가 분명해 오히려 절망을 하게 하던 냉혹한 상황, 가장의 목숨이 결코 가장 한 사람의 목숨만은 아니라는 엄연한 사실 앞에서도 뭔가를 어떻게 해볼 도리가 없던 그 막막하던 상황이 결코 오래 전의 나의 일만은 아니라는 생각을 하면서 시작한 기도였다.

나는 내 아이의 아버지가 죽는다는 생각을 한 번도 해본 적이 없었다. 모든 것은 과정이다, 단지 나아가는 과정일 뿐이라는 생각. 내가 바람 앞의 촛불 같던 그의 목숨을 두고도 그렇게 낙관적인 생각을 할 수 있었던 이유는 그 당시에 간 질환을 앓고 있던 환자들의 모임인 한국건강가족 동우회인가 하는 모임에서 만든 책자, 『간장 병을 이긴 사람들』을 읽었기 때문이었다. 그 책 속의 환자들은 하나같이 죽음의 문턱까지 간, 그러나 녹즙을 장기간 복용하면서 그 병을 이기고 마침내 건강을 찾은 사람들이었다.

그들은 맑은 정신을 잃는 혼수상태며, 배뇨 작용을 하지 못해 겪는 복수며 간질환 환자가 겪는 모든 과정을 거친 사람들로, 녹즙으로 그 모든 것을 극복했다고 했다. 그 글을 읽은 후 나도 그 동우회로부터 야채를 구입해 매일 세 녹즙을 만들었는데 아이 아버지는 겨우 한 컵 마시는 녹즙을 쓸개즙이나 되는 듯 먹기를 꺼려했었다. 그러나 나는 녹즙을 마시는 길만이 그가 사는 길이라며, 내 손톱이 시커멓게 물들도록 하루에도 몇 차례, 내 눈물까지 짜 넣으며 그의 목숨의 동아줄처럼 잡고 있었다.

그런데 어떻게 된 셈인지, 녹즙을 마시게 해도 책 속의 사람들처럼 나아지는 증세를 느낄 수가 없었다. 책 속의 환자들 말대로라면 그는 이미 자리를 털고 일어났어야 했다. 그러나 그의 몸은 거의 배뇨 기능을 잃었고 정신은 혼미해지는데 다시 입원을 하지 않을 수 없었다. 병원을 극도로 두려워하는 그를 회사에서 사람을 보내 와 억지로 입원을 하게 했는데, 서울대학병원의 주치의가 자꾸만 고개를 갸웃거렸다. 간

질환이란 아주 느리게 진행을 하는데 이렇게 빠르게 진행을 한 이유를 모르겠다는 것이었다. 그러면서 집에 있을 때 환자에게 무엇을 먹였느냐고 물었다. 흔히 병원에서나 집에서 환자를 간호하다보면 병은 하나인데 약은 여럿임을 우리는 경험하게 된다. 어디 병원이 용하더라, 한약을 먹고 나았다, 어디 한의원이 용하더라는 등의 민간 처방이 그것들인데 마음이 약할 대로 약해진 환자와 가족은 주위에서 뭘 먹고 나았다고 하면 그만 귀가 솔깃해 같은 병인지 아닌지도 모른 채 따르게 되는데 서울대학병원의 의사도 아마 그것을 염려를 한 것 같았다.

그런데 아무리 생각해도 나는 몸에 좋다는 녹즙 밖에 먹게 한 것이 없었다. 그래서 몇 달간 녹즙을 만들어 마시게 했다는 말을 아주 아무렇지도 않게 했다.

"바로 그것 때문입니다. 정상적인 사람에게는 녹즙이 좋지만 간이 약할 대로 약해진 환자에게 그 진한 녹즙을 먹였으니 간이 부담을 느낀 것이지요. 지금부터는 병원에서 처방하는 약 외에는 절대로 안 됩니다."

의사는 그 때 내 무지가 한심하다는 듯, 그렇게 쳐다보았었다. 그러나 나는 그 때까지도 낫는다는 생각만을 하고 있었다, 왜냐하면 그보다도 더 위중했던 환자도 녹즙으로 살아났다는 것을 그 책에서 내가 읽었기 때문이었다. 그러나 나는 서울대학병원에서는 더 이상 그에게 녹즙을 만들어 먹일 수가 없었다. 그것은 의사의 명령 때문이 아니라 그의 몸이 더 이상 뭔가를 받아들이지 못했기 때문이었다.

입원을 한 지 열흘 만에 그는 눈을 감았다. 썩은 동아줄 같은 목숨을 붙잡고 살리겠다며 매달렸던 그 때, 나는 생각을 했었다. 아무리 부부는 일심동체라지만 정말 같은 몸으로서 뭔가를 해야 할 때는 아무 것도 할 수 있는 것이 없다는 것을. 그것은 철저하게 내 능력 밖의 일이었다. 그러면서도 한계가 분명한 몸의 능력에 비해 마음은 너무나 애절하도록 하나여서 그것이 슬펐다.

몸이 하나가 아닐 수 있듯 마음도 하나가 아님을 느낄 수 있었다면 좌절은, 두려움은 덜 했을까? 부부가, 몸과 마음이 늘 하나여야 할 부부가 그렇게 정말 위기의 순간에는 서로 하나가 되지 못함을 나는 뼈저리게 느꼈었다. 그것이 곧 내 마음에다 지옥을 만들기도 했었다.

몽골의 그 사람의 소식을 접하면서 나는 그 사람의 어린 아내를, 그리고 한달 된 아기를 생각했다. 십 년을 함께 살았어도 그랬었거늘, 이제 한 달 된 자식을 둔 어린 아내가 목숨이 바람 앞의 촛불 같은 남편에게 무엇을 할 수가 있을까 하는 생각을. 하나인 마음과는 달리 몸이 할 수 있는 냉혹한 능력의 한계를 만나 지레 주저앉을 수도 있는 얼굴도 모르는 그녀를 생각하며 나는 진심으로 기도를 할 수 있었다.

우리가 그렇게 기도를 시작한 그 젊은이. 여섯 명의 수술 환자 중 세 명이 이미 운명을 달리한 그 힘든 수술과정을 이겨내고 회복단계에 있는 그 몽골 젊은이가 오늘, 마아가렛에게 부탁해 힐스 목사에게 직접 자신의 마음을 보낸 것이다. 그것은 이것이다.

나는 Nyam-Ulzii입니다. 마아가렛이 당신에게 편지를 보내도록 도와주었답니다.

당신의 기도와 도움, 정말 감사합니다. 당신의 도움이 없었다면 나는 새해도 맞을 수가 없었을 것입니다. 의사가 길어야 두 달 그리고 한 달 반 정도밖에 살지 못한다고 했거든요. 의사와 간호사는 내가 어떻게 좋아질 수가 있는지 믿을 수가 없다고 하는군요. 왜냐하면 수술이 너무 늦기도 했고 수술 중에 피를 많이 흘렸기 때문이지요.

그러나 나는 압니다, 당신이 기도를 한 덕분이며 하나님께서 그 기도를 들어주셨기 때문이라는 것을요. 나의 노부모께서도 얼마나 고마워하시는

지, 그리고 놀라워하시는지 모릅니다.

이제 열흘 동안 개인 병원으로 옮겨 치료를 받은 후, 나는 아내와 아들이 있는 집으로 갑니다. 수술에 지불할 돈은 충분하다고 들었기에 염려를 하지 않습니다. 얼마나 많은 도움을 당신에게 받고 있는지요. 하나님의 축복이 당신에게 함께 하시기를 원합니다.

나는 이메일을 읽으면서, 울었다. 그것은 말로는 결코 다 드러낼 수 없는, 크신 하나님의 은혜를 찬양하는 눈물이었다. 길어야 두 달을 산다는 사람이 살았는데 어떻게 감사의 기도를 하지 않을 수가 있을까?

나는 그에게 물었다.

"당신 혼자 이번 일에 동참을 했어요?"

그랬더니 그가 아주 강하게 고개를 흔들었다.

"아니, 결코 나 혼자서는 할 수 없는 일이야. 많은 사람들이 동참했을 거야."

사람을 살리는 일에 어찌 한 사람의 작은 도움으로 가능할 수가 있겠는가? 그리고 그는 다른 염려를 하기 시작했다.

"앞으로 2년 동안 그는 일을 할 수가 없어."

그것은 일을 하지 못하는 동안의 그의 생활에 대한 힐스 목사의 앞지른 염려였다. 그러나 나는 염려를 하지 않는다. 죽어가던 목숨도 살리셨는데 설마 하나님께서 다 살리셔놓고 굶어 죽도록이야 하시겠나 싶은 생각을 하기 때문이었다.

4부

함정 건너뛰기

담금질

　오늘 이른 아침, 내 친구는 서울로 떠났다. 그 먼 길, 나를 보기 위해 온 친구는 나흘을 나와 지냈다.

　"글 많이 써라, 어느 작가가 이렇게 좋은 환경에서 글을 쓸 수 있겠니?"

　드라마 작가인 친구는 내게 글 얘기를 몇 번이나 했는데 그것은 혼자 남아 행여 두고 온 가족 생각에 내 마음이 흔들릴까 하는 염려일 것이었다. 친구가 오기 전부터 나는 속으로, '친구가 떠나는 날 어떻게 보낼까?' 하고 염려를 했는데 며칠간 어울려 노느라 잊고 있다가 급기야 간밤에는 내 감정을 추스를 수가 없었다.

　"내년에는 올 수 있잖아?"

　친구는 내년에 있을 제임스 힐스 목사의 두 번의 동북아시아 선교 여행을 두고 나를 위로했지만 문제는 지금이었다. 친구 따라 나도 날아가고 싶은, 그래서 내 마음은 친구의 위로에도 아랑곳없이 건드리기만 해도 눈물이 질금질금 비어져 나올 듯했다. 누군가가 서울서 온다고 하면 나는 잠을 이루지 못한다. 며칠간 부웅 떠서 잠을 못 자고 또 그 다음부터는 어떻게 보낼까 하는 염려로 잠을 이루지 못한다. 이러한 나를 두고 '외숙은 염려가 너무 많아.' 라고 그는 말했지만 내 마음을 나도 어떻게 할 수가 없다.

　지난 여름, 7주간의 선교 여행을 앞두고 있던 그는 결혼 후 처음 맞는 장기간의 여행으로 혼자 집에 남아야 하는 어린(?) 색시가 걱정이 되었던지 서울의 내 아이가 이 곳에 와 있게 했다. 여름방학을 한 아이는 3주간 동안 나와 함께 있을 수 있었는데, 아이가 온다는 기대로 나는 잠을 이루지 못했다. 며칠 간 들떠서 잠을 이루지 못하다가 어느 날부터는 마음이 괴로워서 잠을 이루지 못하기 시작을 했다. 그 흔한 어학연수도 아니고, 유학도 아닌, 자식을 두고 새 가정을 가진 어미를 찾아오는 여행이라 생각하니 내가 도무지 괴로워 잠을 이룰 수가 없었다.

"몹쓸 어미, 나쁜 어미."

나는 나 자신을 들볶으며 힘들어했는데 이러다가는 그 먼 길 오는 내 아이에게 힘든 모습만 보여주겠다 싶어 생각해낸 것이 내 마음을 다른 곳으로 분산을 시키는 것이었고 그것은 곧 일이었다.

우리 집은 쥐똥나무(어쩌면 아닐 수도) 로 울타리를 이루고 있는데 좋은 날씨에 웃자라 전정을 해줘야 할 것 같았다. 오래 전 나 어렸을 때, 과수원에서 인부들이 사과나무를 전정 하는 모습을 보긴 했어도 내가 해본 적은 없는데 나는 못할 것 없을 것 같아 내 팔뚝만한 가위를 들고 나섰다. 그런데 그 가위가 얼마나 무겁던지 내 키보다 높은 울타리를 도저히 가지치기를 할 수가 없었는데 그래서 생각해 낸 것이 전기톱이었다. 제임스 힐스 목사가 알면 기절할 지도 모른다는 생각은 들었지만 내친 걸음이었다.

전기 코드를 연결하여 톱을 나무 가지에다 대는데, 가지들은 순식간에 잘려나가고 나는 위험하다는 사실도 알지 못한 채 내 속의 온갖 마음의 고통을 잘라내듯 그렇게 전정을 했다. 그것은 내 아이로 하여금, 하지 않아도 될 여행을 하게 한 어미가 스스로 만드는 담금질이었다. 3주간의 일정은 3일처럼 지나고 아이는 또 떠나야 했다.

"엄마, 우리 약속한 거 잊었어요? 할머니 생각해 봐."

짐을 꾸리는 아이를 바라보며 질금질금 우는데 아이가 마치 어른처럼 나를 나무랐다.

"서로 유학 보냈다고 생각하자, 그리고 다시 군에 갔다고 생각하자."

이것은 내가 제임스 힐스 목사와 결혼을 하기로 결정을 한 후 아이와 내가 나눈 대화였다. 이미 군 복무를 했지만 상근예비역이란 이름도 낯선 제도가 있어 내 아이는 집에서 동사무소로 출근을 해 예비군을 관리하는 일로서 병장으로 군복무를 마쳤다. 그 때 나는 아이가 군 복무를 마칠 동안 매일 도시락을 만들어야 했는데 내가 그 일을 두고 이렇게 기도했다.

'좋으신 주님, 군에 간 아들의 도시락을 싸는 기회를 허락하시다니요.'

그래서 아이와 나는 남들처럼 군 복무기간 동안 헤어지지 않았으므로, 다시 군 생활 때문에 잠시 떨어져 있다고 생각하자고 말했었다. 그래도 마음의 위로가 되지 않을 때, 내 아이는 이렇게 말했다.

"엄마, 할머니도 삼촌들을 먼 곳에 두셨잖아, 그래도 아무 내색 않으시잖아?"

내 어머니, 9남매를 두신 내 어머니는 참으로 오랫동안 네 자식을 먼 곳에다 두고 지내셔야 했다. 위로 두 오빠는 미국에서 살고 있으니 유학보다 더 긴 세월이고, 아래의 두 남동생도 미국에서 공부를 마쳐야 했고 그 공부가 십 년은 더 걸렸었다. 그리고 큰딸인 나, 일찍 사별을 하고 혼자가 된 딸은 어머니의 가슴에다 지울 수 없는 멍울을 만들다 결국 형제도 가까이 없는 엉뚱한 곳, 캐나다로 와 버렸다. 내 아이의 말처럼 내 어머니는 자식들을 마음먹는다고 금방 갈 수도 없는 먼 곳에다 두고도 내색을 않으셨다.

그런데 나는… 내 아이의 눈에 염려로 가득한 어미는 어린 아이 같았는지도 모른다. 그렇다고 '나, 캐나다로 안 갈게.' 라는 말은 결코 하지 않았던 어린 아이 같은 어미. 내 친구처럼 아이를 이른 아침 비행기로 떠나보내던 날, 나는 오전 내내 엉엉 울어야 했다. 나무나 많이 울고 나니 머리까지 아팠는데 이래서는 안 되겠다는 생각이 들어 시작을 한 것이 카펫의 얼룩을 지우는 일이었다.

우리 집 실내에는 미색 카펫이 깔려 있는데 내가 이 곳에 오기 전부터 무엇을 떨어뜨렸던지 갈색 얼룩이 몇 군데 있어 눈에 거슬렸다. 나는 카펫 클리너를 찾아 얼룩에다 뿌린 후 수건으로 닦아내기를 거듭했는데 놀랍게도 얼룩이 대충 없어지는 것이었다. 참으로 신기했다. 그래서 내킨 겸에 집안 전체를 다 닦자며 전체 카펫에다 스프레이를 한 후 수건으로 닦기를 몇 시간 째, 어쩐지 머리가 어질어질하면서 구토가 나기 시작하는데 내가 하던 일을 멈추고 이것이 무슨 증세인가 하는 생각을 했다. 알고 보니 그것은 진한 화학약품, 클리너의 냄새 때문이었다.

땀을 뻘뻘 흘린 덕분에 카펫은 한결 깨끗해졌는데 문제는 이틀날 아침에 있었다. 아침 운동을 가려고 일어나려는데 마치 몸이 침대 모서리에 묶인 듯 전신이 아프면서 꼼짝을 할 수 없었다. 내가 왜 이러지 하고 곰곰이 생각해보니 그것은 용을 써대며 카펫을 닦았기 때문이었다.

문제는 그것으로 끝나지 않았는데 세수를 하느라 내 손을 보는데 세상에, 내 양 손바닥이 허옇게 살갗이 뒤집어져 도무지 흉해서 볼 수가 없는 것이었다. 너무나 놀라 손바닥을 문지르고 앞뒤를 뒤집으며 다시 생각해보니 그것은 장갑도 없이 맨 손으로 화학 약품인 클리너로 집안 카펫을 다 닦느라 생긴 부작용인 것 같았다.

자식을 떠나보내고 아픔을 잊자며 한 몸부림, 그것은 고통의 화덕에서 스스로를 담금질을 한 흔적이었다. 지금쯤, 친구는 태평양 상공을 날고 있겠다. 여행을 좋아하면서도 고소공포증 때문에 비행기 타는 것은 겁을 내는 친구는 지금 무슨 생각을 하며 날아가고 있을까? 그저, 다른 생각 말고 글을 많이 쓰라고 했으니 말 잘 듣는 나는 그래서, 지금 글을 쓰고 있다.

벽을 느낄 때

토요일에 있는 새벽 예배를 다녀오는 길에는, 남편 힐스 목사가 운전을 할 동안, 나는 잠을 잘 때가 많다. 미더운 사람 손에 운전대가 있겠다, 새벽에 일어나 잠은 부족하겠다, 약 25분 정도이지만 달게 잔다. 그런데 오늘은 예배 후, 그가 가기를 좋아하는 레스토랑을 들렀다 왔는데 그 레스토랑이 '치피와' 라고 하는, 인디언 이름의 강 가까이에 있어 그 아름다운 풍경 때문에 깨어 있었다.

'치파와' 강은 이리 호에서 흘러오는 큰 강물이 나이아가라 폭포에 곤두박질치기 직전에 만든 지류로, 그 주변의 집과 잔잔하게 흐르는 강이 어우러져 마치 달력 속의 한 장면을 연상하게 해 내가 아주 좋아한다. 그것은 거대한 나이아가라 강과는 비교할 수 없는 작은 강이지만 작기에 아늑하고 평화를 느끼게 하는 강이다.

그렇게 깨어 '치파와' 를 지나고 나이아가라 파크웨이를 달리는데 뭔가의 말끝에 '에밀리' 라는 사람 이름에 대한 얘기를 하게 되었다.

나는 이 곳에 와 몇몇 친구를 사귀었는데 그 중 세 명의 이름이 '에밀리' 이다. 둘은 캐네디언이고 한사람은 한국여성이다. 이 곳에서 오래 살고 있는 한국 여성들은 더러 이 곳의 이름을 하나 더 갖고 있다. 그 한국 여성도 한국이름을 두고 '에밀리' 라는 이름을 하나 더 가진 셈이다.

"외숙, 당신, 에밀리를 당신 친구라고 생각해?"

그렇게 '에밀리' 라는 이름에 대해 얘기를 하며 오는데 그가 내 눈치를 보며 그렇게 물었다. 그가 내 눈치까지 봐 가며 말하는 에밀리는 한국 여인 에밀리였다.

"친구라기보다는 그냥 아는 사람이죠."

내가 그렇게 대답했다. 그랬더니 그가 다시 말했다.

"그러니까, 당신은 에밀리를 좋아하지 않는다는 뜻이네?"

'와, 또 잠자는 사자의 코털을 건드리네?'

그 말에 잠잠하던 내 성질이 발끈해지는 것을 느꼈다. 그가 '에밀리' 라는 말을 하며 내 눈치를 보는 이유와 내가 발끈 하는 이유는 우리가 공통으로 알고 있는 일이었다.

내가 에밀리 그녀를 안 것은 지난봄이었다. 이 곳에서 발행하는 한 국일보를 무심코 보는데, "국제 결혼한 여성들의 모임" 이라는 내용과 함께 여러 명의 중년여성으로 보이는 여성들의 큰 사진이 내 눈에 들어 왔다.

'국제결혼이라…'

그러고 보니 나도 국제결혼을 한 입장이었다. 그래서 더 자세히 읽 어보니, 이미 그 모임은 몇 년 전에 만들어져 미국에도 토론토에도 지 부를 두고 있고 한국의 어느 기관의 초청으로 한국 방문을 한 후 그 내 용이 실린 것이었다.

마침 그 때는 내가 이 곳에서 사귄 사람도 없었고, 하여 신문사로 전 화를 해 그 중 한 여성과 통화를 하게 되었는데, 그 일로 그들 중 몇 사 람이 내 집에까지 방문을 하게 된 것이었다. 내 집에 방문을 한 그들 중 한 사람이 에밀리였고, 그 때는 힐스 목사도 집에 있었다.

"제 남편도 웨스트민스트에서 신학공부를 했어요."

그 때 에밀리는 내 남편이 목회자라는 사실을 알고는 그렇게 말을 했다.

"오우, 그래요? 나는 프린스턴에서 공부를 했어요. 그런데 어디서 목회를 하시지요, 남편께서?"

남편은 그 때, 웨스트민스트와 프린스턴과의 연관관계를 얘기하며 마치 동창이라도 만난 듯 반가워했는데 에밀리가 말했다.

"그는 목회를 하지 않아요."

그러니까 그녀의 남편은 신학을 공부하고도 목회를 하지 않고 말하자면 정부 어느 기관에서 일을 하고 있었던 것이다. 그 때 그는 그 훌륭한 학교에서 신학을 공부한 분이 목회를 하지 않고 왜 다른 일을 하고 있을까를 아주 궁금해하면서, 다음에 남편과 함께 우리 집에 놀라오라는 말을 했었다. 그녀들이 돌아가고 난 뒤에도 그는 내게 여러 번 말을 했었다.

"그 학교에서 공부를 하고 왜 목회를 하지 않을까?"

그렇게 헤어진 후, 그녀는 힐스 목사가 적어 준 이메일 번호로 두어 번 메일을 보냈었고 그 때마다 그는 내게 그 메일을 읽게 했다. 그리고 그가 첫 번째 아시아 여행을 떠난 후, 에밀리는 내게 두 번의 전화를 해 친구와 함께 우리 동네를 관광할 것이라고 했는데, 그 때는 우리 집에 서울에서 온 내 아이와 형제들이 있어 내 집 방문은 이루어지지 않았었다.

그녀가 다시 힐스 목사에게 이메일을 보낸 건 그가 아시아 여행에서 돌아온 후였다. 그것은 '남편과 함께 당신 집에서 하루를 머물고 싶다.' 는 내용이었다. 힐스 목사는 그 메일을 내게 보이면서 아주 좋아했는데 그 이유는 그녀의 남편 때문이었다. 왜 신학을 공부하고도 다른 일을 하고 있는지 많은 얘기를 나누고 싶은 것이 그의 생각이었다. 그 때 나는 속으로, 이런 생각을 했었다.

'우리 집에 와 하루를 머문다면 내게 한 통화쯤 전화를 해도 괜찮을 텐데…'

왜냐하면 우리 집의 손님은 그의 손님이기도 하고 나의 손님이기도 하기 때문이었다. 더구나 그녀는 힐스 목사보다 나를 먼저 알았고, 나와는 이미 통화도 한 적도 있으며 한국말을 할 줄 아는 한국인이었다.

그런데 며칠 후, 다시 며칠, 몇 시까지 그 곳에 도착할 것이라는 메일을 힐스 목사에게로 보냈는데 그 때는 내가 그에게 말을 했다.

"에밀리는 한국인이고 한국말을 할 줄 아는데 왜 내게는 한 마디 말을 안 할까? 그들은 내게도 손님이다."

그랬더니 그가 말했다,

"에밀리는 한국어에 그리 능통하지 않고 내게 이메일을 보낸 것으로 자기가 할 일은 다 했다고 여기기 때문이다."

그런데 한 번 비뚤어지려니 그 말도 거슬렸다. 한국말을 잘만 하는 사람을 감싼다 싶으면서. 실제로 그녀는 7살에 부모를 따라 이민을 해 아주 특이한 의미의 말만 아니면 내가 영어를 하는 것보다 한국말을 더 잘한다. 그러다 보니 슬며시 밸이 틀리면서 한마디 더 하고 싶어졌다.

"만일 내가 그 집을 방문할 일이 있을 때 내가 에밀리는 두고 그 남편에게만 여러 차례 메일을 보내 당신 집에 가겠다고 하는 것이 옳으냐? 더구나, 에밀리는 같은 한국인인데."

그랬더니 그가 말했다.

"왜 안 되냐?"

그 때부터 단지 껄끄럽던 내 마음은 열을 받기 시작하는데, 뭐 이런 법이 다 있나 싶은 생각이 들면서 더 이상 말을 하고 싶지가 않았다. 어쨌든 그들 내외는 우리 집에 와 하루 밤을 하게 지냈는데 알고 보니 그들의 결혼기념일이었다. 나는 내 집에 온 손님을 위해 오랜만에 한국음식을 만들고 촛불을 밝혔다. 그리고 그들의 결혼기념일을 위해 내 동생이 나와 힐스 목사가 분위기 잡고 싶을 때 마시라며 사준 아껴두었던 아이스 와인도 꺼내 구색을 맞추었다.

나는 그간의 기분도 잊고 결혼기념일에 다른 곳으로 가지 않고 내 집을 찾아준 것만으로도 고마워 어쨌든 하루 동안 편히 쉬었다 가게하기 위해 온 신경을 썼다. 그는 신학을 공부하고도 목회를 하지 않는 그녀의 남편과 많은 대화를 나누었고 나는 그녀와 또 많은 얘기를 나누며 참으로 편안하고 좋은 하루를 함께 보냈다. 그러면서 우리가 함께 주변을 드라이브를 하던 때 내가 넌지시 말했다,

"내년에도 놀러오너라. 오기 전에는 내게도 전화 한 통화하고."

내가 그렇게 말을 할 수 있었던 것은 그녀가 같은 한국인이고 나보다는 열 살 정도는 나이가 적기에 동생처럼 느껴져서였다. 그리고 그들이 집으로 돌아간 후, 내가 그에게 말했다.

"우리가 드라이브할 때 내가 에밀리에게 다음에 올 때는 내게 전화해라 라고 말을 했다. 그랬더니 그녀가 '메일을 목사님께서 보여주지 않더냐?' 고 하더라. 그래서 내가 말했다, '당연히 보여주지. 그렇지만 내가 영어를 해석하는 것보다 에밀리가 한국말로 내게 말하는 것이 내가 더 쉽지 않겠느냐' 고."

그 때는 그는 그냥 듣고만 있는 것 같았다. 그들이 가고 난 후, 에밀리로부터 한동안 소식이 없었다. 한 달 정도가 지났을 때였을까? 힐스 목사가 내게 말했다.

"에밀리가 잘 갔다는 메일을 안 보내는데 혹 당신이 전화를 하라고 해서 기분이 상해서 그런 거 아닌가?"

'이건 또 무슨 트집이야?'

그 때 내가 또 기분이 상해지려고 했다.

'이 양반은 자기 아내가 기분상한 것은 모르더니 남 기분은 잘도 챙기네.' 싶은, 아무려면 내가 내 집에 온 손님을 기분 상하게 만들어 보

내겠나 싶은, 하여튼 기분이 묘해지는데 어느 날 그녀에게서 메일이 왔다고 힐스 목사가 희색이 만연해 프린트까지 해 날보고 읽으라고 했다.

"외숙, 그들이 바빴대, 아주."

그래서 내가 말했다,

"내 앞에서 더 이상 에밀리 이름은 말하지 마라."

그리고 그가 내미는 프린트 물을 그가 없을 때 읽어보니 '인사가 늦어 미안하다, 너무나 바빠 메일을 보낼 수가 없었다. 우리 집에도 놀러와라.' 그런 내용이었다. 에밀리, 그녀의 사정을 안 후, 그럴 수도 있었겠다는 이해가 되는데 제임스 힐스 목사, 그의 일방적인 편들기는 그리 이해하고 싶지가 않았다. 그래서 그는 '에밀리' 라는 이름만 나오면 내가 예민하게 반응을 하는 줄 알고 내 눈치를 본다.

서로 다른 생각이 대치를 이룰 때, 그것이 무엇 때문이든 벽을 느낀다. 서로 다른 생각이란 다른 문화 때문이기도 하고 정서와 생각 때문이기도 하고 때로는 서로 다른 전통 때문이기도 하다. 이 나이에도 벽을 느낄 때, 나는 그 벽을 지혜롭게 넘으려 하기보다는 잠깐은 대치를 하며 버티고 싶어질 때가 있다. 벽을 느끼고 대치하며 고집하고 있을 때는 내가 이 나이임도 잊게 되고, 상대편의 입장에 서 보는 것은 숫제 생각도 하지 않게 된다.

좁은 소견 탓이다. 아, 언제나 이 사소한 것 같으면서도 늘 가시처럼 따라다니면서 괴롭게 하는 이 좁은 소견에서 벗어날 수 있을는지. 새벽 예배를 잘 드리고 돌아오는 길에 그 '에밀리' 라는 이름 때문에 또 필요도 없는 감정에 휘둘렸었다.

고정관념을 벗어버린 비속의 하루

한국이라면 새벽기도를 시작해야 할 시간에 힐스 목사와 나는 매일 운동을 하러 간다. 미국 땅에 있는 그의 교회 자체가 새벽기도회를 갖지 않기 때문인데, 단, 토요일 아침에는 우리도 한 주일에 한 번 드리는 새벽 예배를 위해 한국인 교회를 찾는다.

평일에는 새벽예배에 가지 않으니 대신 늘 함께 새벽 운동을 가는데 지난 여름부터 나는 수요일 새벽에는 그와 동행을 하지 않는다.그 이유는 내가, 이 동네로 이사온 지 3년 미만이 되는 여성들의 모임인 New Comer's Club에 동참을 하면서 그 클럽 중의 작은 그룹, 수요일 오전 9시에 있는 워킹 그룹에 동참을 하게 되면서 새벽 운동은 빠지게 된 것이다. 오늘도 힐스 목사는 혼자 새벽운동을 다녀왔고 워킹그룹 덕분에 나는 조금 더 잠자리 속에서 미적댈 수가 있었다.

사실 매일 하던 일에서 하루 벗어나 좀 더 잠자리 속에 있다고는 해도 깊은 잠은 들 수가 없다. 그냥 몸을 묻어두기에 알맞은 온기의 이불 속에서 게으름을 부릴 뿐인데 그러다 블라인드를 젖혀보니 바깥에는 비가 내리고 있었다.

"추워지겠구나."

창에 사선을 그으며 곤두박질치는 빗줄기를 바라보며 나는 추위를 생각했는데 이제 11월과 함께 미적대던 가을도 그 자락을 거둬들였으니 남은 것은 겨울뿐이기 때문이었다. 그러다 문득 오늘이 워킹 그룹의 걷기 날인데 하는 생각도 들었다.

"이 비에 걷기를 하려나?"

창에 와 부딪는 빗줄기가 제법 강한 것이 바람까지 동반을 한 것 같았다. 한겨울 눈이 와도 걷기는 한다는 말은 들었는데 비속에서도 걸을 것인지는 알 수가 없어 잠자리에서 일어나 창문을 열어 확인을 하는데 운동을 간 힐스 목사가 돌아왔다.

"외숙, 걷기에 아주 좋은 날씨야!"

내가 늘 마시는 카페인이 들지 않은 커피를 한 잔 들고 들어오며 그가 말했다.

"이 비에 무슨 걷기를 한다고?"

'눈이 와도 좋은 날씨, 비가 와도 좋은 날씨, 도대체 이 양반에게 나쁜 날씨는 어떤 날씨야?'

바람에 비가 사선을 그으며 내릴 정도인데 걷기에 좋은 날씨라니 내가 좀 어이가 없어 속으로 중얼거렸다.

"외숙, 오늘 분명히 걷기는 할 거야, 내 말이 맞다! 못 믿겠으면 로라한테 전화해 봐라."

말도 안 된다며 미심쩍어하는 내게 그는, 내가 워킹그룹에서 사귄 블론디의 긴 머리카락을 한 로라에게 전화를 해보라고 했다.

로라는 우리 집과는 그리 멀지 않은 곳에 사는데 우리 집에서 걸어서 불과 2-3분 정도 걸리는 이 동네의 도서관을 갈 때는 가끔 내 집에 노크를 하고 함께 차도 마시곤 하는 아름다운 여성이다. 그래서 내가 전화를 했다, 설마 이 비에 걷기를 하겠느냐며.

"외숙, 걷기에 아주 좋은 날씨야, 난 갈려고 하는데 너는?"

'어머나, 이 사람들 좀 봐?'

나는 전화를 끊고는 좋은 날씨라고 하는 두 사람을 알다가도 참 모를 일이라며 좀 어이없어하다가 그래도 어떻게 해야 할지를 몰라 멍하니 서 있었다. 그렇게 서서 비 오는 바깥을 바라보자니 비 때문에 애를 태웠던 한때가 문득 떠올랐다.

　오래 전 내가 초등학생이던 그 때, 소풍을 가는 날은 늘 따르는 걱정이 하나 있었는데 바로 비가 올까 하는 것이었다. 이미 과자에 찐 밤, 그리고 계란을 삶고 기린 사이다나 애플 사이다까지 사 두었고 아침에 어머니께서 김밥만 만드시면 그것으로 준비는 끝인데, 비 때문에 소풍을 가지 못하고 학교로 가야한다면 그 일만큼 속이 터지는 일도 없었다. 소풍이라야 이미 친구들과 놀면서 가본 가까운 곳이지만 삶은 계란에 기린 사이다는 소풍이 아니고는 자주 먹을 수 있는 것이 아니었다. 농사일도 모르던 내가 일년 중에 날씨를 걱정하는 날은 오직 그렇게 봄, 가을 소풍 때였다.

　창 밖을 바라보며 멍하니 선 채 옛날 생각을 하다가 걷기에 좋은 날씨라는데 그럼 가봐? 하고는 주섬주섬 준비를 했다. 방수 자켓 속에 목이 긴 셔츠를 입고 바지 밖으로 두텁고 목이 긴 양발을 신고 당연히 우산을 챙겼다. 내일이 미국 땅의 추수 감사절이라 오늘, 수요일 저녁에 감사 예배를 인도하기 위해 오후에 힐스는 교회를 가야 했는데 내가 집을 나서려니 "응 갈려고? 생각 잘 했어, 내가 데려다 줄게."라며 그도 따라나섰다.

　평소 열두 명이나 열다섯 명쯤 걷기를 하는데 오늘은 비 때문에 거의 나오지 않는다고 해도 로라는 나올 테니 둘이서 라도 걸을 참이었다. 늘 기다리는 그 곳에는 네 명이 나와 있었다. 그런데 그 중에서 우산을 든 사람은 나 혼자 뿐이었고 그들은 이미 세찬 비에 좀 젖어 있었다.

　"우산 안 갖고 왔어?"

　이 비에 하나 같이 우산을 들지 않고, 그렇다고 모자도 쓰지 않은 그들이 이상해 내가 물었다. 나는 우산 속에 방수 자켓에 달린 모자를 쓰고 있었다.

"비 오는 날인데 좀 맞지 뭐."

'어머머, 이 사람들 좀 봐, 감기 걸리면 어떡하려고?'

비를 해와는 다른, 하나의 자연 현상으로 자연스럽게 받아들일 뿐, 그것으로 인해 올 수 있는, 옷이 젖는 다거나 감기 같은 것은 전혀 염두에 두지 않는 그들이 내 눈에는 참으로 이상했는데 우리는 그렇게 정확하게 9시가 되자 걷기를 시작했다.

늘 걷는 코스는 우리 동네의 일부분인 외곽을 둘러 메인 스트리트까지 가 단골로 정한 카페에서 차나 케이크을 나누며 얘기를 하고는 다시 처음 만났던 곳에서 헤어지게 되어 있다. 그렇게 걷는 시간은 모두 한 시간 정도 걸리고 차 마시며 얘기를 하는데 실은 시간이 더 걸린다. 우리가 차를 마시는 그 카페는 New Comer's Club 멤버들에게는 차 값을 10% 할인을 해 준다.

그들은 아무도 모자도, 우산도 쓰지 않았는데 나만 우산에 모자까지 쓰고 걷노라니 어쩐지 좀 이상하게 느껴졌다. 그래서 걸으면서 나도 모자를 벗고 우산을 접어버렸다. 그렇게 앞서거니 뒤서거니 하면서 걸으면서 로라 얼굴도 쳐다보고 나의 다른 친구 대니스의 얼굴도 쳐다보니 그들의 머리는 젖어 있고 얼굴에는 빗물이 흘러내리고 있었다.

"외숙, 너도 얼굴이 젖었네?"

"응, 나도?"

그런데 옷을 잔뜩 입은 탓인지 머리가 젖고 얼굴이 젖어도 전혀 추위를 느낄 수가 없었다. 오히려 걷느라 열이 오르는 얼굴에 찬비가 내리니 시원하기까지 했다.

온타리오 호수 변이라 물과 나무들이 어우러져 가뜩이나 공해도 없는 곳에 비까지 내려 오염된 것은 모두 헹궈낸 신선한 공기는 코에 달고 나무들이 뿜는 정기는 전신에 엔돌핀이 되어 스미는 것 같았다. 머리와 얼굴을 적시는 초겨울 빗물이 머리 속까지 맑아지게 하면서 덕지덕지 감고 있던 두터운 옷을 벗어버리고 싶게 했다. 저 나무들이, 매달고 있던 잎들을 모두 벗고 홀가분하게 서서 오는 계절을 당당하고 의연하게 맞고 있듯 이 비에 내 머리 속의 군더더기처럼 거추장스럽게 묻어두고 있던 생각의 부스러기들, 비속에는 우산을, 두터운 옷을 입지 않으면 안 된다고 여긴 고정관념들을 뿌리째 뽑아내 홀가분하고 싶었다. 제임스 힐스 목사, 그리고 내 친구 로라와 대니스 등은 스스로 만든 고정관념이란 틀 속에서 일찌감치 탈피를 했기에 이 세찬 겨울 비 속에서도 맨 얼굴을 하고 쏟아지는 비속을 걸을 준비를 할 수 있었던 것일까?

고정관념이란 하나의 틀이다.그 속에다 생각과 행동을 묶어 가두어두는 틀. 틀 바깥의 다른 것을 생각하고 행하면 곧 일탈이라고 여기게 하는 한정된 사고의 틀. 그 한정된 사고의 틀이 어디 비 오는 날에 써야하는 우산뿐일까? 우리는 우리가 만든, 그것은 전통에서 비롯될 수도 있고, 습관이나 성격으로 비롯될 수도 있으며 사회적 통념으로 비롯될 수도 있는, 그래서 익숙한 틀이 된 너무나 많은 고정관념 속에서 살고있다고 할 수 있다.

그러나 마치 잘 맞아 평안한 옷처럼 익숙해진 그 고정관념에서 우리가 가끔 탈피할 필요가 있는 이유는 몸에 맞지 않은 옷처럼 그것이 삶에 크게 불편을 주어서라기보다는 이전에는 미처 느끼지 못하고 바라볼 수 없었던 새로운 세계는 기존의 한정된 틀에서보다 벗어났을 때 접하는 일이 가능하기 때문이다. 고정관념을 탈피하는 일이란 기존의 사고를 부정을 하는 것이 아니라 그것에 얽매이지 않고 뛰어넘는 좀 더 폭넓은 사고를 의미할 것이다.

내가 비속에서 우산을 접으면서 첫겨울 찬비가 주는 희열을 몸으로, 마음으로 느낄 수 있었듯, 그리고 겨울비를 맞는 일이 아무런 문제를 만들지 않음을 알 수 있었듯이 조금의 생각과 행동의 전환으로 새로운 세계를 누릴 수 있다면, 그리고 이해의 폭이 넓어질 수 있다면 기꺼이 그 고정관념이란 틀을 뛰어넘는 시도를 해볼 필요가 있지 않을까. 비 오는 날 그 비속을 걸으며, 늘 그 속에 갇혀 살면서도 갇혀 있다는 인식을 그리 하지 않게 하는 그 고정관념이란 익숙한 틀을 생각해보고 있었다.

목사님, 화나다

캐나다에 온 지도 거의 일년이 다 되어간다. 지난해, 겨울이 깊어갈 즈음에 와 그 긴 겨울을 보낸 후, 화사하다 못해 환상적이던 봄을 보내고 혼자 누리기에는 너무나 아까운, 아름다운 여름과 가을을 보낸 후 다시 맞는 겨울.이제는 이 곳의 기후도 대충 알겠고 근방의 지리도 조금 알겠고 말만 능통하게 통한다면 그리 문제가 될 것이 없을 것처럼 많이 익숙해졌다. 말이야, 많은 시간이 필요하다니 힐스 목사와 되든 안 되든 자꾸 얘기를 하다보면 늘겠지 싶은데 때로는 아니, 너무나 자주 나는 그 말 때문에 맹하게 있을 때가 많다.

나를 말동무라고 그는 있는 속을 다 드러내 놓는데 도무지 무슨 말인지 몰라 웃어야 할 때 맹하게 쳐다보고 함께 흥분해야 할 때 때로는 웃고 있으니 그것도 하루 이틀이지 참 할 짓이 아니다. 그래서 내가 "아유, My English!"라며 머리칼을 쥐어뜯으면 "오우, 외숙, 네 영어 완벽하다!"라고 그가 말하는데 나는 내 영어가 얼마나 엉터리인지 알고 있다. 말로 아주 섬세한 감정의 표현까지 할 수 있다면, 아니 내 글을 영어로 쓸 능력이 된다면 참으로 살 것 같은데 그것이 정말 많은 시간을 필요로 하니 이제 한 해를 맞고 있는 나는 답답하기 그지없다.

결혼하기 전, 꼭 1년 동안 주고받은 이메일 중, 반년 동안 나눈 것이 책이 네 권이요, 모두 책으로 묶으면 7-8권 분량은 될 텐데 그 때는 무슨 정신으로, 무슨 능력으로 그렇게 영어 편지를 많이도 썼을까 싶은 것이 '참, 사랑에 눈이 멀면 못할 일이 없구나.' 하는 생각을 먼저 묶은 네 권의 책을 다시 읽어보며 나는 가끔 하게 된다.

　이렇게, 웬만큼 이 곳의 문화도 정서도 습관도 알 것 같아 이제는 언어만 해결되면 아쉬울 것은 없겠다는 생각을 나는 자주 했다. 처음 이 곳에 와 낯선 것에 얼마나 긴장을 했던지 몇 번이나 몸살을 앓기도 했는데 이렇게 쉽게 적응을 할 줄 알았으면 그리 긴장을 할 필요도 없었는데 하는 생각마저 드는 것이었다.

　"그래, 사람 사는 곳이 별 다를 라고? 다 그렇고 그런 거지."

　언어야 어차피 세월이 해결할 것이고 사람 사는 일도 별반 다르지 않을 것 같아 내가 조금 방심을 하고 있는데, 근데 어제, 미처 알지 못한 이 곳의 관습 때문에 문제가 하나 생겼었다. 그것은 지극히 한국적인 습관에 젖어 있던 내가 한국적인 습관으로 아주 무심코 시도했던 것이 힐스 목사를 엄청 화나게 했던 것이다.

　"외숙, 앞집에서 공사를 시작했네?"

　며칠 전, 집 앞에서 앞집 남자를 만나 잠깐 얘기를 나누던 힐스 목사가 집에 들어오며 말했다.

　"공사를? 무슨 공사?"

　그 집은 지난겨울 한 철 동안 집을 비워두고 따뜻한 플로리다로 가 그 긴 겨울을 넘기고 왔고 가끔 매력적인 필리핀 여성을 아내로 둔 아들이 그 필리핀 여성과 부모를 만나러 오는, 바로 내 집 건너편의 이웃이다.

　"카펫을 마루로 바꾼대."

　"카펫을 마루로?"

　그의 대답에 내가 솔깃해 하며 물은 이유는 나 또한 늘 마음속으로 카펫을 마루로 바꾸고 싶다고 생각을 하고 있었기 때문이었다. 내가 카펫을 마루로 바꾸고 싶어 한 이유는 청소 때문이었다. 서울의 내 집처럼, 그래도 청소라면 물걸레질을 해야 청소를 한 것처럼 직성이 풀리는데 청소기로 먼지만 닦아내니 나는 영 흡족하지 않았기 때문이었다.

그러나 마루로 바꾸고 싶다는 것은 어디까지나 내 생각일 뿐, 힐스 목사는 꿈도 꾸지 않고 실제로 지금은 가능하지도 않다. 그 많은 책들은 다 어떻게 할 것이며, 공사를 할 동안 우리는 어디서 잘 것이며… 그래서 생각만 하고 있었는데 앞집에서 그 일을 한다니 내 귀가 솔깃해질 수밖에.

그리고 며칠이 지난 어제였다. 둘이서 한창 일을 하다가 싫증이 난 힐스 목사가 "외숙, 우리 나가서 차 마시고 오자."라고 해 내가 따라 나서는데, 곧 브레이크 타임을 원한 것이었다. 그런데 바깥으로 나가니 앞집의 인부들이 둘이 밖에 나와 있고 그 집 현관문이 열려 있었다.

내가 호기심에 그 집 근처로 가 약간 멀찌감치 선 채 현관을 넘겨다보았다. 얼른 보니 거실이 진한 갈색 마루로 바뀌어 있었다. 나는 그 집에 한 번도 가 본 적이 없어 원래 어떤 색의 카펫이 깔려 있었는지는 모르고 있었고 어쨌든 지금은 공사가 거의 끝난 것 같았다. 그래서 일하는 인부에게 물었다.

"며칠이나 걸렸어요?"

그랬더니 "사흘이 걸렸다"고 했다. 내가 그 말을 묻고 있을 때 힐스 목사는 "외숙, 가자, 빨리." 하고 멀찌감치 서서 재촉하고 있었다. 그러나 나는 '사흘이면 그리 많은 시간이 걸리지 않네?' 하는 생각을 하며 그러면 얼마나 돈이 드는지 알고 싶어 "얼마나 들어요, 마루로 바꾸는데?" 하고 묻는데 힐스 목사가 갑자기 소리를 쳤다.

"외숙, 그건 묻는 거 아니야."

그가 그 말을 할 때 인부도 "그것은 나도 모르겠다."라는 대답을 해 나는 돌아서 힐스 목사가 있는 곁으로 아주 무심코 다가갔다. 그리고 길을 걷는데 힐스 목사가 아주 화가 난 목소리로 말을 했다.

"외숙, 한국 사람들은 누가 무엇을 사면 얼마냐고 잘 묻는데 그건 실례가 되는 말이다. 한국인 교회에 갔더니 당신 자동차 얼마나 주고 샀느냐? 집은 얼마나 주고 샀느냐? 그렇게 묻더라. 아주 실례다."라고.

"근데 그게 왜 실례인데?"

그는 흥분해서 그렇게 말하는데 나는 이해가 되지 않았다. 그는 이미 그 전에도 '한국인 교회에 갔더니 무엇을 얼마나 주고 샀느냐 하는 질문을 예사로 하던데 그것은 좋은 질문이 아니다.' 라는 말을 몇 번이나 해 내가 말을 한 적이 있다.

"한국에서는 그것은 예사다. 집을 샀으면 얼마나 주고 샀느냐, 자동차는 얼마냐 하는 질문은 그리 실례가 되지 않는다. 그들이 이민을 와 이 곳에 오래 살았지만 한국적인 정서를 여태 갖고 있기 때문에 그렇게 물었을 것이다 이해해라."

그래서 나는 남에게 금전적인 것을 묻는 것은 실례일 수가 있다는 것은 알고는 있었지만 아주 순식간에 그것을 잊어버리고 '카펫을 마루' 라는 바람에 남의 일 같지 않아 인부에게 물은 것이 화근이 된 셈이었다. 그리고 그의 화가 난 목소리는 계속되었다.

"아무리 그 집 현관문이 열려 있어도 그 집 주인이 초대를 하지 않는 한, 들여다보는 것 또한 실례다. 다음에 우리가 보고 싶으면 그 방법이 아니라 정중하게 벨을 누르고 찾아가 보는 것이 예의다."

'아니, 이 땅에는 무슨 놈의 실례가 되는 일이 이렇게도 많아?'

순간 나도 발끈 화가 났다. 내가 무슨 그 집안에 들어가서 본 것도 아니고 열린 문으로 먼발치에서 봤을 뿐인데 이것도 실례, 저것도 실례라니.

문득 그 일이 습관으로 몸에 밴 내 땅의 일들이 떠올랐다. 만일 서울에서 누군가가 집을 사면, 몇 평이냐, 평당 얼마며, 복덕방 소개비는 얼마를 줬느냐? 그리고 이웃에서 집을 고친다면 무엇을 어떻게 고치는

지, 자재는 무엇으로 하는지 호기심에 얼마든지 들여다볼 수 있고, 누군가가 자동차를 샀다면 중고냐, 새 차냐, 얼마짜리며 할부냐, 현금이냐 까지, 궁금한 것은 무엇이든 물어도 실례가 되지 않았다. 아니 묻기도 전에 산 사람들이 먼저 얘기를 하기도 했다. 주위에서 뭔가를 사고 고치고 변화를 주는데 알면서도 물어보지 않는 것이 오히려 무관심과 이기주의로 비쳐질 수가 있었다.

그런데 이 곳은 관심이 오히려 실례라니 참 어이가 없었다. 나이를 물어도 실례, 금전적인 것을 묻는 것은 아주 실례, 남의 집 들여다보는 것은 거의 몰상식으로 인식되니 이거 어디 조심스러워서 살겠나 원!

그러나 어쨌든 로마에 왔으니 나는 로마법을 따라야 했다. 아무 문제가 없던 것이 이 곳에서는 실례라니 내가 잘 하지 못한 것은 인정을 해야 했다.

"나는 카펫을 마루로 바꾸는 일을 염두에 두고 있었다. 가격을 알아두는 것이 유익할 것 같아 순간적으로 물었다. 그래, 내가 실례를 한 것 확실하다." 라고.

그랬더니, 그가 한풀 꺾인 목소리로 말했다.

"외숙, 때로는 다른 나라에서는 아무 일도 아닌 것이 이 나라에서는 아주 큰 실례가 되는 일이 있는데 바로 그 일이 그런 예이다. 나는 외숙이 남에게 실례를 하는 사람으로 인식되는 것을 원하지 않는다."라고.

그 말을 들으니 이 쪽의 문화를 안다고 자신을 했어도 아직은 내가 모르는 것이 얼마나 많은지 짐작을 할 것 같았는데, 문제는 힐스 목사의 그 말을 들어도 나는 진심으로 실례를 한 것 같지 않아 속으로는 좀 씩씩대고 있는데 있었다. 그리고 결국 한마디를 했다.

"그런 말이 그렇게 실례면 당신은 왜 내게 실례해?"

내가 그렇게 말했더니 그가 '내가 뭘?' 하는 표정을 지었다.

“작년, 우리가 결혼하기 전에 나 한테 물었잖아, 외숙 당신은 생활을 어떻게 해? 라고. 그거야말로 나의 프라이버시에 관한 일이니 실례 중에도 큰 실례지!”라고.

작년 한창 결혼 얘기가 오갈 때 그는 내게 물었었다. 남편 없이 사는 것이 쉬운 일이 아니었을 텐데 경제적인 것은 어떻게 하느냐고. 그리고 내가 돈을 보내고 싶은데 괜찮겠느냐고. 그 질문은 내가 혼자 살면서 하도 많이 들은 것이라 그리 심각하게 여기지도 않는데 힐스 목사가 물었을 때는 내가 심각하게 받아들였다. 왜냐하면 돈을 보내주겠다고 했기 때문이었다.

혼자가 된 지 십 년이 넘도록 직장 생활도 하지 않으면서 자식 공부도 시키고 돈도 안 되는 글 쓰면서 맨날 봉사로 카운슬링하고 YWCA일을 하니 사람들은 내가 도대체 어떻게 사는지 궁금해했다. 그래서 사람들이 물을 때마다 나는 대답을 하기 난처해했는데 나중에는 이렇게 말하며 웃어넘기곤 했다.

“저, 가진 것이라고는 돈과 시간뿐인 걸요.”

그런데 힐스 목사의 눈에도 내 삶의 방식이 영 미심쩍었던지 그렇게 조심스럽게 물었는데 그 때 내가 한 말은 이것이었다.

“It is not your business.”

내가 실은 그 때 약간 발끈했었는데 그것은 남의 일에 돈까지 보내주겠다고 하는 그의 말에 조금 자존심이 상했기 때문이 아니었나 싶다. 그 때 그는 아주 당황해하며 어쩔 줄을 몰라 했는데 내가 그 말을 한 것은 그 말의 정확한 뜻, 또는 뉘앙스를 알아서라기보다는 영어 학원에서 배운 말을 한 번 써느라고 한 것이었다. 설령 상대편에서 실례의 질문을 했다 할지라도 그 같은 대답을 하는 것은 아주 정중하지 못한 표현이란 것을 내가 안 것은 시간이 많이 흘러서였다.

이제는 나까지 기분이 틀어져 차 마시는 일이고 뭐고 귀찮았다. 그러면서도 걸으면서 다시 말했다.

"그 때 당신이 내게 한 말은 그럼 더 실례네?"

그랬더니 그가 말했다.

"그래, 아주 큰 실례였어. 아무리 외숙의 삶이 궁금하다고 해도 그런 질문은 분명 잘못된 거 맞아. 그 때 일은 정말 미안해. 그런데 그 때 당신의 대답도 정중하지 못했어."

옛날 일 하나 끄집어내 화풀이를 하려고 하는데, 정확한 용도도 모른 채 한 한 마디의 영어가 부메랑이 되어 오히려 내게로 날아왔다. 걸을 때는 늘 손을 잡는데, 무심코 남의 집 한 번 보고 비용이 얼마 들었냐고 물었다가 서로 기분만 상해 주머니에 손을 찌른 채 앞서거니 뒤서거니 하며 걸었다.

걸으면서 생각하니 '이게 뭐야' 싶었다. 어차피 엄청 다른 문화 속에서 살다가 만난 사람끼리 이런 일 하나로 앞서거니 뒤서거니 하며 걸어야 하는 자체, 이것이 피곤했다. 이 기분으로 차를 마신들 무슨 브레이크 타임이 되겠나 싶었다. 하여, 어차피 내가 뭘 몰랐던 탓에 생긴 일이니 먼저 마음을 바꾸자고 생각을 하는데 뒤따라오던 그가 내 옆으로 다가왔다. 그리고 말했다.

"외숙, 우리 손은 잡고 가자."

한 번 짐짓 뿌리치는 척하다가 슬쩍 잡히니 그가 잡은 내 손을 자신의 외투 주머니 속으로 가져갔다. 그리고 차를 마실 즈음에 우리는 그 일을 깡그리 잊고 있었다.

내 마음에 내리는 서리

　오늘 아침, 운동을 다녀오는데 짙은 쥐색 지붕들과 초록의 잔디가 마치 싸락눈이라도 온 것처럼 희었다. 이 곳의 잔디는 가을이면 퇴색하는 한국의 잔디와 종류가 다른지 한 겨울 눈 속에서도 그대로 초록이다.

　"아, 눈 왔네?"

　내가 첫 눈에 아이처럼 탄성을 내는데 힐스 목사가 말했다.

　"눈이 아니라 서리야. 서리가 오면 더 이상 화초는 자랄 수가 없지."

　서리라는 그의 말에 내 마음이 문득 스산해졌다. 눈이 아니라 서리라는 말에 내 마음이 왜 갑자기 스산해지는지 곰곰히 생각해보니 그것은 '서리'라는 말의 뉘앙스 때문인 것 같았다. 가을도 겨울도 아닌, 어중간한 계절의 사이에 내려, 자라던 일년초의 자람을 멈추게 하고 사람들로 하여금 다가올 겨울과 노년의 쓸쓸함을 지레 느끼게 하는 그 '서리'라는 말이 주는 뉘앙스. 그 서리가 주는 뉘앙스와 요즘의 내 몸과 마음의 컨디션이 조금은 관련이 있기 때문에 나는 그렇게 예민하게 반응을 했는지도 몰랐다.

　요즘 나는 거울 보기를 꺼려한다, 아니 두려워하는지도 모른다. 거울을 볼 때마다 습관적으로 앞 머리칼을 들추어보는데 그 곳에는 영락없이 서리의 흔적이 있기 때문이다. 마치, 내린 비에 오종종 모여 잘도 자라고 있는 파 모종처럼 소복이 솟아나고 있는 흰 머리칼은 내게 내린 서리의 흔적이다. 그러나 가끔은 생각한다, 이 파 모종 같은 내 머리칼은 내 삶의 연륜을 의미하고 그것은 나를 지금의 나이도록 만들고 그래서 나는 이 이방인 같은 흰 머리칼도 사랑할 수밖에 없다고.

오래 전, 내가 내 아이 고모와 함께 살고 있었을 때, 그녀는 내 머리의 새치를 뽑아주기를 참으로 좋아했었다.

"언니, 새치 뽑아줄까?"

내 시누는 하나 뿐인 아이가 잠들었거나 잘 놀아 우리가 마주보며 할 일이 없을 때는 늘 그렇게 말을 했다. 내 시누는 나보다 손위이지만 어렸을 때 아주 경기를 심하게 한 후, 정상적인 생각을 하지 못하게 되면서부터 깊은 생각을 하지 못했다. 그녀는 자신의 여동생들이 오빠의 아내인 내게 "언니"라고 하니 자신도 나를 그렇게 불렀다. 몇 번 가르쳐 주어도 잘 못 따라하기에 나는 시누를 '형님' 이라 부르고 내 손위 시누는 나를 '언니' 라고 서로, '언니' 와 '형님' 이라고 부르게 되었다.

그 때만해도 내가 삼십대 초반이어서 새치도 없을 때였는데 내 시누가 새치를 뽑고 싶어하면 슬며시 나는 머리를 시누에게 맡기곤 했는데 그 때마다 내 시누는 검은 머리칼을 몇 올 뽑아놓곤 했었다. 그런데 요즘, 오십의 고개를 넘기고 나니 찾아도 없던 내 머리에도 서리는 내려 이제는 족집게로 뽑을래야 뽑을 수도 없을 지경이다. 그래서 뽑기를 포기하고 손놓은 채 바라볼 수밖에 없는데 그러자니 마음은 화초가 서리를 맞은 듯 춥고 아리다.

나는 가끔 힐스 목사에게 억지를 쓴다,

"당신 때문에 내 머리카락 백발 다 되었다, 이렇게 내 인생 길을 바꿔놨으니 머리카락이 성할 리가 있나."

그러면 그는 하하하하고 웃기부터 먼저하며 말한다.

"이제야, 외숙도 나와 같이 늙어가는구나, 그 흰 머리카락 하나도 손대지 마라."

그의 20대의 결혼사진을 본 적이 있는데 지금은 하얀 머리칼이 믿을 수 없도록 검었다. 그의 머리카락도 눈썹도 동양인들의 것 같았다. 그

런데 지금은 머리카락은 물론이고 눈썹까지 아주 백발이다. 비록 머리
칼 속에다는 서리를 숨겨두고 있을지라도 겉보기는 검은 편인 내 머리
칼, 아니 나의 나이 때문에 자신의 늙음을 더 확인했을 수도 있는 그는
어쩌면 나의 흰 머리카락 타령으로 조금은 동료의식, 그것을 통한 위로
를 받는지도 모를 일이었다. 오래 전 내가 좀 더 어렸을 때, 그 때 내 나
이의 어른들을 보며 이런 생각을 했었다.

'저들은 무슨 낙으로 살까? 자식도 다 키워놓고 남편들은 사회적으
로 자신의 위치를 만들어 가는데 자식과 남편만을 바라보며 산 저들의
노후는 무슨 낙이 있을 수 있을까'

그것은 참으로 철없었을 때의 생각으로, 젊음만이 뭔가를 할 수 있
고 젊음만이 아름다울 수 있다고 여긴 때의 생각이었다. 그런데 이제
내가 그 나이에 와보니, 이 나이에도 삶은 살만하고 이 나이에 맞는 아
름다움도 있을 수 있다는 것을 깨달을 수 있었다.

온갖 경험들은 마음속의 이해의 용량을 넓히는 역할을 했고, 방금
건져 올린 물고기처럼 파닥거리던 성정은 때로는 누그러뜨릴 줄도 알
고, 내가 힘들 때 남들이 평안하면 못 견디겠던 마음은 내가 힘드니 남
들이라도 평안해야지 하는 것으로 바뀌기도 하고, 눈앞의 내 것, 내 자
식, 내 울타리 것만 바라보고 싶어 하던 눈길을 조금 들어 다른 것도 바
라볼 여유를 가질 줄도 아는 여유랄까?

돌아서면 후회를 하는 것은 여태 버리지 못하는 내 성정이 만드는
일이지만 그것 또한 나 자신이 만든 마음의 거울을 통해 마치 흰 머리
카락을 찾아내듯 잘 찾아낼 줄도 아니 어쩌면 머리에 내린 서리가, 마
음에 내린 서리가 뜻 없이 내린 것만은 아닌 것 같다.

인간의 아름다움이란 검은머리, 꼬집어도 금방 제자리를 찾는 팽팽
한 피부의 젊음일 수도 있지만 이렇게 연륜이, 서리가 주는 아름다움도

있을 수 있음을 첫서리가 온 오늘, 나는 다시 깨닫는다.

　그러나 세월의 서리가 주는 아름다움이란 그 서리를 맞아본 사람들만이 쉬이 알아볼 수가 있으리라. 그리고 그 서리 속에서도 눈 속에서도 잔디가 제 빛깔을 지니고 있듯, 뜨거운 삶에의 열정을 지니고 있음은 그 서리 속에 있는 자만이 느낄 수 있는 일이리라. 그래서 경험을 이해의 폭이라고 하지 않겠는가?

갱년기의 하루

　유난히 맥이 빠지고 짜증이 나는 날이 있다. 특별한 이유는 없는데 만사가 귀찮아지는 날, 그럴 때는 자칫 감정을 잘못 다스리면 가까이 있는 사람에게도 그 감정의 불똥은 튀게 된다.

　오늘이 그런 날이다. 아침 식사를 잘 하고 나서부터 기분이 가라앉는 것을 느꼈다. 다른 날 같으면 컴퓨터 앞에 앉아 밤사이에 배달된 메일을 점검할 시간인데 컴퓨터 앞에도 앉기가 싫었다. 메일이래야, 쓰레기통에 버릴 것이 더 많은데 싶고, 그러면 "사모님" 카페에 올릴 글을 쓸까 하니 그건 또 써서 뭐하나 싶은 생각이 드는 것이었다. 맨날 그 얘기가 그 얘긴데 듣기 좋은 꽃노래도 한두 번이지 싶은 것이 글 쓰는 일도 하고 싶지 않았다.

　내가 사모님 카페를 처음 알고 글을 시작했을 때, 그 때부터 나는 나 자신과 약속을 했다, 매일 한 편씩을 써서 올리자고. 그런데 오늘은, 그것은 해서 뭐하나 싶은 회의가 들고 20일까지 보내야 할 다른 원고도 있는데 보내기 전에 한 번 더 살펴보기도 싫었다.

　가끔, 그러나 자주는 아니게 내가 이런 기분에 빠지면 나는 뭔가를 할 의욕도 잃고, 내가 이 나이에 할 줄 아는 것이 무엇이 있고, 해 놓은 것은 무엇이 있나 싶은 기분에 빠지면서, 그 기분에서 헤어나기까지 나 자신을 들볶는다. 생각이 거기까지 미치게 되면 도무지 마땅한 것이 없는 나 자신이 견딜 수 없도록 싫어진다. 그러니 표정이 밝을 리 없고 말이 부드러울 수가 없었다.

　추수감사절 예배 설교를 앞둔 제임스 힐스 목사는 일을 하다가도 수시로 내 눈치를 보는데 나는 그런 것도 싫다. 기분이 좋지 않을 때도 있지 어떻게 사람 기분이 맨 날 한결 같을 수가 있나 싶은 짜증이 생기는 것이다. 그것은 곧 애꿎은 사람에게 불친절로 드러나게 되고 나는 곧 후회하게 될 일을 또 하게 되는 것이다.

생각에 빠질수록 밝지 못한 것에 사로잡히고 휘둘리는 것 같아 내가 정신을 차리려 애를 썼다. 그러면서 '도대체 왜 이러니? 너, 도대체 뭣 때문에 이러니?' 하는 질문을 하며 근본적인 이유를 되짚어가도 특별한 이유는 없었다.

'갱년기 증세인가?'

나는 나의 증세를 그렇게 진단하고 있었다.

요즘 부쩍 헤어드라이어의 더운 바람을 얼굴에다 끼얹기라도 하는 듯 속에서 훅 열기가 솟구치기를 하루에도 몇 번씩 하긴 하지만 그러나 짜증과 의욕상실까지 그것의 증세인지는 알 수가 없었다. 그렇게 어영부영, 아무 것도 하지 않은 채, 얼쩡거리는데 힐스 목사가 말을 걸었다.

"외숙, 내가 멋진 저녁을 준비할 테니 수영하고 와. 데려다 줄게, 나도 가서 차 한잔 하게."

내가 나 자신과 씨름을 할 동안 그도 마음이 편치 않았다는 증거였다. 심심하고 밋밋한 것, 그리고 기분이 가라앉은 상태를 견디지 못하는 그는 어떻게 해서든 이 분위기를 탈피해 보려고 안간힘을 하고 있었다. 내가 수영복을 챙길 동안 그는 부엌으로 들어갔다. 그리고 무엇을 하는지 잠시 조용했다.

"준비됐어? 가자."

그런데 그 말을 하며 부엌에서 나오는 그가 울고 있었다.

"짐, 우는 거예요, 지금?"

드디어, 성질 더러운 색시 둔 죄로 노 목회자가 우는 구나 싶어 내가 놀라 묻는데 "아니, 양파가 너무 매워서…"라고 그가 말했다.

멋진 저녁식사를 위해 무엇을 만들려는지 미리 양파를 벗기다가 그렇게 눈물을 흘린 것이었다.

휘트니스 클럽에 갔더니 내 친구, 중국여인 준이 와 있었다. 그녀는 마치 비단 잉어처럼 유연하게 헤엄을 치고 있었다. 며칠간 못 본 친구가 반가워 내가 조금 전의 우울도 잊은 채 반색을 하며 물속으로 뛰어드는데 힐스 목사는 티를 한잔 만들어 수영장가의 의자에서 빙그레 웃으며 두 여자를 내려다보고 있었다.

우리가 그렇게 물속에서 헤엄치며 수다를 떨고 있는 사이 티를 마시던 힐스 목사는 먼저 가 저녁식사를 만든다며 일어섰다. 그리고 그렇게 간 사람이 다시 우리가 있는 수영장으로 돌아왔다, 양손에 와인글라스를 들고서.

"웬 와인이에요?"

"젝슨 트리거에서 모든 게스트에게 와인 시음회를 갖더라구. 당신 줄려고 갖고 왔지. 준, 외숙과 나와서 와인 마셔요,"

제임스 힐스 목사, 그가 물속에서 묻는 내게 마치 아버지 같은 표정을 한 채 대답했다.

젝슨 트리거는 포도와 와인으로 유명한 이 동네의 유명 와인 양조장 이름이다. 호텔에 드는 사람들에게 광고를 목적으로 시음회를 갖는 모양인데 가끔 있는 일이었다. 와인이든 뭐든 마음만 먹으면 술을 좀 할 수 있는 기질이랄까, 아니 조건을 나는 좀 가졌다고 할 수 있다. 그것은 술을 좋아해서가 아니라 내가 양조장 집 딸이기 때문이다.

나 어렸을 때, 우리 집, 양조장에는 늘 일하는 인부들과 술을 사러오는 사람들로 북적거렸다. 내 집에는 사람 너댓 명은 족히 들어갈 수 있는 큰솥이 있어 며칠에 한 번씩 고두밥을 해 술을 만들었고 그 술은 대낮에도 전혀 눈앞이 보이지 않을 정도로 깜깜한 발효 실에 저장되었다.

발효 실에는 큰 술독들로 가득했다. 나는 내 동생들과 숨바꼭질을 하면서도 절대로 어두운 발효 실에는 숨지 않고 그 대신 국실이라 불렸던 누룩이나 가을에 수확을 한 사과를 저장하는 창고에 들어가 숨곤 했다. 세 오빠들 중에서 유난히 동생들을 좋아하던 내 둘째 오빠는 발효된 술에 물을 섞기 전, 걸쭉한 죽 같던 전배기(우리는 그렇게 불렀다)에다 단 것, 아마도 설탕은 귀할 때였으니 당원을 넣어 나와 내 바로 아래 여동생에게 먹이기를 아주 좋아했다.

"옳지, 옳지 잘 먹는다 우리 숙이, 달제?"

둘째 오빠가 물도 섞지 않은 전배기에다 당원을 섞어 우리에게 주면 나와 내 동생은 그 단 맛에, 그리고 잘 먹는다는 오빠의 부추김 때문에 홀짝홀짝 꽤나 술을 마셨다. 몇 모금 술을 마신 후 나와 내 동생은 볼이 빨갛도록 취해서는 대풍대풍 걷다가 픽 이 구석에서 저 구석에서 쓰러지곤 했는데, 그것이 재미있다고 오빠는 우리에게 또 술을 먹이곤 했다.

그렇게 어렸을 때부터 물도 섞지 않은 술에 길이 들여진 터이니 마음만 먹으면 몇 잔 정도는 못 마시지 않는데 그러나 이제는 마시지 않는다. 그런데 그 술, 와인을 마시라고 그가 들고 온 것이었다.

"야, 기분도 그렇잖던 차에 잘 됐다!"

준을 만나면서 이미 우울하던 기분은 어딘가 달아나고 없는데도 나는 핑계 삼아 허리 잘룩한 와인 잔을 그에게서 받아들었다. 그리고 준은 마시지 않는 대신 그와 내가 한 잔씩 했다. 나는 수영복 차림인 채로. 그렇게 와인 한 잔을 하고 알딸딸한 상태로 집에 오니 먼저 와 촛불과 늦가을 꽃 한 송이까지 곁들인 근사한 식탁을 차려놓고 기다리던 그가 물었다.

"My a little chicken, 이제 기분 괜찮아?"

약도 없는, 아니, 꼭 약이 없는 것도 아닌, 갱년기 증세. 그 갱년기를
앓는 여인의 하루였다.

갖는 것과 누리는 것의 차이

이 곳에 온 후, 바뀐 것은 참으로 많다. 우선 음식이 이 쪽 스타일로 바뀌었고, 말을 영어로 써야 하고 만나는 사람들이 캐네디언들인가 하면 내가 종일 볼 수 있는 것들도 서울의 내 집에서 보던 것과는 아주 다르다. 그 중에서 다름을 가장 많이, 자주 느끼는 것 중의 하나가 음식인데 나와 제임스 힐스 목사는 하루 세끼의 식사를 빵 즉, 이 쪽 식으로 먹는다. 그것은 이 곳이 캐나다이고 남편이 캐네디언이란 이유도 있지만 내가 이 쪽 음식에 그리 물려하지 않기 때문이기도 하다.

내가 처음 힐스 목사를 만난 것은 2년 전 캐나다와 미 동부 여행 중 친구의 집에 머물면서였다. 그 때 친구는 이민을 온 지 십 년이 넘었어도 잡곡밥에 청국장까지 즐겨 먹고 있었고 나는 오히려 아침식사로 빵을 먹었는데 그 때 내 친구가 이 말을 했었다,

"외숙이 너, 빵 잘 먹는 걸 보니 캐네디언하고 결혼해도 되겠다."

그 말이 씨앗이 된 것일까? 그 여행 중에 나는 힐스 목사를 만나 결국 결혼을 하고 밥 대신 매일 빵으로 식사를 하고 있으니. 그런데 이렇게 잘 먹다가도 가끔 우리 음식을 그리워하게 되는데 곧, 고추장 듬뿍 넣어 비빈 비빔밥과 매콤한 비빔냉면이다.

그러나 가까이에는 한국 음식점은 물론, 나 같은 한국인을 위한 마트도 없는데 그래도 자동차로 25분 정도 가면 나이아가라 폭포 근처에서는 한국인 음식점은 만나게 된다. 아주 못 견디겠으면 한국에서 갖고 온 아껴 둔 재료를 응급용으로 쓰긴 하지만 그래도 제대로 우리 맛을 내는 간장이나 양념이 없으니 만드느라 고생하느니 나가서 먹자며 음

식점을 찾곤 한다.

어제가 그 날이었다. 워낙 식도락가인 그는 내가 구태여 외식을 하러 가자는 말을 할 필요도 없이 "외숙, 나가자."라고 잘 하는데, 레스토랑에서 식사하기를 즐겨하는 것은 이 곳 사람들의 일종의 식생활 문화이기도 하다. 어제도 점심을 나가서 먹기로 하여 속으로 '자동차로 좀 가더라도 한국 음식점에 가면 좋겠다.' 하는 생각을 했지만 드러내지는 않았다. 내가 좋아한다고 그에게까지 강요할 수는 없는 일이었다. 그러다 "어디 갈까?" 하고 내가 물으니 뜻밖에도 "우리 드라이브 겸 나이아가라 폭포 근처의 한국 음식점에 가자." 라고 하는 것이었다.

'어머나, 부부는 일심이라 더니 어느 사이 통했나?' 나는 속으로 좋아라 하며 따라나섰다. 식사를 마친 그가 집으로 향하지 않고 나이아가라 폭포 방향으로 핸들을 돌렸다. 그래서 내가 "왜, 집에 안 가구요?" 하고 물었더니 "온 김에 드라이브하고 가게." 하는 것이었다.

우리 집부터 나이아가라 폭포까지의 그 아름다운 파크 웨이, 그리고 그 파크 웨이는 나이아가라 폭포 아래 쪽, 그러니까 내 집과는 반대쪽으로 몇 킬로미터 더 연결되어 총 길이가 약56킬로미터나 되는데 그 길이란 그의 미국 땅에 있는 교회에 가는 길이요, 내가 매주 한국 인 교회를 그 길로 다녀야 하니 새삼스런 드라이브 길은 실은 아니었다. 그러나 드라이브의 묘미란 새로운 길에서도 느낄 수도 있지만 누구와 함께 하느냐, 어떤 기분으로 하느냐 하는 것이 더 중요한 법! 나는 매일이다시피 다니는 길이지만 오랜만에 고추장 듬뿍 넣은 비빔밥으로 포식까지 하고 옆에는 미더운 사람이 앉아 있으니 최상의 기분일 수밖에 없었다.

나이아가라 폭포에는 벌써 관광객이 많이 줄어 여름 같지가 않았다. 여름에는 너무나 관광객이 많아 자동차도 제 속력을 낼 수 없을 정도였는데 이젠 날씨가 좀 춥다고 사람들은 벌써 폭포 관광의 발길을 다른 곳으로 옮겼나 보았다. 그러나 사람이 많든 적든 두 개의 폭포는 여전히 그 허연 물안개를 내뿜으며 곤두박질치고 있었다.

나이아가라 폭포에 올 때마다 생각하는 것이 하나 있다. 두 개의 폭포가 하나는 미국 땅에, 하나는 미국과 캐나다 땅 사이에 있는데 실은 둘이 같은 장소에 나란히 있으니 내 눈에는 그것이 미국이든 캐나다든 '참, 복도 많구나.' 하는 것이다.

이것 아니어도 두 나라가 땅덩어리도 엄청 크고, 크다 보니 가진 자원이나 자연도 풍부하고 그러다 보니 다 잘 사는 나라이고… 두 개 나란히 이 곳에 있을 것이 아니라 미국 땅에 있는 저것 하나 떼어 한국 어디 즈음에 갖다 붙이면 얼마나 좋을 까 하는 것이 내가 늘 하는 생각이었다.

작은 땅 온통 차지하고 있는 산 어딘 가에다 처 폭포를 갖다 놓는다면 관광수입으로 우리나라가 좀 한숨을 돌릴 수도 있을 텐데 하는 말도 안 되는 생각을. 그런데 실은 미국 땅의 사람들은 자신들이 그 큰 폭포를 갖고 있어도 자신들은 제 땅에서는 그 폭포를 정면으로 볼 수가 없다. 그러니까 병풍처럼 펼쳐진 그 땅의 폭포나 반원형인 바로 옆의 폭포를 제대로 감상을 하려면 위치상으로 캐나다 땅으로 나이아가라 강을 건너와야 한다.

캐나다 땅에 오지 않고도 보기 위해 나이아가라 강 중간까지 오는 다리를 미국 쪽에서 만들기도 했지만 실은 나도 그 다리 위에 가 보았는데 캐나다 쪽에서 보는 것과는 게임이 안 된다. 그러니까 미국인들은 그 큰 폭포를 갖고도 남의 땅에 와서야 제대로 볼 수 있으니 나이아가라 폭포로 인한 관광수입으로 말하자면 캐나다가 그 득을 보니 남의 것을 가지고 돈은 캐나다가 번다고도 할 수 있다.

엄청나게 큰 폭포를 갖고도 제대로 누리지 못하는 미국 쪽의 폭포를 바라볼 때마다 나는 또 하나의 생각을 하게 된다. 그것은 '내 것으로 갖는 것이 중요한 것이 아니라 가진 것을 얼마나 누릴 수 있느냐 하는 것이 더 중요하다.'라는 것을. 아무리 내 것으로 엄청나게 좋은 것을 지니고 있어도 내가 그것의 좋은 점을 누리지 못한다면 별 소용이 없다.

내가 아는 한 분은 부자다. 그는 내가 이 전에는 본 적이 없는 저택을 지니고 있고 돈도 많은 편이다. 그렇게 돈을 벌기 위해 그는 열심히 일을 했는데, 지금도 그 일에 묻혀 있다. 언젠가 그 분은 이런 말을 했었다.

"나는 돈을 모으면서 목표를 정했다, 내가 생각하는 어떤 크기의 컵에 모은 돈이 넘치기 전에는 절대로 쓰지 말자고. 만일 그 돈이 넘치면 넘치는 것만으로도 얼마든지 살 수 있기 때문이다. 그 돈이 지금은 넘치고 넘친다. 그런데 지금은 그 돈을 쓸 시간이 없다. 현금을 만지는 일을 하다 보니 믿을 수가 없어 남에게 맡기지 못하기 때문이다."

그렇다. 사람들은 살아가면서 참으로 여러 가지의 삶의 목표를 정한다. 그 목표는 주로 뭔가를 더 많이 갖기를 위한 것일 것이다. 돈을 더 많이 가지고, 권력과 명예를 더 많이 가지고 건강을 더 많이 가지는 등의. 돈을 더 많이 가져, 명예를 더 많이 가져, 건강을 더 많이 가져 나쁠 것은 절대로 없다. 다만 그것을 가진 사람이 그것을 어떻게 쓰며 누리느냐에 따라 달라질 뿐이다. 많은 돈을 가졌다면 보람된 일에 많이 쓴다면 그것을 누리는 일일 것이요, 명예나 권력을 가졌다면 그것으로 더 유익할 수 있는 일을 하면 되고, 건강이 주어졌을 때의 누리는 방법으로는 좋은 일에 그 건강을 쓰는 일일 것이다.

중요한 것은, 많이 갖는 것이 아니라, 그것을 어떻게 쓰며 누리느냐, 하는 것이리라. 누린다는 의미는 말초신경을 자극하는 쾌락을 위함이

아니라, 어떤 일을 하고 난 후 느끼는 평안함과 자부심, 그리고 당당함
이 따르는 어떤 일일 것이리라.

　오늘, 오랜만에 고추장 듬뿍 넣은 비빔밥 한 그릇으로 나는 근사한
점심 식사를 누렸고 사랑하는 사람과 나이아가라 폭포와 파크 웨이를
드라이브하며 깊어 가는 가을 하루를 누렸다. 그리고, 나이아가라 폭포
를 바라보며 가지는 것과 누림에 대한 생각을 해 보았다.

사랑이라는 병을 앓고 있는 두 남자 사이에서

　　성탄 전야를 하루 앞두었다. 어제 종일, 아주 고요히 눈이 내리더니 그 눈이 오늘 아침 운동 길에는 발목을 덮었었다. 아침 6시에 문을 여는 휘트니스 클럽의 직원 한 사람이 운전해 오다가 교통사고를 냈는데 눈 때문이었다. 어제 밤, 성탄일에 있을 두 편의 설교 중 한편을 컴퓨터에서 날려버린 힐스 목사는 운동하면서 내게 말을 했다.

　　"외숙, 오늘은 골프클럽 가자."

　　간밤에 그 눈을 헤치고 팀 홀튼에 가서 커피를 마시며 느긋하게 즐긴 것까지는 좋았는데 집에 와 다시 컴퓨터 앞에 앉았는데 종일 했던 설교 원고가 달아난 것이었다.

　　저장을 하지 않았던지 그는 컴퓨터 앞에 앉아 "Lord, help me!" 하며 계속 찾더니 한참을 찾아도 없자 포기를 했다, 그리고 큰소리로 혼잣말을 했다.

　　"제임스 힐스, 걱정 마라, 이것으로 세상이 끝나는 건 아냐!"

　　그렇게 간단하게(?) 포기를 한 후 더 이상 일을 할 수 없다고 생각이 되던지 곧장 잠자리에 들어갔다. 그렇게 원고를 잃었으니 오늘, 운동 후 바로 일을 시작해야 하는데 집에서 먹는 것이 번거롭다고 여긴 것이었다. 그래서 운동을 마친 후 우리는 그 눈을 헤치고 골프클럽으로 가 식사를 했다. 골프클럽은 우리 동네의 온타리오 호수 가에 있는 골프코스에 부속된 레스토랑으로, 온타리오 호수를 바라보며 차를 마시거나 식사를 하는 즐거움이 있다. 식사 후 집에 오자마자 그는 컴퓨터 앞에 앉았고 나는 크리스마스트리를 만들기 시작했다. 이 트리는 힐스 목사가 4년 전인가 산 것인데 아내도 자식도 없는 혼자만의 집에서 사 두기만 했을 뿐 흥이 나지 않아 한 번도 만든 적이 없는 새 것이었다.

12월에 접어들면서부터 계속 트리를 만들자고 했는데 다른 장식도 있고 해서 내가 안 하고 버티다가 오늘에야 시도를 한 것은 설교 원고를 몽땅 잃어버리고 다시 일하는 그를 좀 즐겁게 해주고 싶은 마음 때문이었다. 내 키보다 큰 나무를 세우고 자잘한 장식과 방울, 그리고 꼬마전구까지 치장을 하여 불을 밝히니 아주 근사한 트리가 되었다.

"외숙, 원더풀! 고마워, 나는 Ruth 떠난 후 혼자서는 만들 엄두를 내지 못했었어."

그는 설교 준비를 하다 돌아보며 눈물까지 글썽였다. Ruth는 먼저 세상을 떠난 그의 전 아내이다.

'사람을 행복하게 하는 일이 이렇게 간단한 걸.'

쉽게 조립을 하도록 되어 있어 전혀 힘을 들이지 않고 만들었는데 뜻밖에도 그가 너무 감동을 하니 진작 만들 걸 싶었다. 크리스마스트리는 내가 봐도 참 아름다웠는데 나는 그 트리 아래에다 성탄용 테이블클로스라고 알고 있었던, 그래서 며칠 간 테이블에도 얹어봤던 그 화려한 성탄 스커트부터 깔고 그 위에다 트리를 세웠다. 사실 며칠간 테이블클로스라고 깔았더니 어쩐지 아귀가 맞지 않은 것이 이상하다 했는데 알고 보니 트리용 스커트라고 하는 것이었다. 스커트는 둥근 테이블 모양으로 아주 화려한 무늬가 새겨져 있고 한 쪽이 스커트의 가운데서 길게 찢어진 것이 특징이었다.

이 곳에서는 이 스커트를 먼저 깔고 만든 트리를 가운데 세워 그 아래에다 준비한 선물을 두는 것이 일반적인 방법인 것 같았다. 오전 내내 내가 트리를 만들 동안 초안을 미리 준비해 두었던 설교를 완성한 힐스 목사는 자동차로 가더니 몇 아름 꾸러미를 들고 오며 말했다.

"외숙, 이 쪽으로는 절대 보지 마. 눈을 창 쪽으로 둬."

알고 보니 그것들은 몇 날 며칠간 자동차 트렁크에 들어있던 내 선물이었다. 내가 시선을 창 쪽으로 둘 동안 그는 세 번을 오가며 들고 와서는 방으로 들어갔는데 포장을 하는 것 같았다. 가위를 찾고 테이프를 찾더니 한참을 방에서 나오지 않던 그가 드디어 선물 꾸러미를 안고 나와 내가 만든 트리 아래의 스커트 위에다 두는데 세어보니 크고 작은 것이 열다섯 개, 내가 그를 위해 준비를 한 것이 두 개였다. 내가 만든 리스트 속의 숫자와는 달랐다.

"짐, 이것 다 누구 거예요?"

영화 속에서 본 것을 내 집에서 직접 보고 있으니 하도 신기해서 내가 물었더니 그가 말했다.

"My chicken, 이 집에 나와 당신 말고 누가 또 있어? 당신이 선물을 보면 내가 얼마나 당신을 사랑하는지 알게 될 거야. 근데 궁금해도 성탄일까지는 절대로 볼 수가 없어."

그가 행여 내 호기심이 발동해 성탄일 전에 개봉이라도 할까 아주 못을 박듯 다짐을 받았다. 꼬마전구가 불을 밝히고 붉은 방울과 금빛 리본이, 그리고 온갖 크리스마스 장식이 매달린 트리 아래에는 나와 힐스 목사가 그동안 은밀하게(?) 준비한 선물들이 화려한 포장지에, 그리고 리본에 묶여 얌전히 놓여 있다.

"아, 사랑도 깊으면 정말 병일 수가 있구나."

결코 비싼 것이야 아니겠지만 평소, 돈을 쓰는 일을 아주 조심스러워 하는 그가 만든 이 선물 앞에서 내가 생각을 한 것은 이것이었다. 어쨌든 예수님이 태어나신 날을 앞두고 사람들은 저희끼리 서로 행복을 주고받기 위해 참 무던히도 애를 쓰는구나 싶다. 선물 값이 좀 나가긴 했겠지만 모든 것이 예수님, 당신의 탄생으로 빚어지는 일이니 못마땅

해도 이해해 주시겠지 싶었다.

크리스마스트리를 만들고 선물을 포장을 하면서 나는 한편으로는 서울의 내 아이를 생각했다. 내 아이와 이 크리스마스트리를 만든다면 더 행복할 텐데… 어미는 이 곳에서 이러고 있는 동안에 내 아이는 이 크리스마스를 어떻게 보낼까? 오늘 온 메일 속에 아이는 컴퓨터에 뜨는 이번 성적이 잘 나오고 있다고, 그리고 사랑니가 나느라 몹시 아프다고 했다.

사랑니가 여태? 아이가 사랑니를 앓고 있는 것은 한 달은 가까이 된 것 같다. 치과에 가 뽑으라고 했더니 이가 잘못 나 잘못 수술을 하면 신경을 건드릴 수가 있어 좋지 않으니 그냥 자라게 두라고 했다고 했다. 사랑니앓이는 나도 저만할 때 아주 심하게 경험을 한 적이 있어 얼마나 통증이 큰지 짐작할 수 있는데 자다가 엉엉 운 기억이 있을 정도이다.

그런데 그 통증을 아이도 겪고 있다니 내 가슴이 쥐어뜯기는 듯했다. 함께 있어야 내가 치과 의사도 아닌 터라 뭔가 해 줄 수도 없지만 그래도 몸 아플 때 어미가 곁에 없으면 그만큼 마음이 서러울 일도 없다고 생각하니 애가 탔다. 갑자기, 크리스마스 선물은 다 무엇이며 사랑은 다 뭐야, 자식은 사랑니 때문에 힘들어하는데 하는 생각이 들었다. 그러면서, 너 지금 뭐하고 있는 거야 하는 자괴감에 빠지면서 내 감정을 다잡을 수가 없었다. 나는 나 자신이 이렇게 자괴감에 빠지는 상태를 가장 두려워하고 경계를 한다. 그래서 서울에다 전화를 해 자는 아이를 깨웠다.

"엄마, 지금 새벽이야, 무슨 일 있어?"

자다 일어났을 아이 목소리가 조금은 퉁명스러웠다.

"일은 무슨, 우리 아들 사랑니가 궁금해서 걸었지. 방은 따뜻해?"

"따뜻해요. 사랑니는 다음주 치과에 다시 갈 거야. 근데 엄마, 무슨 일 있는 거야?"

퉁명하던 목소리가 금방 걱정으로 바뀌었다.

"일은 무슨, 크리스마스라고 전화했지. 메리 크리스마스!"

내가 하루 앞당겨 '메리 크리스마스'로 얼른 둘러대긴 했지만 참을 성이 없는 내 새벽 전화가 결국 아이까지 걱정을 하게 만든 것이다.

종일 설교 준비로 바쁘던 제임스 힐스 목사, 몇 날을 나 몰래 살짝 살짝 다니며 뭔가를 사 갖고 오던 그는 오늘 그 선물들을 모두 포장을 해 크리스마스트리 아래에다 펼쳐두고는 지금 TV를 켜 놓은 채 초저녁 졸음에 못 이겨 졸고 있다. 글을 쓰다 얼른 돌아다보니 그 얼굴이 세상에 근심이 없어 보인다. 사랑하는 사람을 가까이 두고 마음껏 사랑을 할 수 있는 사람의 표정이 아마도 저 표정이리라. 그러나 내 아이는 아직 사랑니를 앓고 있고, 그 아이 곁에 있을 수 없는 나는 이 아름다운 날에 마음이 좀 우울했다. 그것은 사랑이라는 이름의 병을 앓고 있는 두 남자 사이에서 내가 앓을 수밖에 없는, 나만의 병이었다.

그들의 전화를 받은 후

오늘은 제임스 힐스 목사가 집을 비운 사이에 두 통의 전화를 받았다. 처음 전화는 캘거리에 사는 힐스 목사의 큰아들, 버니였고 두 번째 전화는 그의 아내, 준에게서였다. 첫 전화에서 큰아들 버니와 내가 통화를 하면서 그의 아내, 준에게 안부를 전해달라고 했더니 잠시 자리를 비웠던 준이 다시 전화를 한 것이었다.

힐스 목사에게는 3남 2녀가 있는데 딸 둘 중의 한 사람은 그가 전 아내, Ruth와 코스타리카를 여행하면서 알게 된 후, 입양을 한 딸이다. 그들은 마흔이 넘도록 독신으로 지내고 있는 막내아들 외에는 모두 가정을 가진 중년들이다. 힐스 목사가 내게 두 번째로 청혼을 했을 때, 나는 그에게 이렇게 먼저 물었었다.

"당신의 자녀들은 당신의 결혼에 대해 어떻게 생각하느냐?"

그것은 지극히 한국적인 사고의 발상에 의한 질문이었는데 그 이유는 한국의 어르신네가 혹여 늦게 재혼을 하고 싶어 할 때는 자신들의 의사도 중요하지만 자녀들이 그 결혼에 어떤 생각을 갖고 있는가 하는 것을 참작하는 일은 결코 무시할 수 없는 일인 줄 내가 알고 있기 때문이었다.

부모의 재혼에 자식들의 의사를 중요하게 여기는 이유는 다양하겠지만 그 중 큰 것은 부모 중 한 쪽을 잃은 자녀들이 행여 남은 부모가 새 사람을 맞아 가정을 가짐으로 다시 상처라도 받을까 하는 배려에서일 테고, 또 더러는 재산이라도 좀 있다면 재혼으로 재산의 분배로 인한 불협화음은 없어야 한다는, 그런 이유도 있을 수가 있다. 그것은 연

가족들과 함께

세 들어 어느 한쪽 배우자를 잃고 쓸쓸하게 노년을 맞게 될 부모의 입장보다는, 사람간의 관계로나, 재산상의 이유로나 행여 그것으로 가족간에 금이라도 갈까 하는 염려에 더 비중을 두었다고 할 수 있다. 내가 그렇게 물었을 때 그는 이렇게 대답을 했다.

"내가 결혼을 하려고 하는데 왜 내 자식들의 생각을 알아야 하느냐? 이 일은 내 인생의 문제이다. 그들은 나의 생각과 결정을 존중할 것이므로 만일 우리가 결혼을 하게 되면 그들도 분명 기뻐할 것이다."

사실은 그 때부터 나는 엄청 다르다는 것을 느꼈다. '우리와는 사고가 참 많이도 다르구나, 늙으면 자식을 의지하고 싶어하고, 행여 마음에 드는 사람이 있더라도 자식이 반대하면 비록 쓸쓸하게 노년의 삶을 마무리할망정, 민망해서라도 생각을 접고 말 텐데…' 하는 것은 나의 생각이었는데 그러나 그의 생각은 이렇게 나와는 전혀 달랐다.

첫 번째 청혼에서 내게 거절을 당한 후, 몇 개월 간 자신을 알릴 수 있는 기회를 준 후 다시 청혼을 했을 때, 사실 그 때도 나는 '참 다르구나.' 하는 생각을 했었다. 우리들의 어르신네들이었다면 그 연세에 한 번의 거절을 경험한 후 다시 청혼을 하는 일이란 그리 흔치 않는 일이라고 내가 생각을 했기 때문이었다. 그것은, 다시 다른 사람과의 청혼의 기회를 많이 가질 수 있는 젊은이의 경우가 아닌, 남은 삶 속의 마지막의 기회였으므로, 만일 또 거절의 경험을 하게 된다면 참으로 삶의 의욕까지 잃을 수도 있는 심각한 도전이었다.

그러나 그의 굽히지 않은 열정이 내 아이의 표현대로, 뿌리 깊은 관습과 보수적인 성향에 얽매여 있던 한 여성을 마침내 그것으로부터 해방시켰다고 할 수 있었다. 그렇게 우리와는 지극히 다른 사고를 가진 사람과 결혼을 하는 날, 그의 자식들은 아버지를 위해 들러리를 했고 두 친, 외손녀는 화동을 했었다. 그렇다고 내 사고가 금방 이 쪽 사람들 것으로 바뀌지는 않았는데, 나는 마음속으로 나와 비슷한 연령인 큰아들 내외나 다른 자녀들을 어려워했다. 남편의 자녀들을 어려워 할 수밖에 없는 것은 나와 같은 위치에 있는 모든 여성들이 겪는 공통된 심정일지도 모른다.

내가 그들을 어려워하게 된 직접적인 계기는 결혼식 직후에 있었던 일 때문이었다. 결혼식 후, 비행기 사정으로 이틀 후에나 신혼여행을 떠날 수가 있었는데 그 때까지 호텔에 머물고 있던 큰아들 내외와 다른 자녀들이 집으로 전화를 했다. '아버지, 우리가 아버지 집을 한 시간 후에 방문해서 아버지 집에서 한 시간 정도 머물려고 하는데 괜찮겠습니까?' 하는 내용이었다. 그렇지 않아도 결혼식을 닷새 앞두고 내가 이곳에 먼저 와 어느 호텔에 머물면서, 큰아들 내외가 일찍 온다기에 아버지 집에 머무는가 했더니 알고 보니 그들도 호텔에 머무르고 있다고 해, '왜 아버지 집을 두고 호텔에서 머물까?' 하는 생각을 했었다.

그 때 힐스 목사께 "왜 자녀들이 아버지 집에 머물지 않는가?" 하고 내가 물었더니 "그들은 호텔에 머무는 것을 더 편안해 한다. 그들이 좋아하는 방법으로 하는 것이 중요하다." 라고 해 '참말로 이상한 사람들이네?' 하는 생각을 했었다. 나는 그 때도 우리네의 결혼식을 생각하고 있었다. 결혼 며칠 전부터 집안 어른들은 찾아와 안 방을 차지하여 함이며 이바지 떡이며 참견도 하고, 그러다 보니 몇날 며칠 집안은 북적대고 삼 시 세 끼 더운밥에 큰일에, 몸으로 녹초가 되는 사람들은 집안의 여인네들인 것이 대사를 앞둔 우리네의 풍경이다.

어디 결혼식뿐인가? 일년에 두 번 있는 명절에도 명절 증후군이라는 이상한 이름으로 아녀자들이 고통을 겪어야 할 정도로, 큰 일에는 서로 떨어져 살던 식구들이 모여 북적대는 것이 당연한 것이 우리의 정서인데 내가 본 힐스 목사의 가족, 아니 이 곳 사람들은 아니었다.

그들은 정말 정확하게 한 시간 후에 와 한 시간 동안 차를 마시고 얘기를 나누다 그렇게 아버지의 결혼식을 마치고 떠났다. 나는 나에 대한 그들의 호칭과는 아무런 상관없이 아버지 집에 와서조차 시간을 지키는 그들에게 '이렇게 인정이 없고 이기주의적인가?' 하는 생각을 했었다. 부모자식간에도 지나치게 서로를 배려하고 방해하지 않으려는 조심성. 그것은 내게는 몰인정과 이기주의로 비쳐졌고, 내가 그렇게 첫인상을 받았으니 나이도 비슷한 그의 자녀들이 내게는 어려울 수밖에. 그런데 그 큰 아들내외가 우리의 장남, 그러나 우리나라에서는 그 의미가 오히려 퇴색되어져 가는 장남의 책임을 감당하고 있다는 것을 안 것은 결혼 후였다.

나이 마흔이 넘도록 독신으로 지내고 있는 막내아들을 장남 내외는 같은 도시에 이사를 오게 해 마치 부모가 하듯 그렇게 살피고 있었다. 아무리 나이는 들었다 할지라도 직장생활하며 혼자 사는 막내가 형에게는 늘 마음이 쓰이는지 냉장고에다 먹을 것도 채워두고 집안에 손 볼 것이 있으면 내외가 가서 돕고, 그러니까, 연세 드신 아버지가 신경을 쓰지 않도록 부모 역할을 하고 있었다. 그래서 아버지인 힐스 목사는 늘 이렇게 말을 한다,

"내 큰아들 버니 내외는 정말 미덥고 멋진 사람들이지. 그들은 동생을 마치 자식 사랑하듯 해."

그것은 부모가 연세가 들어 힘을 잃으면 장남이 동생들을 책임지곤 하던 우리네의 정서와 다르지 않았다. 알고 보니 그들은, 처음 내가 생각했던 것처럼, 결코 이기주의적이거나 몰인정한 사람들이 아니었다. 다만 그들의 방법으로 가족끼리의 사랑을 나누고 그러면서 서로를 존중하고 있었던 것이다. 그들은 카누 여행을 아주 좋아하는데 몇 년 전에는 일흔이 넘으신 아버지를 그들의 카누 여행에 초대를 해 함께 즐기기도 했고, 자전거 여행을 좋아하는 커플로 여행 잡지에 소개되기도 한 사람들이다.

그 장남 내외, 그들은 자주 메일과 전화로 아버지의 안부를 묻고 나를 바꿔 꼭 행복한지 묻는데 그 전화를 오늘 아침에도 했다.

"외숙, 우리는 외숙과 아버지가 정말 행복하기를 원해요. 그리고 늘 고맙게 생각을 해요. 아버지가 퇴임을 하시면 이 곳에 와 쉬었다 가세요."

늘 어렵던 그들이 이렇게 어려워하기만 하는 나보다 더 많이 인정을 내니 나도 이제는 참으로 편안하고 정이 간다. 내 아들이 내게 소중하듯, 그들 또한 내가 사랑하는 제임스 힐스 목사와 돌아가신 그 어머니께는 너무나 소중한 자녀들이 아닌가?

그래서, 아버지와 사는 나를 그들이 '외숙'으로 불러도 '참 이상하네?' 하는 생각을 하지 않는다. 그것은 내게 익숙한 우리의 방법과는 다르지만, 그들에게 익숙한 그들의 방법이고, 그 속에도 그들 방식의

예의와 인정과 사랑이 늘 스며 있음을 내가 알기 때문이다. 비록 말도, 관습도, 삶의 방식도 다르지만 사람끼리 나누는 사랑이란, 인정이란 나라가 다르고 말이 다르다고 다르지는 않다.

사랑, 그것은 말과 몸에 익숙해진 모든 관습, 문화를 초월한, 그래서 막혔던 그 무엇, 어렵던 그 무엇을 소통하게 하는, 차원을 말할 수 없는 그 무엇임을 나는 오늘 아침에도 느낀다. 그들의 전화를 받은 후.

잃어버린 나를 찾아서

　가족을 제외하고 내가 가진 것 중 가장 귀한 물건은 서울서 갖고 온 삼성 노트북이다. 이 노트북은 여행을 좋아하는 나를 위해, 삼성에 다니는 내 남동생이 여행시에 갖고 다니며 작품을 쓰라고 사 준 것이다. 최신형인 이 노트북은 나와 이 곳에 와 내가 가장 많이 가까이하고 있는 물건이기도 하다. 하루라도 이 노트북에 이상이 생기면 나는 글을 저장할 수 없고 서울로 내 작품을 보낼 수가 없을 뿐 아니라, 이메일을 받고 보낼 수가 없으며 무엇보다도 거의 매일이다시피 안부를 알아야 하는 내 아이와의 대화가 끊어지니 여간 귀중한 물건이 아니다. 이 노트북 때문에 나는 태평양을 건너고 북미 대륙을 건너야 하는 먼 거리에 와 있으면서도 멀다는 거리감을 놓아버릴 수 있는지도 모른다.

　이 노트북이 오늘 낮에는 말썽을 부렸다. 아니 노트북이 말썽을 부린 것이 아니라 제임스 힐스 목사와 함께 쓰는 인터넷이 말썽을 부렸다. 아무리 살펴도 이상이 없는데 인터넷이 연결되지 않는 것이었다. 옆에 있어야, 자신이 하는 일 외에는 기술적인 것에는 나보다 더 문외한인 힐스목사까지 일찍 교회에 가고 없으니 나는 어디다 물을 수도 없고 아주 난감했다. 처음에는 설마 되겠지 하고 이것저것 만져보는데 정말 안 되니 당장 메일 체크를 해야 하는데 걱정이 되면서 서서히 열까지 오르는 것이었다.

　"도대체 뭐가 문제야?"

　근데 문제를 알아야 답을 내지, 열 받다 도저히 안 되겠다고 포기하려는데 전화가 왔다. 이 동네의 유일한 한국인 이웃이었다.

"뭐 하세요?"

늘 카랑카랑한, 자신감에 넘치는 그녀의 목소리였다.

'목소리 좋은 것도 복이야.'

노트북 때문에 좀 열이 오른 채 내가 혼자 속으로 중얼거렸다.

내가 처음 그녀를 안 것은 결혼하기 전, 힐스 목사의 이메일 속에서였다.

"외숙, 내 이웃에는 한국인 가족이 살고 있어. 크고 아름다운 집에 예쁜 세 딸을 두고 있지. 오늘 외출하고 오는 길에 그녀를 만나 내가 결혼을 한다고 했어. 외숙이 이 곳에 오면 그녀와 좋은 이웃이 될 거야."

그리고 우리는 신혼여행을 다녀와 결혼식에 미처 초대장을 보내지 않은 이웃을 집으로 초대해 파티를 열기로 했는데 힐스 목사는 다시 초대장을 만들었다. 초대장에는 '외숙과 내가 모일 모시에 어느 교회에서 결혼을 했다. 결혼식에 여러분을 초대하지 못해 미안하다. 그래서

이번에 외숙과 내가 당신들을 초대하고 싶으니 부디 와 달라, 단 와서
는 말을 아주 천천히 해 주기 바란다. 왜냐하면, 말을 빠르게 하면 외숙
이 영어에 익숙하지 않기 때문에 알아듣지 못하기 때문이다.' 라는 내
용이 들어 있었다.

그 초대장을 받고 한국인 이웃 여인이 예쁜 선물을 들고 왔는데 예
의 그 카랑카랑한 목소리에 짧은 머리카락은 마치 번개를 맞은 듯 제
멋대로였다.

"한국인 소설가가 오신다고 해 궁금했는데 어머나, 아주 젊으시네요?"

젊어서 실망을 했다는 뜻인지 좋다는 뜻인지 나는 종잡을 수가 없었
는데 아마도 힐스 목사를 생각하고는 한국서 올 여성도 그 연배가 아닐
까 생각했던 모양이었다. 그런데 내가 정작으로 관심이 있었던 것은 그
녀의 카랑카랑한 목소리와 번개 맞은 듯한 머리 모습이었다.

'아, 부럽다, 얼마나 살면 저렇게 당당해질 수 있을까?'

낯선 땅에 온 지 며칠 되지 않던 나는 그녀의 스스럼없는 목소리와
머리 모습이 곧 당당함 때문이라고 생각을 했고 그것은 나를 주눅 들게
했다. 그렇게 알게 된 이웃, 그 이웃은 늦게 결혼을 한 탓에 이제 초등
학교에 다니는 세 딸을 두고 남편과 메인 스트리트에서 옷가게를 하는
데 우리는 가끔 만나 차를 마시고 살아가는 얘기도 나누는 친구가 되었
다.

"요즘 왜 이렇게 예민해지는지 모르겠어요. 갱년기가 일찍 왔는지
애꿎은 남편한테 성질만 내고… 맨날 아이들바라지에, 같은 일에, 내가
누구인지 모르겠어요. 나 자신을 위해 하는 일이 없는 거예요."

그녀는 삶이 권태롭다고 했다.

"결혼한 지 10년인데 여행 한번 가지 못했어요. 아이들과 가게와 집
뿐이었어요."

그녀는 아이들도 학교에 에세이를 써 가야 하는데 늘 같은 생활이라 쓸 소재도 없다고 했다.

"근데 제니 엄마한테 지금 제일 가치 있는 것이 뭔데요?"

자기 자신을 위해 하는 일이 없다는 그녀에게 내가 물었다.

"물론 아이들과 남편이죠."

그녀가 말했다.

실제로 그녀는 참으로 세 딸들을 알토란처럼 탐스럽게 잘 키우고 있고 살림도 아주 잘 한다. 그녀가 살림을 잘 한다고 내가 말을 할 수 있는 이유는 아이도 잘 키울뿐더러 언젠가 그녀를 따라 토론토의 한국인 마트에 장을 보러 갔을 때 그녀가 사는 물건들을 내가 눈여겨 본 적이 있기 때문이었다. 그 때 그녀는 배추에 알타리 무 등 김치 거리를 태산 같이 사고 꽁꽁 언 생선을 박스째 사 트렁크에다 싣는 것이었다. 내가 물었다, 그 알타리 무는 누가 다 손질을 하고, 언 생선은 또 누가 손질을 하느냐고. 내가 그렇게 물은 이유는 한국의 주부들을 떠올렸기 때문이었다. 물 좋은 생선을 장사치가 토막치고 씻고 소금까지 뿌려주면 주부들은 불 위에 얹기만 하면 되기 때문이었다. 더구나 이 곳은 캐나다였다.

"제가 하죠. 밤늦도록 알타리 무 다듬고 생선은 녹으면 손질해서 냉동실에 넣었다 두고두고 먹어요." 그녀가 말했다. 아주 당연한 일이라는 듯. 사실 바다가 가까이 없는 이 곳은 바다 생선은 주로 냉동한 것으로 먹어야 하는데 그래도 그렇지 언 것을 한 박스씩이나? 더구나 저렇게 바삐 사는 사람이?

그녀는 언젠가 세 아이를 내게 맡겨두고 토론토를 다녀온 일이 있었다. 그 날 아이들 저녁을 챙겨 먹이기 위해 냉장고를 열어야 했는데, 세상에, 젊은 엄마가, 더구나 세 아이에 가게 일까지 눈 코 뜰 사이 없이 바쁜 그녀가 냉장고에다 반찬이며 사다 놓은 찬거리를 보고 나는 깜짝 놀랐다. 모두가 바빠 대충 김치도 사먹고 편하게 사는데 그녀는 딸들이 좋아한다며 김치를 늘 몇 통씩 담근다. 그 때 나는 그녀가 참 살림꾼이구나 하는 생각을 또 했었다. 그런데 살림꾼 그녀가 자기 자신을 위해 하는 것이 없다고 회의를 하는 것이었다.

그래서 내가 말했다.

"제니 엄마는 자기 자신에게 너무 충실하다. 지금 자기 자신에게 가치 있는 사람들을 위해 최선을 다하고 있지 않느냐?"

가정 일에 충실하던 여인들이 갱년기 증세를 앓을 때 정신적으로 흔히 느끼는 것이 자신에 대한 회의라고 한다. 지금까지 자식과 남편만을 위해 살아 왔는데 자식은 자라면서 더 이상 엄마의 손길을 필요로 하지 않고 남편은 사회적으로 일정한 위치에 올라서 있고 그러다 보니 혼자 뒤처진 느낌이랄까?

다 주고 빈껍데기만 남은 듯한 허무감에 빠지면서 앓게 되는 삶에 대한 회의. 그것은 많은 여성들이 일반적으로 앓는 병이기도 하다. 그런데 어쩌면 그것은 자신의 삶의 만족이나 성취감을 바깥일에서 찾아야 한다는 생각에서 비롯되는지도 모른다. 식구들이나 살림살이가 아닌, 바깥에서 하는 어떤 일을 통한 만족과 경제력. 그러나 그 일에도 회의는 따를 수 있다. 돈을 벌고 일을 통해 성취감은 얻지만 엄마의, 아내의 손길을 필요로 할 때 다 해주지 못한 아쉬움과 죄책감은 늘 따라다닐 것이다.

늘 아쉬움과 죄책감이 따르는 삶과 나를 필요로 하는 식구들에게 최선을 다 한 삶. 삶의 방식을 두고 이렇게 이분법으로 말을 할 수도 없고 그리고 어느 쪽이 옳다고 말할 수는 더욱 없지만 중요한 것은, 어느 삶이든 가장 가치를 두고 있는 것에다 가능한 자신의 방법으로 최선을 다

하는 것이 아닐까? 더구나 자신에게 가장 가치가 있는 사람들을 위한 일은 늘 기다리고 있는 것이 아니다. 가치 있는 것이 내 손길을 필요로 할 때 할 수 있는 것을 다 해주고, 그것이 손길에서 벗어났다 싶을 그 때는 시선을 자기 자신에게로 돌려도 늦지 않다.

나 자신을 찾는 일이란 어쩌면 현재 자신이 처해 있는 상황에서의 삶의 성취감의 점검일 수 있고, 그 점검은 새로운 시작을 의미할 수도 있다. 나 자신을 찾는 일에도 적당한 때가 있겠지만 그 적당한 때란 바로, 자신을 찾고 싶은 충동질을 느끼는 바로 그 때일 것이다. 그 풍성하던 잎들을 모두 떨구고 맨 몸을 한 나무들이 마음마저 스산하게 하는 이 때, 번개 머리의 카랑카랑한 내 이웃, 그래서 나를 좀 주눅도 들게 하던 그 이웃과 나는 이렇게 커피 한잔을 앞에 두고 모처럼 우리 자신을 점검하고 있었다.

나는 누구인가? 그것을 어떻게 한 마디로 간단하게 말할 수가 있을까? 가장 가치 있는 것에 목숨을 걸면서도 때로는 그 일 때문에 회의에 빠지기도 하는 이 복잡한 사고의 자신을. 삶이란 바로, 때로는 만족도 하고 때로는 회의도 하면서 내가 누구인가를 알아 가는 과정이리라. 세상을 다 살고 마무리 할 때 즈음이면 우리가 누구인지 알 수 있게 될까?

뉘라서 외면을

음식이든 뭐든 많이 먹어서 좋을 것은 없다. 많이 먹어 좋을 것이 없는 것 중의 하나가 나이인지도 모른다. 어렸을 때는 어서 나이를 먹어 어른이 되고 싶었는데 막상 어른이 되고 내 남은 삶 속에서 지금이 가장 젊은 순간이라고 생각을 하니 이제는 나이를 먹는 것이 겁이 난다. 겁이 나는 이유가 단순히 젊음이 가기 때문만은 아닐 것이다. 나이는 그 나이를 맞은 사람으로 하여금 그것에 맞는 뭔가를 갖추기를 요구하기 때문이다. 나이에 맞는 삶의 지혜, 나이에 맞는 인품, 나이에 맞는 생각과 행동, 나이에 맞게 보여야 하는 삶의 흔적 등, 나이가 더할수록 더하는 숫자만큼이나 책임의 짐을 지우는 것이 나이이다. 그러나 우리는 또 다시 새해 속에 와 있고 나는 완벽하게 한 살을 더 먹는 생일을 오늘, 맞았다.

사실 내가 지금까지 지켜온 생일은 오늘이 아니라 음력의 이 날이다. 내 서류상의 모든 생년월일을 오늘로 기록을 하고 있고 그것을 제임스 힐스 목사에게 음력이라는 설명을 영어로 하지 못한 이유로 그냥 작년부터 양력 오늘로 생일을 맞게 된 것이다. 그러니까 작년 오늘, 그날은 한 주간 동안 카리브 해에서의 신혼여행을 마치고 돌아온 며칠 후였다. 끝없이 펼쳐진 모래사장에 팜 트리가 벗은 여자들보다 더 요염하게 허리를 틀고 있고 에메랄드빛 바다가 넘실대던, 최소한의 조각으로 몸을 가리고 종일 다녀도 아무도 뭐라고 하지 않던 그 곳. 달빛을 받은 파도가 하늘에 촘촘히 박힌 별을 마주하며 함께 빛나던 그 아열대의 밤. 이 땅에서의 눈에 보이는 천국은 이 곳일지도 모른다는 감탄을 하며 꿈속에서 듯 한 주간을 보내고 토론토 공항에 내리니 눈이 발목을 덮고 있었다. 그때부터 내리기 시작을 한 눈은 거의 하루도 빠뜨리지 않고 내리는데 내가 질식할 것 같았다.

결혼식에 참석을 했던 서울서 온 내 아이와 형제들, 그리고 미국에서 온 형제들은 내 아이를 데리고 뉴욕으로, 보스턴으로 떠났다. 내가 여행을 다녀올 동안 형제들이 내 아이를 데리고 가 며칠 함께 지내다 여행에서 돌아오면 다시 아이를 이 곳으로 보내도록 약속을 했기 때문이었다. 신혼여행 후의 결혼 생활은 말, 음식, 사람, 생각, 정서, 문화 관습 등 낯선 것과의 전쟁이었는데 그것은 내가 이 땅에서 생존하기 위해 감내해 내야 하는 통과의례였다. 그러나 자식에 대한 그리움이며 낯선 삶, 더구나 매일 눈만 퍼붓는 날씨는 내 마음을 내린 눈보다 더 빨리 얼어붙게 했다. 냉혹한 현실의 시작이었다.

현실의 낯설음에 내 마음이 나도 모르게 긴장을 하게 되고 마음을 붙이지 못해 매일 엉거주춤하니 있을 때, 행여 어미의 결혼으로 내 아이 마음이 상하기라도 할까 미국의 내 형제들은 아이를 데리고 날씨가 따스한 플로리다로 떠났다. 따스한 날씨가 아이의 마음을 덜 쓸쓸하게, 덜 아프게 해 주기를 원했기 때문인지도 모른다. 그렇게 아이가 플로리다를 거쳐 뉴욕에서 이 곳 나이아가라 역까지 기차를 타고 오게 되어 있는 날이 작년 오늘이었다. 뉴욕과 나이아가라 사이에는 Amtrak이라는 기차가 연결이 되어 있는데 아홉 시간 정도 걸리는 그 거리를 기차 여행을 좋아하는 나는 2년여 전, 여행중에 이미 왕복으로 타본 적이 있다.

아이가 오는 날도 눈은 내렸었다. 내 마음이 이러하거늘, 어미를 만나러오는 자식의 마음은 어떨까 하는 생각은 자식이 오는 날임에도 내 마음을 기쁘게 하지 않았다. 이 춥고 을씨년스런 날씨에 마음을 바꾼 어미를 만나러 와야 하는 이런 여행을 자식에게 하게 한 나 자신에 대한 책망과 자책으로 나는 그 때 정말 행복할 수가 없었다.

"무슨 영광을 보겠다고, 나쁜 어미다, 너는 나쁜 어미다."

그렇게 수없이 나 자신을 들볶으며 힐스 목사와 역에서 기다리는데 이른 아침에 뉴욕에서 출발을 한 내 아이가 오후 늦게 여행 가방을 앞세우고 내리는 것이었다.

"새색시 우리 엄마, 어디 좀 보자."

나보다 훨씬 덩치가 큰 아들이 내 어깨를 감싸 안더니 내 얼굴을 들여다보는데 내가 아들의 품에 안겨 울음을 터뜨렸다. 그렇게 가방을 끌고 자동차 쪽으로 오는데 힐스 목사가 아이를 한 곳으로 부르더니 둘이서 뭔가 얘기를 나누었다.

'그 사이에 정이 들었나?'

내 아이와는 첫 번째 청혼을 한 재작년 일월, 서울의 한 레스토랑에서 만나 함께 식사를 한 것에 이어 결혼식 전날과 결혼식 날, 그리고 이번이 네 번째의 만남이었지만 서로가 길게 얘기를 나눌 기회는 없었다. 하여, 행여 내 아이와 두 사람 사이가 서먹할까 내심 신경을 쓰고 있는데 둘이서 나 몰래 소곤거리며 밀담을 나누니 뭔지는 몰라도 나는 보기가 좋았다.

집으로 가는 길에 나는 아이가 다녀온 플로리다에 대해 들었고 뉴욕의 내 형제들 얘기를 들었다.

"엄마, 집에 가면 예쁜 옷으로 좀 입어봐."

한창 미국 식구들 얘기를 하던 아이가 느닷없이 예쁜 옷을 입으라고 했다. 그리고 보니 나는 눈길이라 바지에다 두꺼운 자켓 차림이었다.

"갑자기 예쁜 옷은 왜?"

내가 아이에게 물었더니 "아들도 왔고 엄마는 새 색시잖아."라고 했다. 그래서 집에 와 저녁을 함께 먹고 차를 준비하면서 가슴에 자잘한 진주가 수놓인 원피스로 바꿔 입고 예쁜 헤어 밴드를 하자니 두 남자가 "와, 이제는 정말 새색시 같네!" 하고 웃었다. 내가 예쁜 옷으로 바꿔 입은 것은 새색시이기 때문이 아니라 그 먼 길, 어미를 찾아온 내 아이를 기쁘게 해주기 위해서였다.

신혼여행에서 돌아와 맨날 내리는 눈에, 자식에 대한 그리 움에, 낯설음에, 늘 얼굴에 수심이 가득하고 만족이 없으니 새색시 같은 화사함은커녕 내가 생각해도 몰골이 말이 아니었었다.

"원더풀, 외숙!"

맨날 마음을 붙이지 못해 건드리기만 해도 질금질금 눈물주머니를 터뜨리곤 하던 내 주위를 무엇을 어떻게 해야 할지를 몰라 눈치만 보며 맴돌기만 하던 힐스 목사도 모처럼 밝은 내 표정에 덩달아 행복해하는데 초인종이 울렸다.

"누구지, 이 밤에?"

눈이 쏟아지는 저녁이었다. 내가 나가서 문을 여는데 사람보다 큰 꽃다발이 불쑥 먼저 들어오더니

"Happy Birthday, 외숙!"

하고 한 무리의 여자들이 까르르 웃으며 소리쳤다.

"웬 생일?"

갑작스런 사람들의 방문과 느닷없는 생일 축하 인사에 문 앞에 선 채 내가 어리둥절해 있는데 몇 명의 여자들과 남자들이 뭔가를 한 아름씩 안고 들어 와 내 볼에다 뽀뽀를 하고, 남자들도 어깨를 안고는 볼을 대고, 정말 난리도 아니었다. 내 가슴에는 한아름의 꽃이 안겨 있고 사람들은 웃고 떠들고 내가 정신을 가다듬고 보니 그들은 휘트니스 클럽의 멤버들이었다.

"……!"

나는 그들의 깜짝쇼에 어리둥절해 하면서도 '오늘이 정말 내 생일은 아닌데' 하는 생각을 하고 있었고 그것은 내 아이도 알고 있는 일이었다. 그러나 나는 그들 앞에서 그 말을 할 수가 없었다.

"외숙, 기다려, 내가 케이크 갖고 올게."

공모의 장본인, 힐스 목사는 웃고만 있더니 자동차 트렁크에서 케이크를 들고 왔다.

"나, 이 케이크 이틀 전에 사서 외숙 모르게 하려고 싣고 다녔어. 사랑해, 생일 축하해."

힐스 목사도 내 뺨에 뽀뽀를 하고 창재도 나를 안으며

"우리 엄마, 놀라셨지? 생신 축하해요."

하고는 뽀뽀를 했다. 하도 느닷없이 많은 뽀뽀를 받아 내 장신이 아니면서도 '오늘이 진짜 내 생일이 아니라는 말은 해서는 안 되겠구나.' 하는 생각을 하고 있었다.

이미 미국에 있던 내 아이와 약속을 하고 이 파티를 준비를 한 힐스 목사나 날 위해 온갖 요리를 만들어 한아름씩 들고 온 이 친구들, 그리고 추운 날씨에 두르라고 좋은 스카프를 준비한 내 아들, 아니, 엄마의 생일이라고 맞추어 와준 내 아들 앞에서 나는 결코 내 생일은 양력 오늘이 아니라 음력 오늘이란 말은 할 수 없었다. 그렇게 작년부터 양력 생일을 지키기 시작을 했는데 오늘 또 그 날을 맞았다. 오늘 내 아이와의 전화에서 아이가 이번 학기에도 장학금을 받게 되었다면서 물었다.

"엄마 생일을 올해도 양력으로 해요?"

그래서 "여기 사는 한은 양력으로 해야 할 것 같다."고 했더니 축하한다고 해서 내가 말했다.

"말로만?"이라고. 그리고 덧붙였다. "그래, 우리 아들, 장학금 소식이 내 생일 선물이다."라고. 어미가 가까이 없음에도 마음 흔들리지 않고 다잡아 공부를 잘 하고 있는 아이가 나는 선물보다 더 고맙고 마음 흐뭇했다.

힐스 목사는 며칠 전부터 계속 뭔가를 궁리를 하는 것 같았는데 갑자기 목회자 미팅이 있다는 연락을 받고는 아침 일찍 미국 땅으로 갔다. 그는 가면서 내 손에 반지 하나를 끼워 주었다. 카리브 바다 빛깔 같은 에메랄드에 그 밤하늘의 별을 따다 테두리를 두른 듯한 예쁜 반지다. 결혼식에 반지 대신 서로 영어와 한글로 된 성경을 교환을 한 후, 새색시의 손가락 위에 아무 것도 없는 것이 내내 마음에 걸렸던지 며칠 전 내 손가락 사이즈를 묻더니 마련한 것이었다. 원래 손가락에 뭔가를 끼는 것을 그리 좋아하지 않는 나는 오늘 하루 끼고 있다가 아마도 벗어놓을 것임이 분명하다. 반지가 없으면 어떤가? 이미 그가 얼마나 색시를 사랑하는가 하는 것은 내가 모르지 않는 것을.

나이를 먹는 것이 단순히 숫자를 더하는 의미만은 아니기에 마치 지나치게 비싸 오히려 조심스런 옷을 걸치고 있는 듯 늘 부담스럽더니 이 낯선 곳에서 이렇게 예기치 않았던 엉뚱한 방법으로 나이를 먹고 온갖 낯선 경험들을 되풀이하다보니 이제는 만사가 담담해진다. 뉘라서 주어지는 나이를, 삶이 주는 처절한 경험들을 외면할 수가 있겠는가? 어차피 주어질 수밖에 없는 일이라면 무엇에든 너무 긴장도 하지 말고, 그렇다고 지나치게 경계를 소홀히 하지도 않으면서 주어지는 일들을 물 흐르듯 순리대로 받아 들여 누리고 함께 나누며 살아가는 것이 지혜인 것을. 그것이 그리 깨닫기 어려운 지혜도 아닐 진데 사람이 미련하니 늘 된통 휘둘리고 시달린 후에야 알게 된다. 그나마 늦게라도 깨달으니 다행인가?

사고의 방향을 전환하노라니

　사람은 누구나 행복하기를 원한다. 그런데 사람은 어떠한 일에 주로 행복을 느낄까? 사랑하는 사람을 만날 준비를 하는 순간, 지갑 속이 좀 넉넉하다 싶을 때, 좋은 일로 남의 시선을 받을 때, 오랫동안 간절히 원했던 물건을 샀을 때, 근사한 식탁 앞에 편안한 사람과 마주 앉아 있을 때, 어수선하던 집안을 청소한 후 샤워하고 음악과 함께 커피 한잔을 들고 있을 때, 적당하게 따스한 이부자리 속에다 아무 근심 없이 몸을 묻고 있을 때, 평소 관심을 갖고 있던 사람으로부터 차 한잔 하자는 전화를 받았을 때, 어떤 일에 하나님께서 함께 하고 계심을 아주 강하게 느낄 때… 사람을 행복하게 하는 일이 어디 이뿐일까?

　그러나 문제는 이렇게도 다양한 행복의 조건이 있음에도 매일의 삶 속에서 그 행복을 찾지 못하는데 있다. 그 이유는 행복이란 그냥 주어지는 것이 아니라 우리가 그것을 느끼려 애쓸 때 비로소 찾을 수 있기 때문일 것이다. 마치 눈에 보이지는 않으나 땅 속에는 분명히 묻혀 있는 광석과 같아 발굴하려는 노력 없이는 느낄 수가 없는 행복. 그것은 주어지는 어떤 일에 대한 우리 자신의 생각의 방향에 달려있음을 나는 안다.

　이 곳에 온 후, 나는 참으로 마음고생을 많이 했다. 오랫동안 내게 익숙해져 있던 삶에서 완전히 이탈하여 쉰을 넘긴 나이에 삶의 가장 기본적인 음식과 말, 생각이 다른 사람을 만나 함께 하는 생활, 더구나 두고 온 자식에 대한 그리움이 늘 마음 밑바탕에 깔려 있어 아무리 좋은 것이라 할지라도 호감을 느낄 수가 없었다. 그러다 보니 마음속에는 늘 불만이 가득하고 그것은 자주 얼굴에 나타나곤 했었다.

나의 이러한 표정에 가장 민감한 사람, 그리고 가장 영향을 받을 사람은 역시 힐스 목사였는데 그는 수시로 내게 물었다.

"외숙 당신 행복해?"

그가 그렇게 물을 때는 우리가 근사한 레스토랑에 있을 때나 일을 하다 차를 한 잔 마실 때, 그리고 여행을 계획하거나 그가 날 위해 뭔가 특별한 이벤트를 만들 때였다. 그러나 아무리 좋은 뭔가가 눈앞에 있을지라도 변화된 삶, 그 자체를 버거워하고 있던 내게 행복이 될 수는 없었다. 행복은커녕 보장된 이 전의 행복의 길을 걷어 차버리고 스스로 고된 길을 걷고 있는 느낌이랄까?

새로운 것에 익숙해지는 일이란 이렇게도 힘이 드는 것일까? 내 마음도 내가 어떻게 할 수 없어 이렇게 나 스스로에게 물었다. 하기는 이 나이가 새로운 것에 쉬이 적응을 할 수 있는 나이가 아니라는 것은 언젠가 내 친구의 말을 통해서도 나는 느끼긴 했었다.

내 친구는 부부간의 사이가 그리 원만하지 못했다. 남들이 보면 경제적으로 풍요하겠다, 자녀들은 공부를 잘 하겠다, 남편도 성실하고 능력 있겠다 아무런 문제가 없는데 문제는 남들에게는 마냥 좋아 보이는 부부가 늘 으르렁대는 것이었다. 나는 그들 친구 부부를 적당한 거리에서 지켜보면서 생각을 하곤 했다. 부부간의 예민한 문제는 결코 남들이 알 수 있거나 남의 시선의 잣대로 잴 수 있는 것이 아니라는 생각을. 그 친구와의 대화에서 남편에 대한 험담을 듣지 않은 적이 없는 나는 어느 날 일부러 이렇게 말했다.

"인생이 긴 것도 아니고 맨날 그렇게 산다면 네가 너무 억울할 것 같다, 핑계 하나 만들어서 그만 헤어지면 어때?"

그것은 진심으로 그녀가 이혼을 하도록 권유를 한 것이 아니라 내 친구의 진심을 알아보고 싶었기 때문이었다. 그런데 그 친구가 이렇게 말을 했다.

"아서라, 한 남자도 지겨운데 또 다른 남자 만나 이 나이에 또 어떻게 적응해? 구관이 명관이란 말 있잖아?"

나는 친구의 그 말 이후로 친구의 남편에 대한 험담을 곧이듣지 않았다. 아무리 남편이 못마땅해도 새로 누군가를 만나는 과정을 거치는 것보다는 견디기가 수월하다는, 평생 남편을 불만해온 내 친구의 말을 떠올리며 나는 생각을 했다. 이 나이에 뭔가의 새로운 것에의 적응은 그렇게도 힘드는 것이구나 하는 것을.

그 힘든 과정을 내가 겪고 있었으니 아무리 '당신 행복해?' 하고 그가 수시로 점검을 해도 내 마음이 진심으로 행복해질 수가 없었던 것이다. 그런데 그가 아시아로 두 번째의 선교 여행을 떠난 어느 날, 문득 이런 생각이 들었다.

'내가 이렇게 힘들면 그는 또 내게 적응하느라 얼마나 힘이 들었을까? 더구나 그는 나보다 자신의 삶에 더 익숙해진 사람이 아닌가? 사랑한 것이 죄도 아닌 터에, 그 사랑 때문에 색시하나 데려다 놨더니, 맨날 보따리 타령이나 하고 있으니 그의 마음이 얼마나 불행할 것인가? 우리가 불행 하려고 그 어려운 과정을 거쳐 결혼을 했던가, 이 나이에?'

그는 그 때 한국 아니면 일본에 머물고 있었는데 사람도 없는 집을 혼자 지키면서 마치 도라도 닦듯 나는 그토록 깊은(?) 생각을 거듭하고 있었다.

그랬다, 우리는 결코 불행하기 위해 이 나이에 만난 것이 아니었다. 그것은 한 달 동안 그를 기다리며 내가 나 자신에게 던진 질문으로부터 얻은 대답이었다. 그러면서 내가 생각과 자세를 바꾸려 했다. 따뜻하게 더하고 싶다고나 할까? 내가 무엇이기에 이렇게 사랑하는데 나도 그의 마음을 편안하게 해 주고 싶다고나 할까? 그래서 함께 행복하고 싶다고나 할까? 그렇게 생각을 바꾸니 내 마음의 색깔이 달라지는 것 같고 그렇게 생각하니 주변의 아주 자잘한 일까지 행복으로 느껴지면서 내 표정마저 펴지는 것 같았다.

생각을 전환하자 이 때까지는 당연하게 여겼던 일상적인 일들이 모두 나에 대한 사랑으로 깨달아지면서 참으로 눈물이 나도록 고마웠는데 그에 비해 맨 날 볼 부은 얼굴만을 한 나는 너무나 부끄러웠다. 내가 보기에 힐스 목사는 천성적으로 지루하거나 밋밋하고 늘 꼭 같거나, 특징이 없는 것을 싫어하는 것 같다. 성격이 그렇다보니 음식 하나를 만들어도 맛은 물론, 만든 음식을 접시에다 담은 방법이나 음식의 색깔에도 아주 신경을 쓴다.

식탁 위 접시를 꾸미는 방법으로는 화려한 색의 야채나 정원의 꽃잎이 동원되기도 한다. 처음 이 곳에 왔을 때, 아니 내가 늘 불만 속에 있었을 때는 그의 이러한 성격도 오히려 내게는 거슬렸었다. 남자가 선이 굵어야지 접시에나 신경을 쓰다니 싶은 불만이랄까? 그런데 지금은 그러한 그의 방법이 예술적인 감각으로 느껴지고 또 나를 행복하게 해 주려는 노 목회자의 지난한 사랑의 몸짓으로 느껴지는 것이었다. 내 사고를 전환한 뒤 얻은 늦은 깨달음이었다.

12월이 접어들면서부터 크리스마스 장식을 하자고 하던 그는 아무리 말을 해도 내가 반응이 없자 어느 날 베이스먼트에서 표면에 숫자가 크게 적힌 흰 종이를 붙인 박스를 들고 왔다. 그 번호는 그의 컴퓨터 속의 리스트에다 크리스마스 장식물 박스로 기록된 것으로, 열어보니 정말 두 박스 가득 오랫동안 자녀들과 만들었던 온갖 재료들이 나왔다. 아흔이 넘어 돌아가신 어머니가 만드신 십자수 벽걸이, 지금은 모두 중년의 나이가 된 자녀들이 만든 색종이 별들과 산타클로스 옷과 신발,

여전히 새것처럼 붉은 우단 리본, 성탄에 썼을 여러 가지 색과 모양의 양초. 그리고 테이블 클로스 등. 그것들은 참으로 오랜 세월동안 보관이 된 것으로 내가 그 상자를 열었을 때는 오래 된 물건들과 함께 오래 전의 자녀들과 할머니와 힐스 목사내외께서 아주 행복하던 한때의 웃음소리가 까르르 쏟아져 나오는 것 같았다.

나는 그 속에서 붉은 우단의 리본과 꽃으로 장식된 주먹 크기의 종, 그리고 양초로 만들어진 램프를 끄집어내 집 바깥벽에 설치된 등과 새장에다 걸었다. 그리고 테이블 클로스를 꺼내 식탁 위에 깔고, 두 가지 모양의 온갖 빛깔의 꼬마전구가 매달린 장식품을 행여나 하고 박스에서 꺼내 놓았다. 참으로 오래된 그 물건들로 크리스마스 장식을 하는 내 입에서는 이상하게 내내 캐롤이 흘러나오고 있었다. 마음을 바꾸니 수 십 년도 더 된 그들의 것이었음에도 예전의 그들처럼 나 또한 행복했다.

초겨울에 접어들면서부터 하도 집집마다 치장을 하니 그리 좋아하지 않는 나도 박스 속의 것들로 치장을 하지 않을 수 없었는데 그것은 집치장을 위한 것이기보다는 그가 가족과 크리스마스 장식을 하던 그 때를 얼마나 그리워할까 하는 마음에서 한 것이었다. 내가 수 십 년 전, 가족들의 손길이 거친 그 장식품을 끄집어내 매달고 불을 밝히니 그는 아주 행복해 했는데 그가 행복해 하니 나도 마음이 아주 흡족했었다. 그렇게 아주 옛 것으로 소박하게 치장을 해 놓았더니 낸시 길이라는 여자 성도가 큰 크리스마스화환을 만들어 보내 와 우리 집이 지금은 아주 우아하게 보인다. 집 바깥만 아니라 실내에는 박스 속에서 나온 두 가지 모양의 여러 색깔의 꼬마전구를 설치를 했다. 하나는 파이어 플레이스 위에다, 다른 하나는 피아노 위에다 모양을 잡아 플러그를 꽂았더니 온갖 빛깔의 꼬마전구들이 마치 경기를 한 듯 자지러지며 깜박거리고 있다.

그는 우리가 잠자리에 들 때나 외출을 할 때는 늘, 플러그를 뽑는다. 그 이유는 전기 절약도 있지만 과열되어 혹 불이 날까 하는 염려 때문이다. 야단스런 장식을 원래 잘 할 줄도, 또 좋아하지도 않는 나는 가끔 글을 쓰다가 물끄러미 깜박거리는 꼬마전구 장식을 바라보노라면 숨넘어가듯 깜박거리는 모양이 마치 그 옛날 그의 어린 자녀들의 까르르 웃는 모습 같아 즐겁다. 모두가 내 마음을 바꾼 뒤 얻은 행복이다.

우리 집 거실, 작은 책장 위에는 책처럼 펼쳐진 사진이 놓여 있다. 그것의 한 쪽에는 제임스 힐스 목사의 자녀들이 우리로 말하자면 초등학교와 어린 아이였을 때 나란히 앉아 찍은 사진이고 옆에는 그 자녀들이 중년이 된 최근, 어렸을 때 찍었던 그 나이 순서대로 앉아 찍은 사진이다.

언젠가 한국인 내외를 우리 집에 초대를 했더니 그들이 우리 집 거실을 한 번 휘이 둘러보며 "왜 목사님 자녀들 사진만 있나?" 고 했다. 그러니까 그 말은 이제는 안주인이 바뀌었으니 그 사진도 접어두는 것이 옳지 않느냐고 하는 의미의 말이었다. 그리고 힐스 목사도 그렇게 말을 했었다.

'이 집안에서 외숙이 옮기고 싶은 것이 있으면 알아서 옮기라.'

그런데 나는 그 사진을 지금까지 옮기지도 앞으로도 옮길 마음이 없다. 왜냐하면 그들은 그가 사랑하는 자녀들이고 나는 그들의 어렸을 때의 천진한, 그리고 우리들의 아이와는 다른 이 곳 아이들의 귀엽고 예쁜 모양을 수시로 바라보기를 좋아하기 때문이다. 내 자식이나 그의 자녀들이나 똑같이 귀중하다, 우리에게는. 나는 그것을 그 사진 속의 자녀들을 바라볼 때마다 느낀다. 그것 또한 내 마음을 바꾼 뒤 얻은 행복이다.

몇 날째, 크리스마스 선물 리스트를 재촉하던 힐스 목사가 나 모르게 그 리스트를 들고 심각한 표정으로 어딘가 바쁘게 다니더니 어제는 교회에 가기 전에 내게 말을 했다.

"외숙, 아무래도 내가 생각을 잘못한 것 같아, 당신에게 선물을 준비하는 즐거운 기회를 주지 않은 것 말이야. 오늘 나랑 내 선물 사러 가자."

'아니, 언제는 나와 결혼을 한 것으로 선물은 이미 받았다고 라고 하더니 정말 선물을 받고 싶어하네.' 하는 생각을 하는데 그가 내 지갑에다 돈을 채웠다.

"참고로, 내게 필요한 것은 손가락이 없는 장갑이야, 운전할 때 손가락이 덮인 장갑은 불편하거든."

"근데 돈은 왜?"라고 했더니, 선물 살 돈이라고 했다. "엎드려 절 받는 격이네?"라며 내가 돈 있다고 했더니 "당신 돈은 당신을 위해 써라."라고 해 내가 내 지갑에서 돈이 나가지 않고도 선물을 사게 되니 그 일도 기분이 나쁘지는 않았다, 실은 그 돈이 그 돈이지만. 그리고 마트에 갔는데 그는 내게 옷 두어 가지를 입어보게 했는데 그것은 내가 리스트에 올리지도 않은 것이었다.

"나, 이 옷들 산다고 말하지 않았어. 지금부터는 여기서 헤어져서 각자 다 산 후에 이 곳에서 만나자. 나도 당신이 뭘 사는지 신경쓰지 않을 거야."

그가 그렇게 심각하게 말하고는 우리는 각자 헤어졌는데 그가 필요하다던 손가락 없는 장갑을 사면서 생각하노라니 그가 장갑을 필요로 한다고 한 것은 구실인 것 같았다. 내게 옷을 입혀보고 사기 위한 하나의 구실. 나는 장갑에다 그가 입어 어울리는 붉은색 긴팔 셔츠 하나를 더 산 후 처음의 그 자리에서 그를 만났는데 그는 큰 옷 보따리를 들고 있었다. 그리고는 말했다. "이것 보지 마, 비밀이야. 나도 당신이 산 것

안 볼 거야."라고. 그는 자신의 돈으로 내게 선물을 사는 기쁨을 주면서 내 옷의 사이즈도 재어보는, 두 가지의 목적을 위해 나를 데리고 나온 것이었다.

예수님이 이 세상에 오신 날, 사람들은 참 온갖 것으로 사람끼리 즐겁고 행복 하려 애를 쓰는구나 하는 생각을 나는 돌아오는 길에 하고 있었다. 그리고 그가 얼마나 나를 행복하게 해 주려고 애를 쓰는지를 느낄 수 있었는데 그것은 내가 마음을 바꾸었기 때문이었다. 오늘 아침에는 아침 운동을 마친 힐스 목사가 "외숙, 우리 오늘은 팀 홀튼에 가서 간단하게 아침 먹자."라고 했다.

우리 동네에는 원래 팀 홀튼이나 스타 벅스 같은 체인점이 들어오지를 못했는데 이유는 이 동네 고유의 아름다움이 행여 상업적으로 물들여질까 하는 대다수 주민들의 반대 때문이었다. 이미 메인 스트리트에 아름다운 카페와 레스토랑은 얼마든지 있다는 것이 반대 주민들의 의견이었다. 그래서 팀 홀튼 커피라도 한잔 마시려면 우리는 늘 자동차로 20여분 이상 가야 했는데 우리 동네, 그것도 걸어서 5분 정도 걸리는 곳에 아주 어렵게 개업을 한 것이다.

팀 홀튼에서 우리가 먹는 아침이라야 커피 한 잔에 치즈 크림 얹은 베이글 하나가 전부임에도 나는 기분이 들떴었다. 그것도 그럴 것이 내 집 가까이에 팀 홀튼이 생기고 처음 가는 길이었고 그리고 개업하는 날이기 때문이었다. 그와 나는 커피 한잔과 베이글을 앞에 두고 창가에 앉았다. 그리고 향긋한 커피 한 잔을 마시며 창 밖을 내다보는데 눈이 내리고 있었다.

"야, 눈 온다!"

맨날이다시피, 그리고 지겹도록 보는 눈이었다. 아니, 이미 지난겨울의 무릎까지 잠기게 하던 그 눈으로 눈에는 이미 질려버린 나였다.

그러나 내가, 실내에서 울리고 있는 캐롤과 따끈하고 향긋한 커피를 앞에 두니 그토록 지겹던 눈도 마치 행복을 묻힌 은빛 가루처럼 느껴져 소리치니 그가 의아한 눈으로 바라보았다.

"왜?"

그가 하도 이상하다는 듯이 바라보아 내 결에 놀라 도로 물었더니 그가 말했다.

"My a little Chicken, 그렇게 좋아, 팀 홀튼 생긴 것이? 눈도 타박하지 않을 정도로?"

"그럼 좋고말고, 이제는 걸어서도 올 수가 있는데?"

"오우, My Chicken, 우리는 너무 자주 팀 홀튼에 올 수는 없어. 몸에도 좋지 않은 커피에 너무 돈을 쓸 수는 없거든."

아, 구두쇠 제임스 힐스 목사는 내 붕 뜬 기분에 그렇게 초를 치고 얼음물을 끼얹었다. 그렇다고 안 올 나도 아닌데. 그러거나 말거나 내 기분은 상큼하니 들떠 최고였다.

우아한 식탁이 아닌, 겨우 커피 한잔에, 베이글 하나, 그리고 구두쇠 노 목회자의 잔소리가 있어도 최고가 될 수 있는 이 기분, 그것은 내가 사고의 방향을 전환했기에 얻을 수 있는 행복이었다.

5부

이것도 인생이다

내 사랑, 틀니

나는 그가 틀니를 하고 있다는 사실을 이미 알고 있었다. 작년 일월, 그러니까 결혼 전이었는데 한국과 일본을 목표로 선교여행 중이었을 때 서울의 한 레스토랑에서 내가 음식을 대접할 때였다. 입을 다문 채 주로 앞니로 아주 조심스럽게 음식을 씹는 모습으로 보아 아마도 그럴 것이라는 짐작을 했었다. 그러면서도 또 때로는 아닐 수도 있다는 생각을 하기도 했는데 그 이유는 식탁 앞에서의 그의 식사 매너가 하도 정중하고 반듯했기 때문이었다. 그 날카로운 포크와 나이프를 쓸 때도 우리가 숟가락과 젓가락을 쓰는 만큼의 소리도 나지 않도록 우아하게 쓰고, 음식을 씹는 소리는 절대 내지 않으니 아, 입을 다문 채 앞니로 음식을 씹는 것은 틀니 때문은 아닌가보다라는, 나 나름의 생각을 하곤 했다.

결정적으로 그가 틀니를 한다는 사실을 내가 확인을 한 것은 결혼 후였다, 그것도 첫날밤의 욕실의 세면대 앞에서. 그가 잠자리에 든 후, 내가 욕실을 쓰려고 하는데 세면대 옆 작은 컵에 틀니가 소독물 속에 얌전히 담겨져 있는 것이 눈에 들어오는 것이었다.

"정말 틀니네?"

그것은 내가 이미 예상을 했던 일이긴 했지만 조금은 충격이었고 그러면서 그가 정말 연세 드신 어른이구나 하는 사실을 나는 아주 씁쓸하게 실감하고 있었다. 그리고 나는 서울의 내 어머니를 떠올리고 있었다. 일흔일곱의 제임스 힐스 목사보다 다섯 살이나 연세가 적은 내 어머니도 틀니를 하신다. 어머니는 식사 후 늘 화장실에 들어가 문을 잠

쉬고 있는 힐스 목사님

그시는데 그것은 바로 양치질을 하듯 틀니를 씻으시기 위함이었다. 한 번도 틀니를 씻기 위함이라고 내 어머니가 말을 하신 적은 없지만 나는 눈치로 알 수 있고 실제로 문을 잠그는 일을 잊은 어느 날 내가 잠시 본 적이 있기 때문이다. 그 때 내 어머니는 손에 든 틀니를 얼른 숨기며 외면을 한 채 씻으셨는데 그것으로 나는 어머니가 틀니를 부끄러워하시는구나 하는 것을 알 수 있었다. 틀니를 내 어머니가 부끄러워하신다면 제임스 힐스 목사 역시 자신의 틀니를 부끄러워할 것이라는 생각이 들었다. 그는 특히 밤, 틀니를 하지 않은 상태에서의 자신의 모습을 그대로 보여주는 것을 원하지 않는 것 같았는데 내가 그렇게 느낀 이유는 평소와는 다르게 틀니를 하지 않고 대화를 할 때는 손으로 입을 가렸기 때문이었다.

틀니를 세면대에서 본 그 다음 날부터 나는 말없이 내가 쓰는 세면대를 다른 욕실의 것으로 바꾸었다. 그것은 그의 틀니가 보기 싫어서가 아니라, 내가 그의 틀니를 볼 수 있다는 사실에 대해 그가 더 이상 신경을 쓰는 것을 원하지 않았기 때문이었다. 내 어머니처럼, 그도 내게 자신의 틀니를 보이는 일을 부끄러워할 수도 있다는 사실을 생각했기 때문이었다. 그런데 나는 가끔 생각을 한다.

'사람들은 왜 틀니를 부끄러워할까'

나이를 먹고 몸의 기능이 저하되면 우리는 안경을 써야하고 지팡이도 짚어야 하고 또 틀니를 하는 것이 당연하다. 눈이 나빠져 안경을 쓰는 일은 당연한 일로 여기면서 유치를 간 후 그 치아로 평생 온갖 음식물을 씹은, 그래서 그 기능이 노쇠해 안경처럼 인공의 것으로 갈아, 씹는 일을 돕게 하는데 사람들은 유독 틀니만은 왜 부끄러워하고 그래서 숨기고 싶어 하는지 나는 알 수 없다. 노쇠한 치아 대신 맛있는 음식 먹는 일을 도우니 얼마나 고마운 틀니인가?

내 나이 쉰둘, 글을 많이 대해야 하는 일을 가진 나는 이미 사십대 초반부터 돋보기안경을 써야 글을 볼 수 있는 지경인데 나는 그것을 한 번도 부끄러워하지 않았는데 일흔이 넘으신 내 어머니와 제임스 힐스 목사는 자신들의 틀니를 부끄러워하는 것이었다.

아무리 그가 자신의 틀니를 내게 보여주고 싶어하지 않는다 해도, 같은 울타리에 사는 나는 마음만 먹으면 언제든지 그의 틀니를 볼 수 있다. 그러나 내가 세면대를 말없이 옮김은 그를 편안하게 하기 위함이었다. 그는 나를 다 아는 것 같아도 나의 이러한 마음은 아직 모를지도 모른다. 그러함에도 내가 얼마나 그를 사랑하는지, 그리고 내가 그의 틀니까지 얼마나 사랑하는지를. 고마운 그의 틀니까지를.

발을 씻길 때

어제, 한국에 계신 어느 집사님의 전화를 받았다. 그 분은 힐스 목사가 한국에 머물 때 많은 도움을 주신 분으로, 그가 일본으로 떠난 후, 안부도 물을 겸 한 전화였다. 그 분은 통화 중에 "목사님이 이 곳에 머물 때, 허리가 좀 아프셨는데 장거리 여행 중에 고생은 하지 않으시는지 모르겠어요."라고 했다.

의사인 남편 집사님이 며칠분 약은 챙겼다고 했는데, 그것으로 힐스 목사가 한국에서 허리 통증을 앓았다는 사실을 나는 알 수 있었다. 연세 드신 분이 감당해야 하는 장거리 여행인데 허리까지 편안하지 않으면 남은 여행을 어떻게 하나 하는 걱정을 나는 그 때부터 하기 시작했다.

지난 번, 몽골과 중국 여행을 떠나기 전에도 그는 며칠간 허리가 아파 고생을 했다. 내가 이 곳에 온 후 첫 번째 맞는 여행이라 나는 여러 이유로 불안해했는데 허리까지 편찮았으니 여간 걱정이 아니었었다. 그런데도 그는 아침 운동 후, 여전히 부엌으로 들어가 식사 준비를 하고, 내가 말리면 서서 빵을 굽는 데는 아무런 문제가 없다며 고집을 세우기도 했다. 그러나 허리가 아파 앉았다 일어설 때는 아주 힘들어했는데 특히 더 힘들어한 것은 저녁에 발을 씻는 일이었다. 허리가 아플 때는 엎드릴 수가 없으니 씻을 수도 씻은 발을 닦을 수도 없었다. 하여 생각한 것이 내가 발을 씻는 일을 돕는 것이었다.

"괜찮아, My a little chicken, 허리 나을 때까지 발 안 씻고 자면 돼지 뭐."

　　허리가 나을 때까지 내가 발을 씻겨주겠다고 하자 그는 깜짝 놀라더니 그럴 수는 없다며 그럴 바엔 안 씻고 자겠다는 것이었다. 발을 안 씻고 잠자리에? 그건 또 내가 용납할 수 없어 반 강제로 발을 씻기기로 했다. 겨우 설득하여 플라스틱 대야에 물을 받아 놓고 그의 발을 내가 씻기기 시작했다. 아주 미안한 일이어서 그럴 수 없다며 내밀지 않으려는 발에다 물을 끼얹는데 그의 왼 발, 오래 전 교회계단에서 철제 캐비닛을 안고 넘어져 크게 수술을 한, 그래서 지금은 모양도 조금 다른 왼 발목이 내 눈에 들어오는 것이었다.

　　지난 1월, 카리브해로 신혼여행을 떠나기 위해 토론토 비행장엘 갔을 때였다. 탑승을 위해 그가 전자 검색대에 섰는데 갑자기 싸인이 들어오면서 그의 다리 속에 있는 어떤 이물질이 화면에 잡히는 것이었다. 9.11 사태 이후, 공항의 검문검색이 아주 강화되어 여행객들은 철저한 조사를 받아야 했는데 느닷없이 그가 검색대에 걸린 것이었다.

　　"이것은 내가 다리를 다쳐 수술을 할 때 금속을 넣었기 때문입니다."

　　검색대의 사람에게 그는 자신의 바지 자락을 올려 왼발을 보여주었다. 큰 수술로 오른 다리보다는 훨씬 약한 왼 다리였다. 나는 따스한 물을 오른쪽 발보다 왼 발에다 한 번이라도 더 끼얹으며 생각을 하고 있었다. '이 약한 다리로, 얼마나 많은 선교여행을 했을까? 가엾고 고마운 다리.'

　　그런데 그런 나를 선 채로 물끄러미 내려다보고 있던 그가 내게 물었다.

　　"외숙, 창재 아버지의 발을 씻은 적도 있어?"

　　가엾은 왼발에다 더운물을 끼얹고 있던 내가 놀라 고개를 들었다. 그리고 조금 후, 나는 고개를 저었다.

　　"그 사람의 발을 씻은 적은 없는데 만져본 적은 있어요."

내 아이의 아버지가 혼수상태에 빠지자, 시댁 식구들은 선산에서 크게 한 번 굿을 하면 자리를 털고 일어난다더라며 떡과 돼지 머리를 주문한다며 분주해했다. 그런데 11월 1일 아침, 선산에서 크게 굿을 하기로 한 그 날 아침, 식구들이, 주문한 돼지 머리와 떡을 찾으러 가고 나 혼자 병실을 지키는 사이, 그는 아주 졸려 견딜 수 없다는 듯 조용히 숨을 거두었다. 그가 숨을 거두었다는 사실은 그의 머리맡의 모니터 속의 눈금이 스르르 사라지는 것으로 알 수 있었는데 모니터에서 사라진 눈금으로는 서른아홉 살의 그의 죽음을 도저히 인정할 수 없던 나는 그의 발치께로 갔다. 그리고 덮은 이불 속의 그의 발을 살며시 만져보았다. 그런데 내 손에 잡힌 그의 발, 그 발은 여태 따스하게 온기를 품고 있었다. 내 손끝에 따스함으로 여태 남아 있는 그 발, 그리고 수술로 모양이 다른 또 하나의 발. 내 가슴속에 남아 있는 주인이 다른 두 발은 가끔 내 마음을 아리게 한다.

오늘은 나고야에서 힐스 목사께서 전화를 했다.

"외숙, 나, 내일 오사카에 갈 거야. 우리 이제 다음 월요일에는 만날 수 있지? I love you, My a little chicken!"

이라고 말을 한 후 전화를 끊으려 했다. 그는 해외에서 전화를 할 때마다 급히 전화를 끊는 습관이 있는데 그것은 비싼 국제전화요금 때문이었다. 그 때 통화를 마치려는 그를 내가 다급히 불렀다. 그리고 물었다.

"jim, 허리 아프다면서 지금은 어때요?"

"하하하 어떻게 알았지 외숙, 비밀이었는데? 이미 다 나았어!"

라고 말하고는 전화를 끊었다. 역시 비싼 국제전화요금 때문이었다. 그런데, 정말 다 나았기 때문에 나았다고 하는지, 아니면 그냥 하는 말인지, 나는 모르겠다.

My a Little Chicken!

이 곳 캐나다 사람들은 닭고기 요리를 즐겨 먹는다. 그것도 닭다리나 날개보다는 주로 가슴살을 이용한 요리인데, 팍팍한 느낌 때문에 오히려 닭 날개나 다리를 즐겨 먹는 우리와는 조금 대조적이다. 레스토랑에는 이름도 다양한 닭 가슴살 요리가 있고 어떻게 만드는지 아주 부드럽고 맛이 좋다. 그래서인지 힐스 목사, 그도 닭 요리를 잘 하는데 그것 역시 가슴살을 이용한 것이다.

우리는 아침마다 함께 휘트니스 클럽에서 운동을 하는데 집에 돌아오면 그는 습관처럼 부엌으로 들어가고 나는 늘 청소를 하는 편이다. 이 곳에 오기 전에 내가 그에게 물었다,

"나는 당신 쪽 음식을 만들 줄을 모르는데 가기 전에 배워갈까?"

그랬더니 그는 '요리는 내가 잘 하니 염려 마라. 한국 음식이 생각나면 그 때 네가 하면 된다. 그냥 오기만 해라.' 라고 해 그야말로 나는 수프 하나 제대로 끓일 줄 모른 채 왔다.

나이도 한참 적은 내가 연세 드신 분에게 일을 시키는 것 같아 늘 미안했는데 '나는 요리를 만들어 나누어 먹는 것을 즐기니까 절대로 미안해하지 마라.' 라고 해 요즘은 그가 부엌에 들어가는 것을 당연히 여긴다. 실제로 그의 교회 교인이나 이 곳 한국 교회의 많은 교인들은 내가 이 곳에 오기 전에 그가 만든 음식에 초대받았고 내가 온 후에도 그가 요리를 해 우리는 자주 음식을 함께 나누는 기회를 가졌는데 주로 닭 가슴살 요리였다. 그는 미국에 있는 장로교회 목회자이면서도 이 곳 한국 교회와도 아주 깊은 인연을 갖고 있다.

내가 이 곳에 온 후 그를 부를 때는 우리말로 "목사님" 하고 불렀다. 그런데 한국말을 모르면서도 우리말의 "목사"와 " 목사님"의 차이, 즉 '님'이 존칭의 의미란 사실을 아는 그는 절대로 자신을 "목사님"으로 부르지 못하게 하면서 "Jim"이라고 부르라고 했다. 그래서 그 뒤로 그는 나를 "외숙"으로 부르고 나는 그를 "Jim"이라고 부르는데 어느 날부턴가 나를 "My a little chicken!"이라고 부르는 것이었다.

"마이 어 리틀 치킨이라고?"

해석하자면 '내 병아리야!' 뭐 그런 의미였는데… 아니 나를 '병아리'라고? 내가 약간 기분이 나빠진 이유는 우리말의 '촌닭'을 떠올렸기 때문이었다. 시골에서 갓 상경하여 어디가 어딘지 몰라 어리둥절해 있는 사람을 우리는 흔히 '촌닭'이라고 불렀음을 내가 기억을 한 것이었다.

'내가, 서울서 온 내가 촌닭이란 거 아냐?'

하긴, 촌닭이 달리 촌닭이 아니라 새로운 곳에서 적응을 하지 못해 낯설어하면 그것이 바로 촌닭 같지 않겠는가? 더구나 캐나다는 내게 낯선 곳이었다. 그러나 촌닭이라고 성질마저 죽은 것은 아니었다.

'병아리야!' 하는 의미를 '촌닭아!' 하는 의미로 해석을 한 나는 그 길로 조금 흥분해서 씩씩대다 결국은 따져 물었다.

"우리말에 촌닭이란 표현이 있는데 이것은 이러저러한 의미다, 당신이 나를 '마이 어 리틀 치킨!' 이라고 부르는 것도 그런 의미냐?"라고.

내 영어가 제대로 전달이 됐는지 그 말을 들은 그가 갑자기 '우하하하' 하고 웃음을 터뜨리는 것이었다. 아니 이건 또 웬 기분 묘하게 하는 웃음? 그야말로 촌닭 같은 표정을 지으며 어리둥절해 있는데 그가 말했다.

"그런 의미가 있는 줄 몰랐다. 단지 그렇게 부르고 싶을 뿐이었다,

My a little chicken!이라고.”

　그 때부터 집에서 그가 나를 부를 때는 “내 병아리야!” 즉, “My a little chicken!”이라고 한다. 내 나이 쉰둘, 일흔일곱의 노 목회자와 사노라니 나도 모르게 “병아리”도 되고…참, 살다가 별 일도 다 겪는다. 근데 이제는 그 호칭이 싫지가 않다. 조금 닭살이 돋기는 하지만 그 속에 노 목회자의 아내에 대한 사랑이 담겨 있음을 내가 느끼기 때문이다. 노 목회자의 눈에는 쉰이 넘은 아내도 병아리처럼 귀엽게 보인다는 뜻이리라.

　그래서 나는 요즘 가끔 내 나이도 잊고 산다. 그것은 바로 그 “내 병아리야!”라고 하는, 나에 대한 그의 호칭 때문이다. 이제 내 나이 쉰둘, 별로 자주 기억하고 싶지 않은 숫자이니 어쩌면 다행인지도 모른다.

목사 아내, 교회에 안 가다

이 곳에 온 후, 내게 있어 큰 외출은 한 주에 두 번 교회에 가는 일이다. 토요일 새벽 기도회에 동참을 하는 것과 주일 예배이다. 자동차로 불과 25분 정도의 거리에 있는 교회로의 외출이지만 정기적으로 동참을 해야 했던 일들은 모두 서울에다 두고 온 입장이기 때문에 내게는 큰 외출에 속한다. 더구나 우리 집에서 교회로 오가는 그 드라이브 길이 일찍이 윈스턴 처칠이 '세상에서 가장 아름다운 일요일 오후의 드라이브 길'이라 극찬을 했을 정도로 아름다운 길이라 나는 교회에 가는 길을 더욱 즐긴다.

나는 그나마 아름다운 이 길, 중간 즈음에 교회가 있지만 힐스 목사는 미국 땅의 자신의 교회로 갈 때 약 56km 정도나 되는 이 길 끝자락까지 운전을 하니 얼마나 행복할까? 그래서 그는 이 길을 다닐 때 늘 뒤에 따라오는 자동차에게 길을 양보하며 천천히 주변의 경관을 누리며 운전을 한다. 그렇게 운전을 해 어제 아침, 새벽 기도회를 마치고 집으로 오는데 멀리 내려다보이는 그 큰 나이아가라 강이 얼어 있었다.

나이아가라 강은 레이크 이리에서 흐른 물이 만든 강으로, 나이아가라 폭포를 만나면서 한 번 곤두박질 한 뒤 좁으면서 휘어진 계곡의 지형 때문에 급히 흐르다가 우리 집 근처의 온타리오 호수 초입으로 접어들면서 그 폭이 넓어지면서 도도하게 온타리오로 흘러 들어가는, 아름다운 파크 웨이를 따라 흐르는 강이다. 작년 이 때도 그 강이 얼었더니 요즘 날씨가 얼마나 추웠던지 어제 아침에도 그렇게 얼어 있었던 것이다. 나이아가라 강을 사이에 두고 이 곳 캐나다와 미국 땅이 서로 마주하고 있어 여름에 내가 가끔 '가까워서 헤엄쳐서도 미국 땅에 갈 수 있겠다.' 라고 하면 힐스 목사는 이렇게 말하곤 했다

"외숙, 저 강이 저렇게 평화로워 보여도 얼마나 물살이 센데?"

하기야, 그 엄청난 나이아가라 폭포에서 떨어진 물이 정신을 수습하기도 전에 협곡의 빠른 물살에 휘둘려 흐르다 겨우 숨을 가다듬는 곳이니 그 깊이와 물살은 보기와는 다를 수도 있으리라. 근데 그 물이 얼었던 것이다.

"야, 얼음 위로 걸어가면 수영 안 하고도 미국 땅에 닿겠네."

어제 아침에는 내가 언 강을 바라보며 그렇게 말을 했더니 그가 또 말했다.

"저 얼음 위로 두 발자국도 못 가서 물에 빠질 걸?"

말하자면 얼었지만 아직 그리 두텁게 얼지는 않았을 거라는 말이었다. 지난겨울부터 꽁꽁 언 나이아가라 강을 보며 내가 느낀 것은 저 얼음 위로 한 번 건너가보고 싶다는 것이었다. 내가 얼음만 보면 늘 그렇게 생각을 하는 이유는 어린 시절을 떠올리기 때문인지도 모른다.

내 고향 집 앞에는 큰 강이 하나 있다. 그 강은 청정수로 은어가 노닐어 여름에 내 어머니는 집에 귀한 손님이 오면 '은어밥' 이란 음식을 해 상에 올리곤 하셨다. 내가 개구리헤엄이라도 물에 가라앉지 않을 정도로 헤엄을 칠 수 있는 이유도 어렸을 때 여름이면 내 동생들과 그 강 얕은 물가에서 살다시피 했기 때문이다. 나는 그 강이 너무 깊고 커서 한 번도 스스로 헤엄을 쳐서 건너본 적이 없다.

그 강 건너편에는 우리 과수원이 있었는데 여름에는 또 윗목의 다리를 건너 곧잘 그 곳에 가 놀기도 했다. 그런데 그 강이 겨울이 되면 아주 두텁게 어는데 여름에 헤엄을 치던 아이들이나 어른들은 썰매를 만들어 타고, 나는 얼음 위로 걷는 것은 무서워서 겨울에 강에 나가는 것

은 그리 좋아하지 않았다.

그런데 해마다 겨울, 그 강이 얼 즈음이면 꼭 한 번은 얼음 위를 건너가야 하는 일이 있었으니 그 것은 건너편 우리 과수원 앞에 펼쳐진 모래사장의 모래를 세숫대야에 퍼 담아 와야 했기 때문이었다. 그것은 내 어머니의 명령이었다. 어머니가 모래를 퍼오라고 하시면 나는 늘 '이제 곧 설이 오겠구나.' 하는 생각을 하곤 했다. 그리고 바로 위의 내 오빠와 세숫대야를 들고 집을 나서는데 오빠는 그 세숫대야를 강 위에서는 손이 시리다고 들지 않고 얼음 위에 둔 채 발로 밀어서는 강을 건넜다. 겁이 많은 내가 얼음 속으로 팔뚝만한 물고기가 노니는 발아래의 물속을 보고는 꼼짝을 못하면 오빠는 "괜찮다 숙아, 오빠 손 잡아라." 하며 나를 데리고 다니곤 했다.

어머니의 설 준비는 내게 모래를 퍼 오라는 말과 함께 놋그릇을 닦는 일로 시작되었다. 날씨도 추운데 내 어머니가 다락에 넣어둔 놋그릇과 갈색 유약, 그리고 깨어진 기왓장 조각을 끄집어내어 부엌 바닥에 펼쳐두시면 나는 늘 마음이 을씨년스럽고 시작도 하기 전에 저 일을 언제 다 끝내나 하는 생각을 하곤 했다.

내가 할 줄 아는 것이 아니었지만 내 어머니가 그 일을 하고 계시는 것이 늘 스산하게 느껴졌기 때문이었다. 그렇게 시작을 한 설 준비는 강정을 만들기 위한 고두밥을 찌면서 본격적으로 시작이 되는데 어머니는 쌀을 쪄서 잘 말려 일부는 분홍과 노랑, 초록의 물을 입혀 큰 검은 가마솥에다 볶으셨다.

그 말린 찐쌀을 볶을 때, 강 건너편에서 퍼 온 모래가 필요를 했다. 어머니는 그 모래를 말린 찐쌀과 함께 아주 조심스럽게 빛깔이 잘 나도록 볶아서 채에다 치면 모래는 내려가고 곱게 잘 볶아진 찐쌀만 남는데 그것을 색깔 입힌 찐쌀과 우리 과수원 입구 모래밭에서 수확한 땅콩을 드문드문 섞어 조청으로 버무려 모양을 내는 것이었다. 어머니가 찐쌀을 모래와 함께 볶는 이유는 아마도 찐쌀이 모래와 함께 어우러지면서 적당한 온도를 유지하여 너무 타지 않고 고운 색깔로 볶아지게 함이 아니었나 싶다.

어머니는 강정을 만들 때나 식혜를 만드실 때 맑고 깨끗한 색깔을 유난히 중요하게 여기셨는데 특히 식혜의 색깔로 그 식혜를 만든 사람의 솜씨를 가늠하곤 하셨다. 어머니는 그렇게 찐쌀 강정을 만들고 쌀을 기계에다 튀긴 강정과 콩, 깨강정을 만들어 빈 사과궤짝마다 깨끗한 종이를 깔아 가득 채워서는 다락에다 두셨고 유과와 약과 전과를 솜씨를 부려 만들어서는 모양이 나는 함지에다 보관하곤 하셨다.

설날에는 이미 윤이 나게 닦아둔 놋 쟁반에다 손님이 올 때마다 엿과 함께 강정들을 내놓으시고 우리 형제들은 겨울 내내 다락을 들락거리며 그것으로 군것질을 하곤 했다. 돌이켜보니 내 어머니의 연세가 그때 겨우 이십대 후반이었던 것 같은데 그 많은 일들을, 어떻게 그렇게 지혜롭게 다 하실 수가 있었던지, 일도 그리 한 적도 없으면서 오른쪽 어깨가 아파 일이라면 겁부터 내는 나는 가끔 감탄을 한다.

나이아가라 강을 얼게 한 추위는 저녁부터 눈 폭풍을 몰고 왔다. 이곳 동부 캐나다는 넓은 땅이 평지여서 그런지 바람이 불어도 보통 폭풍 수준으로 불고 눈도 폭풍에 함께 휘몰아칠 때가 있다.

지난 12월 초 즈음인가, 폭풍이 온 적이 있었다. 그 날 공교롭게도 내가 혼자 운전을 할 일이 있어 나갔더니 큰 나뭇가지가 부러져 도로에 가로누워 있고 굴러가는 자동차도 조금씩 밀려가는 느낌을 받았는데 아무것도 잡지 않고는 도저히 서 있을 수가 없어 나는 누군가와 애기를 하며 한 손으로 자동차를 잡고 있어야 할 정도였다. 이튿날 TV에서는 그 날의 폭풍이 시속 90km라고 했다. 그런 폭풍에 눈을 동반한 날씨이니 창 밖은 눈보라로 앞이 보이지 않는데 나는 작년 이 때 생각이 났다.

작년 이 때, 양력 내 생일에 미국에서 이 곳에 온 내 아이는 겨울 방학을 나와 함께 보내려고 작정을 하더니 며칠간 눈 속에서 갇혀 있어 보더니 도저히 안 되겠던지 말했다.

"엄마, 미안하지만 가야겠어. 너무 갑갑해. 엄마는 이겨낼 수 있겠어?"

하긴 그 분주하고 바쁜, 문 밖에만 나가면 흥미로운 것이 가득한 서울에서 온 젊은 아이가 눈에 덮인, 젊은 사람들보다는 주로 연세든 분들이 노후의 삶을 조용히 즐기기에 꼭 좋은 이 동네에 왔으니 갑갑할 수밖에 없었으리라. 식구들이 모두 반대를 하고 걱정을 하며 이 결혼을 말려도 엄마 편이던 아이가 그 때, 두 달을 예정으로 왔다가 눈 속에다 나를 두고 열흘 만에 떠날 때는 걱정이 되던지 그렇게 말했었다. 그렇게 일정을 앞당겨 아이가 떠나던 날 새벽에 눈폭풍이 왔었다.

이른 아침 비행기라 비행장에 도착하기 위해서는 새벽에 출발을 해야 했는데 그 눈폭풍 속에 아이를 태워가기 위해 자동차는 새벽 세시 반에 내 집 앞으로 왔다. 눈보라가 몰아치는 그 한밤중에 내 아이를 떠나보내고 나는 몇 날을 앓았었다. 아마도 어미를 두고 떠난 아이도 다르지 않았으리라. 그 눈폭풍이 간밤에 다시 와 밤새 몰아친 것이다.

힐스 목사의 교회에는 아침 8시 30분에 1부 예배가 있고 2부 예배는 11시에 있는데 그가 1부 예배를 인도하는 것은 한 달에 한 번뿐임에도 그는 늘 일부 예배에 동참하기 위해 집에서 6시 30분경에 출발을 한다. 그런데 간밤에 교회에서 1부 예배를 드릴 수가 없겠다는 연락이 왔다. 그러니까 눈폭풍 속에 일찍 집에서 나서지 말고 11시, 2부 예배 설교 시간에 맞춰서 오라는 말 같았다. 그렇지 않아도 이 눈폭풍 속에 어떻게 운전을 해 갈 것인가 하고 은근히 걱정을 했는데 그는 예배가 있든 없든 그 시간에 가야 한다더니 결국 6시 40분경에 출발을 했다. 이런 눈폭풍은 캐네디언이라면 누구나 익숙해 있다는 것이 그의 말이었다. 그러면서도 나를 매주 데리러 오는 한국인 교회 목회자 부인에게는 길이 좋지 않으니 오늘은 오지 말라고 전화를 하는 것이 좋겠다는 말을 했다.

아침 내내 눈바람이 그치지 않아 핑계 삼아 걸어서 5분 정도 걸리는 캐네디언 교회에도 나가지 않았는데 친구, 파울 목사가 전화를 했다. 이번 주에 수술을 앞두고 있는 파울 목사는 주로 주일에 예배를 마치고 전화를 하는데 9시와 11시, 각각 다른, 두 교회에서 설교를 하는 파울 목사가 주일 아침에 전화를 하는 일은 없던 일이었다.

"외숙, 짐 목사도 집에 있겠지?" 하고 그가 물었다. 그래서 "웬걸, 1부 예배가 취소되었다는데도 새벽에 교회에 갔다."라고 했더니 그가 말했다.

"와, 짐은 진짜 목사다, 이 날씨에도 교회에 갔으니, 우리 교회는 오늘 예배가 없어 내가 집에서 쉰다."

"어머나, 세상에 아무리 눈폭풍이라도 그렇지 아예 예배 자체를 쉬다니… 희한하네."

한국에서라면 생각도 할 수 없는 일이라 나는 이 생각을 하고 있었다. 하긴 이 곳은 눈폭풍 때문에 등하교 길이 위험하다고 학교도 쉬는 날이 더러 있다.

그토록 무섭게 휘몰아치던 눈폭풍은 어느 사이 그치고 바깥은 갑자기 얼굴을 내민 해가 눈 과 함께 눈부시다. 그 눈폭풍 속에 새벽에 집을 나선 힐스 목사는 잘 도착해서 설교는 잘 하고 있을까? 젊은 목회자, 파울도 예배를 쉰다고 집에 있는데 그 미끄러운 길을 세 시간이 넘게 운전을 해야 하니 나는 그가 집에 돌아와야 안심을 할 수가 있다.

모처럼 집에서 더운밥이나 지어놔야겠다 싶어 시간을 맞춰 쌀을 씻어 엎고 국도 끓이고 하니 드르륵 하고 차고 문 여는 소리가 들리면서 그의 자동차가 들어온다.

"짐, 살아 왔네요?"

마치 사지로 떠났다 살아온 남편을 맞듯 내 마음이 반갑다.

일흔 여덟, 그 연세에 새벽 눈길을 뚫고 먼 길을 다녀온 사람이니 내가 그렇게 생각을 할 수밖에.

"Chicken, 나, 졸려서 혼났다."

그가 말했다.

"또 졸았구나! 그 놈의 졸음은 때도 장소도 몰라요. 그래도 집에 잘 왔으니 됐지 뭐."

그의 말에 내가 그렇게 응답을 하며 속으로는 생각하고 있었다.

'그 미끄러운 길 위에서 졸음 운전한 사람을 교회에도 안 간 내게 무사히 보내주시다니 참 좋으신 주님.'

간 큰 아내의 욕심

해가 짧아져서인지 하루해가 언제 지나가는지를 모르겠다. 겨울이 긴 이 곳은 가을에 접어들면서 눈에 띄게 해가 빨리지고 오후 다섯 시가 되면 숫제 어둡다. 하루해가 빠르게 느껴지니 한 주도 금방 지나가는 것 같다. 며칠 전에 주일 예배를 드린 것 같은데 내일이 벌써 주일이니. 이번 주가 유난히 빠르게 지나가는 것 같은 것은 내가 며칠을 연거푸 외출을 한 탓인지도 모른다.

이번 주는 사흘 동안 연일 외출을 했는데 그 이유가 두 번은 새 집 마련 예배 때문이었고 한 번은 아침 식사 초대를 받았기 때문이었다. 두 번은 한국인의 집에서였고 아침 식사는 오늘 아침, 캐네디언의 집에서였다. 이 곳 나이아가라 근처에도 한국인들이 많이 살고 있다. 그들은 이미 오래 전에 이민을 와 우리나라의 편의점과 같은, 브라이어티 스토아를 운영하는 사람들이 대부분이고 더러는 자녀들 유학 때문에, 흔히 말하는 기러기 가족이 되어 온 사람들도 있다.

두 한국인의 가정 중 한 가정은 아이들 유학 때문에 엄마가 와 월세보다는 아예 집을 사는 것이 낫겠다는 계산으로 아파트를 산 경우이고, 다른 한 가정은 오래 전에 이민을 와 근사하게 집을 지어 이사를 한 경우이다. 이 곳에서는 그리 흔하지 않는 아파트엘 가보니, 고층에서 내려다보이는 주변의 전경이 마치 근사한 카페에 얹은 듯한 아늑함을 느끼게 했다.

그리고 다른 한 가정은 3에이커라는 큰 땅에다 지은 저택으로서의 웅장함과 모던한 장식으로 또 감탄을 자아내게 했다. 에이커라는 땅의 단위가 정확한지는 모르겠는데, 1에이커가 1000평이 넘는다고 하니 3에이커면 3천 평이 넘는다는 뜻이니 가정집으로서의 규모로는 얼른 짐작을 하기 어려울 정도로 크다고 할 수 있다.

캐나다로 이민을 온 초기의 이민자들은 참으로 고생을 많이 했다고한다. 한국에서의 삶의 터전을 두고 자식들을 데리고 이 곳으로 온 어른들은 초기에는 골프장에서 밤새 지렁이를 잡는 일을 많이 했다고 하는데, 잡은 그 지렁이는 여자들의 립스틱의 원료로 쓰기 위해 미국으로수출을 했다고 한다. 그렇게 일을 해 돈을 벌며 정착을 한 그 다음 세대들은 주로 브라이어티 스토아를 운영하는데, 한국에서 하던 일을 계속하기 쉽지가 않으니 특별한 기술이 필요하지 않은 그 일들을 주로 하게되지 않나 싶다.

그렇게 힘들게 돈을 번 그들은 특히 자녀들의 교육에 많이 쓰고 2세들은 부모들의 고생에 힘입어 비교적 좋은 환경에서 공부를 한다고 할수 있다. 그리고 이 곳 우리나라 사람들이 자녀들 교육만큼이나 관심을 갖는 것은 역시 내 집을 갖는 것인 것 같다. 열심히 일을 하는 그들은 생활이 좀 안정이 되면 우선 집부터 마련을 하는데, 그래서 이민을와 몇 년 고생을 한 사람들이라면 대부분 좋은 집들을 지니게 되는 것같다.

두 한국인 가정이 아파트와 넓은 땅위에 지은 큰 새 집이었는가 하면 오늘 아침 식사 초대로 방문을 한 집은 울타리처럼 둘러싼 숲의 나무들이 하늘을 덮을 듯했으니 금방 지은 집은 아닌 것 같았지만 흔히말하는, 저택이었다. 그 집 뜰에는 야생 칠면조가 무리 지어 울타리가없는 이웃집들 사이를 마음대로 다니며 모이를 먹고 청솔 모가 늦가을이 남긴 열매들을 먹고 있었다.

"가끔 사슴도 왔다 가요."

야생 칠면조 무리에 감탄을 하는 내게 주인인 캐네디언 친구가 말했다. 뚝 떨어진 외딴 동네도 아니고 우리와 같은 동네인데 사슴까지 오간다니 이 곳은 천국인가 싶으면서 슬며시 나도 이런 집에 살아보고 싶다는 욕심이 생겼다. 이왕이면 다홍치마라고, 집이 커서 나쁠 일이 뭐가 있겠는가? 원래 큰집에 그리 관심이 없던 나도 슬며시 마음이 바뀌는 것이었다. 사실 욕심이 동한다고 현실이 따라주는 것도 아닌데도.

오래 전에 내가 내 아이 아버지와 결혼을 약속했을 때 시아버지가 되실 분이 어느 날 갑자기 쓰러지셨는데 혈압 때문이었다. 우리는 아버지를 병원에 모셔둔 채로 결혼식을 올리기로 했는데, 외아들의 결혼식을 병원에서 잠시 외출을 나와 동참을 하신 시아버지께서는 그 경황중에 우리가 살, 열세 평 연탄을 쓰던 주공 아파트 하나를 사주셨다. 그 아파트에 남편과, 생각이 부족한 손위 시누와 계엄령으로 수업이 중단되어 집에 있어야 했던 막내 시누, 그리고 몸이 불편해지면서 새로 맞은 아내보다는 외아들을 더 편안해 하신 시아버지, 그렇게 많은 식구가 살아야 했다.

이듬해 아이가 태어나면서 작은 아파트에 참 많은 식구가 살았는데, 작지만 그 아파트가 내게는 하나의 우주였다. 그 이유는 몸이 불편하시면서 까지 아들 내외를 위해 아파트를 사 주신 시아버지의 사랑이 담긴 집이었기 때문이었고 그리고 그 많은 식구, 더구나 정신이 온전하지 않은 시누를 데리고 이사를 하지 않아도 되었기 때문이었다.

그렇게 신혼을 시작했는데, 새 시어머니가 재혼을 해 오면서 데리고 오신 아들과 막내 시누가 함께 대학을 입학해 다녀야 하다 보니 신입 사원을 겨우 벗어난 아이 아버지가 두 동생의 등록금을 구하느라 때마다 여간 고생을 하지 않는 것이었다. 두 동생의 등록금과 하숙비, 새 어머니의 생활비 등, 교직에 계셨던 시아버지의 퇴직금으로 아파트를 사고 남은 돈으로 겨우 버티던 아이 아버지는 차마 내게 말은 못하고 등록금 때만 되면 앓는 것이었다. 그러던 어느 날, 보다 못한 내가 그에게 말했다.

"우리, 집 팝시다, 어차피 아버지께서 사주신 것이니 이담에 돈벌어 우리 힘으로 다시 사지 뭐."

그랬더니, 아이 아버지가 말했다.

"그럼 우리는 어디에 살고?"

"살 곳 없으면 시골 가지 뭐."

동생들의 등록금 때문에 집을 팔자는 내 말에 어이가 없다는 듯 바라보던 아이 아버지에게 내가 그렇게 진담을 농담삼아 말했다. 그 때 지방 작은 도시에는 시아버지께서 평생 교직에 계시면서 오직 하나 지니고 있던 집, 텃밭이 크고 마당이 넓던, 그리고 앞으로 제방을 두고 작은 강도 흐르던, 경치가 좋아 내가 좋아했던 집이 있었는데 그 집에는 새어머니가 살고 계셨다. 그가 서울에서 직장 생활을 하고 있었기에 마음뿐, 시골의 그 집에는 살 일도 없음에도 나는 힘들어하는 그를 보다 못해 그렇게 말할 수밖에 없었다.

결정하여 집을 팔고 이사를 하던 날, 눈이 발목이 빠지도록 왔는데, 까짓 이사도 가는 마당에 연탄이나 아끼지 않고 때자 싶어 밤새 불구멍을 열어놨더니 평소 서늘하던 아랫목이 군고구마도 해 먹을 수 있을 듯했다. 그렇게 내 집을 팔고 예닐곱 번은 이사를 다녔을까? 목동 아파트가 처음 생기면서 우리의 힘으로 집을 마련했는데, 경황중에 외아들 집을 마련해 주셨던 시아버지는 새 집도 못 보시고 그 해에 돌아가셨다.

시아버지가 돌아가시니 시골에 남은 마당 넓은 집이 문제가 되는 것이었다. 시아버지께서 남기신 유일한 재산, 앞으로 강이 흐르고 텃밭과 마당이 넓어 내가 탐을 내던 그 집, 아이 아버지는 내가 그 집을 탐을 내고 있는 줄을 알고 있었다. 하나뿐인 아들이 그 집을 갖는 것이 당연하다고 나는 생각을 하고 있었다. 그 때는 대학을 졸업한 새어머니의 아들은 이미 취직을 해 있어 그 분은 당신의 자식에게로 가시게 되어 있었다. 그런데 어느 날 그가 말했다,

"그 집은 어머니께 드리자."

집이 아니어도 마음을 쓸 만큼 썼건만 그는 의논이 아니라 그렇게 이미 작정을 하고 내게 통보를 하는 것 같았다.

"당신, 집에는 욕심을 안 냈었잖아?"

선뜻 반응을 하지 않는 내가 그의 눈에는 여태 욕심을 부리고 있다고 여겨지던지 그렇게 말했다. 그렇게 텃밭이 넓던 그 집, 여름이면 오이며 고추, 상추 등 푸성귀를 거두는 재미가 있던 그 집은 어머니께로 넘겨졌고 그 집은 결국 새어머니 아들의 이름으로 문패가 바뀌었다.

삐죽이 욕심 한 번 부렸다가 본전도 찾지 못하고 속만 드러내 보인 그 일, 그 뒤로 명색이 평수를 늘인다며 한 번 더 이사를 했을 때 아이 아버지는 이렇게 말했다.

"와, 집이 넓어서 로라 스케이트 타고 다녀야겠다."

넓어야 겨우 화장실 하나 더 있을 뿐인 집이었다. 그런데 그 집에서 꼭 한 해를 살다가 그는 떠났는데 천국의 더 좋은 집이 탐이 나서였을까? 한 주간에 연거푸 사흘을 저택만 보고 다녔더니 나도 모르는 사이에 간이 커지면서 이제 웬만한 집은 집 같게도 보이지 않았다. 그리고 그간 숨죽이고 있던 욕심마저 슬그머니 머리를 들었다.

"와, 집 좋더라, 우리는 언제 야생 칠면조가 노니는 그런 집에 살아 보나?"

힐스 목사와 집으로 돌아오는 길 차 속에서 슬쩍 씨도 안 먹힐 말을 한마디 던지는데 아니나 다를까 그가 받았다.

“외숙, 내가 돈이 많다면 그렇게 큰집은 안 살 거야. 차라리 제임스
힐스 재단을 만들어서 몽골 사람들 돕는 일 하지.”

농담도 못 하나? 그는 내가 마치 지금 당장 야생 칠면조가 노니는 집
을 사내라고 생떼라도 부린 것처럼 정색을 한다. 그는 늘 이것이 문제
였다, 자신은 농담을 잘 하면서 내가 하는 농담은 좀 농담으로 받아주
지 못하는 것!

남의 큰 집에서 대접 잘 받고 와 이러다 기분만 상하겠다 싶어 집에
오자마자 청소기를 잡았다. 토요일마다 하는 대청소였다. 무거운 청소
기를 끌고 다니며 밀다 보니 어느 사이 등에 땀이 다 나기 시작했다. 설
교 준비 하느라 베이스먼트 서재에 있는 힐스 목사는 내가 청소를 하는
줄도 모른다.

크지도 않은 집안, 땀을 흘리며 청소기를 미노라니 이 집이 왜 이리
도 큰가 싶다. 이상하게 집은 청소할 때만 크게 느껴진다. 한창 청소기
를 들고 끙끙대는데 서재에서 나온 힐스 목사가 한마디 한다. 그 얼굴
이 짓궂은 소년 같다.

“My a little chicken, 내가 3에이커 집 사줄까?”

오잉? 3에이커?

“오우, 노, 난 이 집도 감당 못해!”

이것은 큰 집을 탐내고 있던, 간 커진 내가 한 말이었다.

나는야 기쁨조

우리 집 거실에는 갈색 Baldwin 피아노가 있다. 그 피아노는 언제나 뚜껑이 열려 있는데 악보는 없다. 제임스 힐스 목사는 하루에도 두어 차례 정도 피아노 앞에 앉는데 찬송가를 반주하면서도 결코 악보를 필요로 하지 않는다. 그 많은 찬송가를 어떻게 악보 없이 연주를 하는지 뭐든 돌아서면 잊기를 잘 하는 나는 신기하기만 하다.

그가 피아노를 치면 나는 옆에서 소프라노 파트를 맡는데 그의 베이스는 곧 찢어질 듯 위태로운 내 소프라노 목소리를 부드럽고 듬직하게 받쳐주기도 한다. 내가 그의 반주에 맞춰 찬송을 부를 수 있는 것은 다행히 찬송가가 가사는 한글과 영어로 구분이 되지만 멜로디는 같기 때문이다. 그의 반주에 맞춰 찬송을 부를 때마다 그는 아주 기뻐하는데 그것은 마치 춤추는 듯한, 건반을 두들기는 그의 손끝을 보고 나는 알 수 있다. 찬송을 하면서 나는 자주 생각을 한다, 내 찬송으로 하나님께서 기뻐하실 테고 그가 좋아하니 나는 확실한 기쁨조라고. 내 기쁨조의 경력은 사실 이것이 처음은 아니다.

오래 전, 내가 초등학교(그 때는 국민학교)에 다닐 때 그 때 내 아버지께서는 우리 형제들을 불러 앉혀 놓고 기타를 치면서 노래 시키기를 즐겨하셨다. 위로 오빠 셋은 객지에서 공부를 하고 있었기에 초등학교와 학교에 들어가지도 않은 나와 내 동생들이 늘 노래를 해야 했는데 아버지께서는 딸로서는 맏이인 나를 언제나 먼저 노래를 시키셨다.

"숙아, 노래 불러라."

아버지가 기타 반주를 하시면 나는 목소리도 낭랑하게 '운다고 옛 사랑이 오리요 마는~ 눈물로 달래보는 구슬픈 이 밤~’ 하고 맨날 같은 노래를 불렀다. 내가 이 노래를 매일 부른 이유는 내 아버지께서 가장 좋아하신 노래란 것을 내가 알고 있었기 때문이었다.

“우리 숙이 노래 잘 한다.”

내가 노래를 부를 때마다 기타를 치시던 아버지의 손가락은 마치 춤 추듯 했고 나는 아버지를 더 기쁘게 해 드리기 위해 가끔 목소리를 좀 떨기도 해야 했다. 그 때의 아버지는 오래 전에 세상을 떠나셨고 그 낭랑하던(?) 내 목소리는 힐스 목사의 피아노 반주와 베이스가 무색할 정도로 위태롭기만 하다.

그러나 어쩌랴, 흐르는 세월을! 다만 고마운 일은 어린 나이에 마구 떨며 부른 ‘운다고 옛 사랑이~’를 내가 무안하도록 내 아버지가 탓하지 않으셨듯이 그 또한 들어 난처한 내 목소리를 탓하지 않고 기뻐하니, 그 때나 지금이나 나는야 기쁨조다.

성질 급한 사람이 우물을

가을이 깊어가고 정원의 화초들이 시들어가면서 은근히 마음이 심란해졌다. 이 심란한 증세는 첫서리가 내린 이후 짙어졌는데 그것은 힐스 목사의 그 한마디 때문이었다.

"첫서리 이후에는 화초들이 더 이상 자라지 않아."

그 말을 들어서일까? 집집마다 봄부터 초가을까지 그렇게 지성으로 꽃을 가꾸더니 내 눈에 이제 사람들은 시든 화초들을 자르고 겨울 맞을 준비를 하는 것 같았다. 남들이 잔디를 깎는데 소홀히 하면 마치 보기 싫은 더벅머리처럼 금방 드러나니 같이 깎아야 하고, 남들이 정원에 꽃을 심고 문 앞에다 꽃으로 장식하는데 하지 않으면 내 집만 보기 싫으니 꽃을 매달아야 하고, 남들이 시든 정원의 화초를 다듬는데 하지 않으면 또 눈에 띄니 하지 않을 수 없고….

이 곳의 집 가꾸기는 대부분 스스로 가꾸기도 하지만 때로는 남들이 하니까 하지 않을 수 없는, 자의 반 타의 반도 작용을 하는 것 같았다. 적어도 내 경우에는. 이제 크리스마스와 긴 겨울을 앞두고 남들이 이미 집 앞에다 트리를 만들고 장식을 하니 우리도 대문 앞에다 하다 못해 우단 리본이라도 매달아야 한다. 그들이 겨울이 오기 전에 마치 월동준비처럼 화려하게 집을 장식을 하는 것은 눈이 많고 긴 겨울이 덜 지루하도록 하기 위한 하나의 지혜가 아닌가 여겨진다.

지난 봄, 힐스 목사가 집 앞에다 화초를 심었는데 그것들이 여름 내내 앙증맞은 꽃을 피워 내 집 외양을 화사하게 하더니 그가 두 번째 여행을 간 사이에 일찍 시들어버렸다. 그런데 남들은 꽃이 시드니 현관 앞에다 제 철을 맞은 갖가지의 국화를 사다 놓는데 그만 다른 집과 내 집이 비교가 되니 나도 꾸미지 않을 수 없어 정원에 둔 큰 화분을 현관 앞으로 옮겨놓는 것으로 국화를 대신했다. 그런데 이 늦가을, 다른 집들은 대부분 정원의 시든 화초들을 베어내고 겨울 차비를 하는 것이었다.

이 집의 겨울 차비는 시든 화초를 잘라 정원을 깨끗하게 다듬는 일과 여름 내내 잔디에 물을 주느라 썼던 긴 호스와, 정원에다 내놓았던 플라스틱 원형 탁자와 다섯 개의 의자를 창고로 들이는 일이었다. 나처럼 힐스 목사도 속으로는 일을 두고 있음이 걱정이 되던지 "며칠 후에 손질을 할 거야, 우리도 겨울 채비를 해야지." 하면서도 여행 후 밀린 일을 하느라 도무지 전정가위를 들고 정원에 나설 시간이 없는 것이었다. 다른 집은 다 깔끔한데 우리 집만 어수선한 것 같은 느낌, 정원을 바라볼 때마다 마치 내 머리를 감지도 깎지도 않고 있는 듯 찜찜했다. 그런데 내가 보기에 그는 도무지 아직까지는 시간이 없고 그러자니 가진 것이라고는 시간뿐인 내가 자꾸만 신경이 쓰이는 것이었다.

사실 내가 이 곳에 온 후 지금까지 찜찜한 상태로 해결을 하지 못한 또 한 가지가 우리 집에는 있다. 그것은 베이스먼트의 그의 서재를 정리하는 일인데, 그는 지하실에다 두 개의 서재를 두고 있다. 하나는 마치 도서관처럼, 진열장이 복도를 이루며 목록별로 책이 꽂힌 서재와, 사방 벽에 책이 있고 가운데 운동기구와 컴퓨터가 있는, 그래서 설교 준비를 하는 방이 또 하나 있다.

결혼 전, 내가 처음 그가 인도한 서재에 들어갔을 때, 내 난생, 개인이 그렇게 많은 책을 두고 있는 서재는 처음 봤기에 입을 다물 수가 없었다. 그래서 묻는다는 말이, "이 책 다 읽었어요?"였는데 그가 말했다. "거의 다 읽었는데 지금까지 읽는 것도 있다."라고.

내 마음이 제임스 힐스 목사에게 조금 관심을 갖게 된 것도 처음에는 그 어마어마하게 많던 책 때문이었을 것이다. 그 많은 책을 다 읽었다면 머리 속에 다 남아 있지 않다 하더라도 그의 정신세계는 읽은 책의 지식으로 참으로 깊고 넓을 것이라는 생각을 했기 때문이다. 내가 그렇게 그의 많은 책에 대해 관심을 유난히 가진 이유는 나 또한 책과 연관 있는 일을 하는 작가이기 때문인지도 몰랐다. 그렇게 그가 책을 많이 소장을 할 수 있는 이유를 나는 평소 손에서 책을 놓지 않는 그의 독서 습관을 통해 짐작할 수 있다.

그런데 그 때는 엄청난 분량의 책만 보이더니 결혼을 한 후에는 책보다는 어지럽혀진 서재가 눈에 더 들어오는 것이었다. 연세 드신 분이 혼자 일을 하다 보니 일일이 정리해가며 일을 하기보다 일하기 손쉽게 이 곳 저 곳에 늘어놓은 채 한 것이 이제는 서재가 질서를 잃은 책으로 정신을 산란하게 하는 것이다.

"8월에 정리를 할 거야, 걱정 마."

그는 내가 "서재 정리 좀 하고 살자."라고 하면 첫 번째 아시아 여행한 후인 8월에 한다고 했는데 그 때 하지 못한 것이, 내가 보기에 시간이 없기 때문이었다. 그렇다고 내가 마음대로 할 수도 없는 것이 무슨 책이 무슨 책인지 모르기 때문이다. 그 일은 지금도 못하고 있는데 내 생각에는 그의 공부가 끝나는 그 때까지는 이 상태로 살아야 하지 않을까 싶다. 그러자니 내 마음이 마치 오랫동안 목욕을 하지 않은 것처럼 늘 개운하지가 않은 것이다.

오늘 나는 아침 운동을 하면서도 내내 혼자 속으로 생각을 했었다. '혼자라도 일단 일을 저지르고 보자.' 라고. 그리고 그가 교회로 출근을 한 후, 전기톱과 내 팔뚝만한 전정가위, 그리고 자른 가지들을 담을 비닐 봉투를 준비해 정원으로 나섰다. 이웃 여자들이야 우아하게 살든 말든 나는 내 방식대로 살아야 했다. 솔직히 그가 모르게 일을 해놓고 좀 놀라게 해주고 싶은 마음도 있었다. 말하자면 '나 잘했지?' 하고 생색을 내고 싶었던 것이다.

아직은 꽃을 몇 송이 매달고 있는 국화도, 내 목까지 자란 라벤다도, 그리고 이름 모를 시든 모든 화초에다 전기톱을 대니 아주 쉽게 잘렸다. 그리고 아이들 두세 명은 족히 들어갈 비닐 봉투 두 개에다 잘려진 화초를 담는데 등에 땀이 흐르고 나중에는 머리 속까지 땀으로 흠뻑 젖었다. 성질 급한 사람이 우물 판다고, 저질러놓고 보자고 대뜸 시작은 했는데 그 일이 실은 장난이 아니었다.

"근데 이거 제대로 하긴 한 거야?"

마구 잘라놓고 휘이 둘러보니 어쩐지 휑한 것이 잘라야 할 것을 잘랐는지 아닌지 판단이 서지 않는 것이었다. 사실 지난 늦겨울, 봄 채비를 할 때는 자르는 일이 아니었어도 미국에 사는 정원사가 와 종일 다듬고 손질을 해주고 갔는데 자르는 일이야말로 전문가가 해야 할 일인 것 같았다.

"실컷 일하고 원망만 듣는 거 아냐, 짐 목사 머리처럼?"

휑뎅그렁해진 정원을 물끄러미 바라보노라니 문득 지난 봄, 이 곳에 와 처음으로 내가 그의 머리를 깎아준 일과 내가 미장원에서 머리를 자른 일이 떠올랐다.

결혼한다고 나는 서울에서 퍼머도 하고 머리를 좀 다듬고 왔고 힐스 목사도 이발을 했는데 그것이 금방 자랐다. 나는 평소 화장을 하는 일로 얼굴에는 그리 신경을 쓰지 않아도 머리 모양에는 무척 신경을 쓰는 편이었다. 그것은 얼굴은 어차피 이렇게 생겨버렸고, 나이 쉰이 넘은 여자가 가꿔봐야 그 얼굴이 그 얼굴이지 싶은데, 머리 손질은 좀 하느냐 하지 않느냐에 따라 분위기가 엄청 달라진다고 내가 생각을 하기 때문이었다. 우리 나이에 피부의 팽팽함을 내세울 수가 있을까, 티 없는 깨끗함을 내세울 수가 있을까, 예쁜 모습을 내세울 수가 있을까? 그냥, 나이 이상으로만 봐주지 않는다면 그것으로 황송할 따름인데 그것을 머리 모양으로 적당히 커버를 할 수 있다고 나는 생각을 하고 있었다. 그래서 하이웨이로 한 시간 반을 달려 한국인이 운영하는 미장원엘 가는 이웃과 동행을 하기로 했다.

미용사에게 내가 원하는 스타일을 말하고는 퍼머를 말고 컷을 할 동안 맡겨둔 채 깜빡 졸다 눈을 떴다. 어머나, 그런데 이게 웬일이야? 그 우아하던 내 머리를 아주 상고머리로 만들어 놓은 것이었다.

"내 머리 어떡해!"

추운 겨울에 나이에 어울리지 않게 선머슴아 같은 모양을 하고 미장원엘 나서려니 어찌나 화가 나던지 나는 정말 울고 싶었다. 그런데 힐스 목사는 "My Chicken, 참 이쁘다, 내가 어디서 이런 이쁜 색시를 데려왔을꼬?" 하며 이리 보고 저리 보고 하는데, 나는 거울을 볼 때마다 속에서 솟구치는 열을 참아야 했다.

그 겨울을 다 보내고 지금까지 그 길로 미장원엘 가지 않았다. 그러니까 이 곳에 온 지 12개월 째, 그 때 꼭 한 번 미장원엘 간 후 그 뒤부터는 집에서 내가 내 머리를 자르는 것이다. 그 일이 가능한 것이, 머리 숱을 치는 미장원용 가위와 전기 헤어 커트가 집에 있기 때문이다. 그리고 힐스 목사의 머리도 길어졌다. 그는 주로 이탈리안 이발사가 있는 단골 이발관에 가는데 하루는 내가 이런 생각을 했다.

'내 머리도 내가 깎는데 숱 적은 그의 머리쯤이야 헤어 커트 있겠다 식은 죽 먹기이지.'

그래서 물었다. "짐, 내가 머리 깎아줄까요?" 하고. 그랬더니 그가 좀 미심쩍은 눈으로 날 바라보더니 "Chicken, 당신, 전에 남의 머리 깎아준 경험이 있나?" 하고 도로 묻는 것이었다. 경험? 그러니까 내 솜씨를 못 믿겠다는 뜻인데… 그렇다고 포기할 내가 아니었다.

"한 번 믿어봐라, 내가 많이는 아니지만 내 동생이 대학 다닐 때 몇 번 깎아준 적이 있다. 내가 내 머리를 깎는 것으로도 머리를 얼마나 잘 깎는지 짐작할 수 있잖아?"

그래서 머리를 깎았는데, 그 다음 주일 교회에 갔다 온 그가 말했다.

"교인들이 모두 웃었다, 내 머리 때문에. Terrible!"

그 뒤로 그는 절대로 내게 머리를 맡기지 않는다, 내가 미장원엘 가지 않는 것처럼.

일찍 와 내가 말끔하게 손질을 해놓은 정원을 봐야 하는데 그는 교회에서 늦게 와 어두워져서 그 날은 못 보고, 다음 날은 비가 와서 못 보고, 어제는 처음으로 한 겨울처럼 내리는 눈 때문에 못 보는 줄 알았는데 친구를 만나고 집에 오니 그가 말했다.

"Chicken, 당신 정원 손질 잘 했더라, 머리로 실습 많이 하더니 아주 전문가가 다 됐던데?"

어제 내린 눈의 뒤끝이라 오늘은 바깥 날씨가 아주 쌀쌀하다. 급한 성질에 못 이겨일을 해 놓고도 원망 들을까 걱정했는데 힐스 목사는 칭찬을 한다. 정말 잘 했다고 여겨져서 칭찬을 하는 것인지, 어차피 한 일, 기분이나 좋게 하자고, 그리고 다음에 또 하라고 하는 칭찬인지는 감은 잡을 수가 없는데 나는 그 칭찬이 싫지는 않다. 그래서 그가 은행에 간 사이에 이 글을 쓰다가 잠시 멈추고 나 혼자 정원을 한바퀴 둘러보고 왔다.

우아하던 내 머리가 상고머리가 되어있던 그 때처럼 뭔가가 아주 깡총하고 휑하지만 그것이 겨울 정원이니 사람 머리 모습과야 비교할 수가 없는 일. 그래서 내가 생각해도 마음이 뿌듯하다. 급한 김에 마구 판 우물에서 한 바가지, 단물을 길어 마신 기분이다.

억울한 노 목회자

　우리 집이 있는 거리에는 매 주 화요일 오전에 쓰레기 수거 자동차가 온다. 쓰레기 수거 요일은 거리마다 다르다. 내가 사는 타운 하우스는 7가구씩 길 하나를 사이에 두고 서로 마주하여, 14가구의 주민이 살고 있다. 지은 지 5년쯤 된 이 집은, 1800년대에 지은 집도 많은 이 동네에서는 아주 새 것에 속하는 편이다.

　이 집은 힐스 목사가 전 부인이 세상을 떠난 후, 미국 땅의 집을 떠나 짓고 있을 때 산 것으로, 시설이나, 여러 가지 이유로 연세 드신 분들이 노후를 조용하게 누리며 살기에는 안성맞춤인 집이다. 그도 그럴 것이, 이 곳의 주택들은 일주일, 혹은 열흘 정도에 한 번씩 잔디를 깎아야 하고 또 겨울에는 눈이 잦은데 그 많은 눈을 치워야 하고, 그리고 가을에 이 우거진 수목이 떨구는 나뭇잎들을 일일이 긁어모아 쓰레기 차량이 오면 버려야 하는데, 그 힘든 일을 할 필요가 없기 때문이다. 잔디도, 눈도 낙엽도 적잖은 일거리인데 타운 하우스 관리하는 곳에서 현관 앞까지 깨끗이 치워주기 때문이다.

　그런데 집 주인들이 해야 하는 것이 있는데 그것은 바로, 우리 집처럼 맨 가의 집은 쥐똥나무(어쩌면 아닐 수도) 울타리를 다듬어 주는 일과 정원 가꾸기, 자신의 집 쓰레기는 스스로 처리해야 하는 일이다. 매 주 화요일에는 아침 운동을 하고 오는 내 마음이 조금 조급해진다. 왜냐하면 성질 급한 이웃들은 이미 쓰레기 상자를 길 옆에다 내다놓았기 때문이다. 플라스틱과 캔, 그리고 종이류와 일반 쓰레기의 구분을 집안에서 할 수 있도록 제각기 다른 용도의 쓰레기 박스가 있어 이미 분리 수거는 집안에서 이루어지는 셈인데, 그것은 문 앞의 길가까지 내다놓는 일을 해야 하기 때문이다. 내다놓는 것이라야 검은 비닐봉지의 일반 쓰레기와 격주제로 내다놓는 재활용 박스, 두 개뿐인데 그것이 실은 내게는 만만찮은 일이다.

내가, 정말 엎어지면 코 닿을 곳에다 그것을 갖다두기만 하면 되는 일을 두고 화요일마다 만만찮아하고 한편으로는 눈치도 보이는 이유는 바로 내 이웃 때문이다. 내가 이 곳에 온 지, 벌써 11개월째, 매주 어김없이 쓰레기 수거 차량은 오는데, 나는 지금까지 그 쓰레기를 이웃 여인들이 길가까지 내놓는 모습을 한 번도 본 적이 없다. 내 옆집이나, 건너편 집, 그리고 다른 이웃들, 그들은 쓰레기 수거하는 날 절대로 바깥에다 얼굴을 내밀지 않고 오직 집안의 남자들이 그 박스와 봉지들을 길가에다 내다 놓는다.

처음 한동안 그 모습을 봤을 때, 그 때는 단순히 '이 동네는 여자들은 쓰레기를 내다놓지 않네?' 하는 생각을 했는데 그 다음부터는 '아, 쓰레기 내다놓는 일은 남자들이 하는 일인가 보다.' 하는 생각으로 바꿀 수밖에 없었다. 그도 그럴 것이 도무지 여자들이 쓰레기 봉지를 들고 다니는 모습은 눈 닦아도 찾을 수가 없었기 때문이다. 그러자니 내 마음이 편치 않게 되는 것이었다. 우리 집의 쓰레기는 내가 내다 놓기 때문이다.

이미 서울에서 나는 수 차례 어머니를 도와 쓰레기 봉지를 만들어 대문 밖에다 내다놓은 경험이 있고, 우리 집에 남자들이 있어도 쓰레기 처리는 당연히 부엌일을 하는 여자들이 하는 일로 알고 있었기에 여자들은 얼씬도 하지 않는 이 화요일이 내게는 이상도 하고 좀 눈치도 보이는 것이다. 이웃의 눈치가 보이면서도 내가 내놓는 이유는 그 시간에 힐스 목사는 부엌에서 아침 식사 준비를 하고 있기 때문이다. 내가 쓰레기를 내놓으면서 행여 이웃이 볼까 눈치를 보는 이유는 행여 이웃이 힐스 목사를 오해할까 하는 것 때문이다.

'힐스 목사가 한국에서 힘 좋게 보이는 여성 하나 집안에다 들여놓더니 이제는 쓰레기도 안 치우고 팔자 늘어졌다.'

혹, 그렇게 여길까봐.

여자들이 쓰레기 박스를 들고 다니지 않는 이 동네의 풍토로 볼 때 그런 오해는 얼마든지 받을 수 있는 일이었다. 만일 그렇다면 그는 얼마나 억울한 일인가? 노구를 끌고 색시 먹이겠다고 토스트 만들고 샐러드 만들고 식탁을 차리느라 나보다 더 바쁜데, 단지 눈앞에 보이지 않고, 그리고 나는 쓰레기 박스 든 모습을 보인다고 그런 오해를 받는다면!

지난여름, 그가 첫 번째 여행으로 몽골과 중국에 간 사이에 서울의 내 아이가 왔는데 그 때 나는 내 아이로 하여금 어학연수도 아니고 유학도 아닌, 재혼한 어미를 만나러 오는 여행을 하게 하고 있는 죄책감에 너무나 괴로워 내 마음을 다스리는 방법으로, 전기톱으로 울타리를 자르는 일을 시작했었다. 그런데 그 전기톱 소리가 이 조용한 동네의 대낮을 두들겨 깨우는 역할을 했는데, 그 소음에 놀란 이웃 몇이 나왔다. 그들이 보든 말든 나는 내 속의 온갖 생각들을 잘라내듯 전정을 하는데, 한 남자 이웃이 내 손에 있던 전기톱을 받아들었다. 그리고 말했다.

"외숙, 당신이 왜 이 일을 하는 거야? 이 일이 얼마나 위험한데? 내가 도와줄게." 하며 그 일을 대신했었다. 그 때 내가 생각을 한 것이, '나는 내 심정이 괴로워 이 일을 하는데 남들은 모르니 다른 생각을 할 수 있겠구나, 마치 팥쥐 엄마가 콩쥐에게 하루 해 안에 벼를 다 빻아 놓아라 하고 외출을 했듯, 힐스 목사가 여행을 떠나면서 내게 이 일을 해 놓으라고 시켰다고 생각을 할 수가 있겠구나, 왜냐하면 이 사람들은 쓰레기 박스도 아내에게는 들게 하지 않으니까.' 하는 것이었다.

힐스 목사는 참으로 억울하겠다 하고 내가 생각을 한 것은 이 일뿐이 아니다. 그것은 주로 그의 많은 나이 때문에 받는 오해인데, 연세든 분이 한참이나 나이가 적은 여성을 아내로 맞았다고 하니까 '옳아, 늙으막에 수종 들 사람을 맞았구나!' 하는 생각을 하는 사람이 꽤 있는 것 같았기 때문이었다.

지난여름 어느 날에는 그가 스튜를 아주 맛있게 끓였는데, 그 날은 내가 주변에 사는 두 한국 여인들을 불렀다, 이 쪽 스타일의 스튜도 한 번 먹어보라고. 그래서 그가 만든 스튜와 다른 음식들로 근사하게 식사를 한 후 차를 나누는데, 그 모든 것이 내가 만든 것이 아닌, 그가 만든 음식이었다. 그런데 그 여인 중의 한 사람이 그가 만든 음식을 실컷 잘 먹고 차를 마시면서 "아유, 목사님은 얼마나 좋으세요, 이렇게 젊은 부인이 도와 주시니까요?" 하는 것이 아닌가? 그러니까 그 말은 "목사님, 당신은 젊은 아내 도움을 엄청 받고 있다, 그렇지요?" 하는 뜻이었다. 그 때 그는 "그렇지요, 그렇고말구요." 하는데, 나는 참 쥐구멍이라도 들어가고 싶은 심정이었다.

말이 더 젊지, 젊었기 때문에 내가 이 곳에 와 그를 돕는 일이란 정말 거의 없기 때문이다. 내가 꼭 하는 일은 일주일에 몇 번 청소기를 들고 다니는 일, 그가 음식을 만든 후면 설거지하는 일. 그러나 그릇도 내가 씻을 필요가 없다. 그리고 마른 빨래를 개켜 서랍에다 두는 일, 그 외에는 거의 내 일, 즉 글 쓰는 일을 주로 한다. 그는 늘 말한다, 이 곳에서의 나의 최우선 순위의 일은 '글쓰기' 라고. 그는 내가 설거지를 할 때는 늘 그릇을 싱크대까지 갖다 주며 말한다.

"Ruth는, 음식을 만든 사람이 설거지도 하라고 잘 말했다. 그래서 음식을 만드는 날은 내가 늘 설거지를 했다"

그러면 내가 말한다.

"어머, 그건 좀 불공평하다. 음식을 안 한 사람이 설거지를 해야지, 당신이 음식하고 설거지할 때 그 분은 뭐 하셨는데요?"

그러면 그는 이렇게 말했다.

"TV를 보기도 하고 청소를 하기도 하고… 나는 아내가 행복해하면 나도 행복했으니까."

그가 그 말을 할 때면 나는 오래 전의 그들의 모습을 머리 속으로 그려보며, '그 분 Ruth는 참으로 행복했겠구나.' 하는 생각을 하기도 한다. 그들이 이런 생각을 갖고 이렇게 살았으니 그가 음식을 만들었으면서도 설거지를 내가 하면 그는 아주 고마워하고 미안해할 수박에 없다.

실제로 그는 자신의 일을 내게 맡기는 것을 좋아하지 않는다. 그리고 내가 일일이 챙기고 싶어도 무슨 책이나 서류인지 몰라서도 못 치운다. 영어로 된 전문서적을 내가 알 수가 없다. 군데군데 책이나 서류를 어지럽혀 놓고도 자신이 정리한다고 두라고 하고, 여행을 할 때도 모든 행장을 스스로 챙기니 내가 할 일이 없다. 식사도 물론, 어쩌다 한 번씩 밥을 먹을 일이 아니고는 스스로 음식을 만들고, 그는 그 일을 아주 즐겨한다.

"외숙, 나는 뭔가를 만들어 함께 먹는 것을 좋아해, 당신은 미안해하지 않아도 돼."

마치 직무유기를 하고 있는 것 같아 내가 부엌 주변을 얼쩡대면 그는 늘 그렇게 내 마음을 편안하게 해주려 한다. 그런데 그런 그도 어떻게 해줄 수 없는 일이 바로 쓰레기를 길가에다 갖다놓는 일이다. 그는 그 때 부엌에 있어야 하기 때문이다. 이웃의 여자들은 아무도 들고 다니지 않는 쓰레기 박스를 엄청 일을 하는 것처럼 내가 들고 다니면 호기심 많은 이웃들은 분명 눈여겨 볼 텐데, 아침 식사를 준비하고 있는 그는 또 얼마나 오해를 받을까 나는 신경이 쓰이는 것이다.

그래서 화요일마다 나는 주변을 한 번 훑어보고는 아무도 거리에 나와 있지 않다 싶으면 잽싸게 쓰레기 박스를 길가에다 놓고는 부리나케 집으로 들어와버린다. 늙음도 서럽고 억울할 텐데, 단지 좀 더 나이가 적은 아내를 맞았다는 이유로, 또다시 오해를 받는다면 너무 억울한 일이기 때문이다. 사실은, 아무도 그렇게 생각하지 않을지도 모르는, 이것은 다만 나의 일방적인 생각인지도 모른다.

어디쯤 오고 있을까?

우리 집 피아노 위에는 조그마한 상자 하나가 있다. 그 상자 속에는 작은 봉투가 가득 들어 있는데, 그것은 이 곳 한국인 교회에서 준 헌금 봉투이다. 나는 아직 영주권 신청중이라 남편, 제임스 힐스 목사를 따라 미국 땅의 그가 예배를 인도하는 교회에는 가지 못하고 한국인 교회에 다니고 있다.

나는 처음 이 곳에 와, 집 근처의 외국인 교회에서 몇 주간 예배를 드렸었다. 어차피 그를 따라 갈 수 없을 바엔 집 가까운 교회에 나가는 것이 좋겠다는 것이 그와 나의 생각이었기 때문이다. 그런데 두 번짼가 그 교회에 갔더니 교회에서 조그마한 박스 하나를 내게 주는 것이었다. 뭔지를 알지 못한 나는 그냥, 내가 처음 이 교회에 왔으니 새 신도라고 선물을 주나보다 하고 받아 왔는데 알고 보니 그것은 주정헌금 봉투였다. 내가 그것을 새 신도에게 주는 작은 선물이라고 생각을 한 이유는 한국의 교회에서는 더러 새 신도에게 작은 책자나 뭔가 도움이 될 만한 것을 선물을 하기도 하는 것을 내가 알기 때문이었다.

그러다 어떤 계기로, 외국인 교회에서 집에서 자동차로 25분 정도 걸리는 한국인 교회로 옮기게 되었는데, 힐스 목사는 설교 준비를 모두 마친 토요일 저녁에는 주정헌금 봉투에다 일정한 금액의 헌금을 준비해 내게 주는 것을 잊지 않는다. 그리고 나는 다음날 교회에 그것을 갖고 간다. 그는 여행을 할 때는 미리, 매주마다 해야 할 헌금을 봉투에다 준비를 해두는데 지난 6월 7주간의 여행 때는 7개의 헌금 봉투를 만들어 피아노 위에다 내가 잊지 않도록 성경과 함께 두고 갔었다. 그 때,

나는 매주 그가 준비해 둔 봉투를 하나씩 교회에다 헌금으로 내면서 봉투 숫자가 줄어드는 것으로 그의 귀국 일정을 짐작하곤 했었다.

이번 여행을 떠나기 전에도 그는 5개의 헌금 봉투를 만들어 그 상자에 담아 피아노 위에다 얹어 두었다. 그가 피아노 위 성경 옆에다 그 헌금 상자를 두는 이유는 내가 잊지 말고 옆의 성경에다 헌금 봉투를 끼워 잘 챙겨 가라는 의미이다.

그가 준비해 둔 다섯 개의 헌금 봉투가 어느 사이 하나가 남았다. 토요일 새벽마다 있는 새벽예배를 오늘 아침에 다녀와 그가 준비해 둔 하나 남은 봉투를 성경 사이에다 넣자니 언뜻 '이제 다 지나갔네?' 하는 생각이 들었다. 이제 다 지나갔다는 의미는 5주간의 그의 여행 일정이 다 지나가고 집에 올 날이 가까웠다는 의미이다. 그 생각을 하려니 괜스레 마음이 화사해지면서 '집에 오면 마음 상하게 안 해야지' 하는 어린 아이 같은 생각이 나도 모르게 들었다.

이 곳에 처음 와 모든 것이 낯설어 참으로 나는 적응하기가 쉽지가 않았었다. 사람의 생김새도, 말도 생각도 관습도 문화도 정서도, 낯선 것 천지였는데, 나는 그 낯선 것이 마치 그의 탓 인양 '왜 이렇게 나와 모든 것이 다르냐?' 고 무척이나 괴롭혔다. 낯선 것에의 투정 속에는 내 아이에 대한 그리움으로 인한 화풀이(?) 같은 것도 있었고 완벽하게 통하지 않는 대화로 인한 스트레스도 포함되어 있었다.

거의 매일 왜 다르냐며 불평만 하다 어느 날 가만히 생각해보니, 그는 가만히 있는데 나만 맨날 불평을 하고 있었다. 그는 듣기만 할 뿐 한 번도 '그럼 너는 왜 나와 다르니?' 라고 말하지 않은 것 같았다. 오랜 습관에의 고정관념으로 치자면 연세가 한참이나 많은 그가 더 뿌리 깊어 내게서부터 다른 점을 더 많이 발견을 할 수도 있을 텐데 그는 한 번도 내게 다르다며 투정을 하지 않았던 것이다. 생각해보니 그것은 그 자신과 다른 내 것을 인정을 하고 이해를 한다는 의미였고, 그것은 곧 사랑이었다.

오늘, 한 장 남은 헌금 봉투를 이미 성경 속에 넣어두었으니 그는 이제 곧 집에 돌아온다. 5주간의 한국과 일본 선교여행을 마치고 노구를 끌고 집으로 올 것이다. 어제 전화에서 일본 사카이란 곳의 선교 일로 잘 알고 지내던 중국인 부부 집에 있다고 했는데 지금 즈음은 집으로 오는 비행기를 타기 위해 동경의 나리타 공항 근처에라도 가 있는 것일까?

어렸을 때, 내 할머니께서는 내 아버지가 장거리로 출타라도 떠나시면 꼭 내 어린 동생에게 이렇게 시키셨다.

"니 아부지, 어디쯤 오고 있는지 머리 긁어봐라."

그러면 내 어린 동생은 팔을 들어 그 앙증맞은 손으로 머리를 긁는 시늉을 하곤 했다. 동생이 아직 아기이던 탓에 팔이 짧아 정수리까지 팔이 닿지 않아 겨우 이마 정도를 긁고 있으면 내 할머니는 그러셨다.

"아이고, 니 아부지 벌써 다 왔네?"

그 때의 할머니의 얼굴은 활짝 핀 호박꽃 같았었다.

할머니께 내 아버지는 딸 넷 속의 외아들이었다. 나는 그 때마다 '할머니는 아버지가 오시고 있는 거리를 어떻게 내 동생의 머리 긁는 모습으로 알 수가 있으실까' 하는 의문을 갖곤 했다. 그 답은 지금까지도 나는 모른다. 제임스 힐스 목사, 그는 지금 어디쯤 오고 있을까? 나도 이 글을 마친 후 한 번, 그 옛날의 내 동생처럼 머리나 한 번 긁어 볼까나?

비밀의 달

타운이 온통 꽃 천지더니 그 꽃이 지니 잎들이 터널을 만들었다. 꽃보다 고운, 먼지 한 점 묻지 않은 투명한 이파리들은 늦가을까지 타운을 덮고 있었다. 생각해보니 봄부터 늦가을까지, 눈만 뜨면 대하게 되는 형형색색의 꽃과 이파리들의 빛깔에 취해 감정이 늘 들떠 있었던 것같다. 마치 와인이라도 한잔 한 것처럼. 그 나무들이 이제는 훌훌 한때의 화려함도 벗고 맨몸으로 서 있다. 아무리 아름다운 타운도 나무들이 맨몸을 하고 서 있는 이 계절에는 아무래도 을씨년스럽다. 그러나 스산하고 을씨년스러운 것은 이 계절이 주는 묘미인지도 모른다. 색조의 화려함이 아닌, 있는 그대로의, 그리고 내재된 아름다움을 한 번쯤 직시하게 하는 묘한 계절,

꽃도 잎도 떨군 채 맨몸을 한 채 서 있는 나무들을 바라보며 사람들은 잠시 자연에 도취해 있었던, 그래서 거품처럼 부글거리던 속의 감정들을 닦아내고 그 속에 숨겨진 차가운 이성을 한 번 들여다보는 계기를 만든다. 그런데 이 곳 사람들은 천성적으로 회갈색의 겨울을, 그 겨울이 주는 을씨년스러움을 싫어하나보다. 나무들이 잎을 떨구기가 바쁘게 이번에는 꽃 대신 붉은 우단 리본으로, 온갖 빛깔의 꼬마전구로 집바깥을 치장을 하기 시작했기 때문이다. 이르게는 11월 초순부터 시작해 성탄절을 앞두고 있는 지금은 집 꾸미기 경쟁이나 하듯 절정을 이루고 있다.

내가 운동을 하러 가는 호텔, The Pillar & Post는 이미 11월에 접어들면서 호텔 전체에 크리스마스 장식을 시작해, 드나드는 사람들로 하

여금 크리스마스 기분을 앞당겨 느끼게 하더니 이제는 이 타운 전체를 하나의 거대한 꽃밭처럼 꾸며 그야말로 환상적인 동화의 나라에 온 것 같은 착각을 하도록 한다.

집을 꾸미는 솜씨들도 예사롭지 않아 내가 힐스 목사에게 물었다.

"저 정도면 전문가 수준인데요?"

그랬더니 그가 말했다.

"자기 집은 가족이 주로 꾸민다. 전문가가 될 수밖에 없는 것이 이미 한두 해 하는 일이 아니거든."

그러고 보니 내 친구 데니스가 이브닝 티에 초대해 며칠 전에 갔을 때도 그 저택을 너무나 멋지게 꾸며 당연히 전문가가 꾸몄으리라 여기며 누가 꾸몄느냐고 물었더니 "내가 했어." 라고 해 감탄을 한 적이 있긴 했다. 봄부터 가을까지는 정원을 가꾸고 겨울에는 장식품으로 집을 매년 꾸미다 보니 이 사람들의 집 꾸미기는 전문가 수준이 될 수밖에 없나보다. 그들이 이 겨울에 중요시하는 것은 집 꾸미기만 아닌 것 같다. 성탄 선물을 준비하는 일로 또 이들은 무척 신경을 쓰는 것 같다.

지난 추수감사절에도 내가 아는 한 캐네디언은 미국 땅의 백화점에 갔다가 아주 사람에 치여 죽는 줄 알았다는 말을 했었는데 더구나 지금 이 성탄절을 앞두고 있는 시기임에랴! 성탄 선물 준비로 우리 집의 힐스 목사도 요즘 몹시 바쁘다. 그는 몇 번이나 선물로 무엇을 받고 싶으냐고 물었었다.

"외숙, 크리스마스 선물로 뭘 받고 싶어? 받고 싶은 것 모두 리스트를 만들어 줘."

"리스트씩이나?"

처음 몇 번은 리스트를 만들라고 해도 내가 그냥 농담으로 넘겼는데, 매일 한두 번씩 왜 선물 리스트를 보여주지 않느냐고 닦달을 하기 시작하니, 농담이 아니었네 하는 생각이 드는 것이었다. 평소 남을 돕는 일과 책을 사는 일 외에는 자신에게 돈을 쓰는 일에는 구두쇠에 가깝도록 절약을 하는 사람이라 내가 '리스트'라는 그의 말에 놀라지 않을 수 없었다.

"그래, 리스트. 당신이 원하는 것은 뭐든 써라."

"어머머, 짐, 당신 지금 맨정신으로 하는 말이에요?"

내가 그의 눈동자를 바로 쳐다보며 묻는데 "물론 맨정신이고말고."라고 그가 말했다. 그래서 내가 만든 리스트에다 로션과 파운데이션을 썼다. 서울서 갖고 와 쓰고 있는 화장품이 바닥을 보이고 있기 때문이었다.

"My a little Chicken, 당신은 그렇게 필요한 것이 없어? 뭐든 더 많이 써. 자동차도 좋고 집도 좋고 뭐든."

"뭐야?"

그때서야 내가 약간 의문을 품으며 실망을 하는데 그가 말했다.

"뭐든 필요한 건 다 써. 그 대신 몇 가지를 사든 내가 할 수 있는 것은 알아서 준비를 할 거야. 그러나 성탄일까지는 비밀이야, 12월은 비밀의 달이거든."

"비밀의 달?"

그 때서야 그가 하는 말의 의도를 알 것 같았다. 그는 내가 필요로 하는 것이 무엇인지를 알고 싶어했고 그 중에서 가능한 것은 나 모르게 사서 어느 날 내게 내놓음으로써 내가 기뻐하는 모습이 보고 싶은 것이었다. 그러고 보니 그는 이미 결혼 전에도 한 번 내게 그 방법을 쓴 적이 있었다.

재작년 11월 캐나다 여행중에 그를 처음 만나고 집에 와 이메일을 교환하며 한 달 후에 서울에서 다시 만났는데, 그 때 그가 나를 만난 자리에서 많은 선물꾸러미를 펼쳐두고는 내게 고르라고 했었다. 그 때만해도 제임스 힐스 목사는 내게 낯선 캐네디언 목회자였기에 조심스러워 덥석 선물을 집을 수도 없었는데 그래서 겨우 손을 내밀어 집은 것이 제일 작은 부피의 선물이었다. 빙그레 웃으며 날 바라보던 그가 채근을 해 펼쳐보니 그것은 일월의 탄생석 가넷이 촘촘히 박힌 팔찌와 목걸이였다.

"외숙 생일이 일월이라 탄생석으로 준비했어요. 마음에 드는지 모르겠네? 다른 것도 펼쳐 봐요, 다 외숙을 위한 선물이야."

그 때 캐나다에서 잠시 두 번을, 그것도 친구 내외와 함께 만나고 둘이서는 처음인데 테이블 위에다 수북이 쌓아 둔 선물이 모두 내 것이라니 나는 어리둥절하기도 하고 이 선물의 의미가 도대체 무엇인지를 몰라 아주 헷갈려 했었다. 그러면서 조심스럽게 하나씩 포장지를 푸니 그 속에는 여러 종류의 옷들과 친구에게 부탁해 특별히 만든 스카프까지 모두 예쁜 카드와 함께 들어 있었다. 내가 느닷없는 그 많은 선물에 놀라 어리둥절해 할 때 그는 빙그레 웃으며 행복해하는 것 같았는데, 그는 내가 그 많은 선물을 받고 분명 행복해하고 있다고 여기는 것 같았다.

그 때처럼 이 번에도 나를 놀라게, 그리고 행복하게 하면서 나를 통해 자신도 행복을 느끼고 싶은 것인지도 몰랐다. 그래서 나는 리스트에다 어차피 밑져야 본전이다 싶어 가능성 1%도 없는 자동차, 눈 속에서 신을 부츠와 러닝 슈즈, 전자 사전, 집에서 편안하게 입을 가운과 수영복, 그리고 겨울 내의와 도톰한 바지를 곁들였다. 써 놓고 보니 한 살림이었다. 그러면서 내가 물었다.

"짐, 당신은 내게 뭘 받고 싶은데요?"

그랬더니 그가 하하하 하고 웃기부터 먼저 하더니 말했다.

"My Chicken, 내 선물은 염려 마라. 나는 이미 너무나 큰 선물을 받았어. 당신이 내게는 가장 큰 선물이야."

"아이고, 저 정도면 병이다!"

내가 혀를 차며 속으로 생각했다, 그리고 말했다.

"근데 제임스 힐스 목사, 당신, 그 사랑 때문에 머잖아 쪽박 차겠다."

"나, 쪽박 안 찬다. 내 아버지는 너무나 부자시거든."

그 때 나는 또 생각을 하고 있었다,

'하나님은 참 일도 많으시다, 색시 때문에 쪽박 찰 힐스 목사 뒷바라지까지 하셔야 하니.'

요즘 그는 교회에 가지도 않는 날도 자주 나 몰래 어딘가 나갔다 오곤 한다. 평소 같으면 교회 일 아니면 절대로 혼자 나가는 일이 없는 사람이다.

그래서 내가 물었다,

"어디를 그렇게 혼자 다니느냐?"

"비밀이야, 12월은 비밀의 달이거든."

그러면서 덧붙였다.

"자동차 트렁크는 당분간 절대로 열지 마라."

비밀이라니 더 궁금해 자꾸 물으려니 그가 컴퓨터 앞에 앉더니 뭔가를 써서 프린트를 해 내게 주었는데 그것은 바로 이것이다.

Oew Sook

I have no real secrets from you.

If I answered your questions now, you would really be sorry.

Because this is the season for secrets.

Just wait, and your questions will be answered anyway.

"Love is patient." (1 Cor. 13:4a NIV)

If you become silent and angry, neither you nor I will be happy.

So please do not ask again.

This is the time for happiness and joy, and sometimes, for good secrets.

You must trust me and believe me.

I love you.

Jim

이렇게 그는 비밀이라고, 묻지 말라고 말했지만 사실 나는 그가 어디를 그렇게 혼자 다니고 있는지 짐작은 할 수 있다. 아마도 그것은 나를 가장 큰 선물이라고 생각하는 제임스 힐스 목사의 나를 사랑하는 마음과 관련된 일일 것이다. 그러나 나는 모른 척한다. 왜냐하면 12월은 어차피 비밀의 달이기 때문이다.

비밀은 계속되고

어느 사이 몸은 새해 속에 와 있다. 가는 해의 끝자락을 잡고 아쉬워하고 한편으로는 오는 해를 흥분으로 기다리기도 하던 사람들도 이제는 모두들 차분히 감정을 가라앉히고 제 자리로 돌아갔다. 이제 새해를 맞았으니 사람들은 이 해를 맞기 전에 계획한 것들을 이 한 해 동안 또 이루기 위해 열심히 일을 할 것이다. 이렇게 사람들이 약간 고조되었던 기분에서 서서히 냉정을 찾아갈 때 우리 집의 두 사람, 나와 제임스 힐스 목사는 여태 조금 고조된 기분이다. 그 이유는 내일 있을 결혼 일년 기념 때문이다.

그는 이미 지난 가을부터 이 기념일에 뭔가를 하기를 계획을 하고 있었던가 본데, 그것은 서울에 있는 내 둘째 여동생을 통해 들었다. 지난 가을 그가 한국과 일본을 여행 중이었을 때 서울의 내 가족과 며칠을 함께 보낼 수 있었는데 그 때 이번 결혼기념일에 결혼식에 참석을 하지 못한 내 어머니와 내 둘째 여동생을 나 모르게 이 곳으로 초대를 하기로 약속을 했나보았다. 그런데 내 동생에게 장거리 여행을 할 수 없는 사정이 생겨 취소할 수밖에 없었다고 며칠 전에야 내 동생이 내게 말을 했다. 그들을 이 곳으로 초대를 하기로 한 이유는 한 해 동안 가족을 만나지 못한 나를 행복하게, 그리고 놀라게 해주고 싶었기 때문일 것이다. 그렇게 겨울이 오기 전부터 혼자 은밀하게 계획을 하다 결혼기념일이 있는 새해를 만났으니 여태 그 흥분이 여태 남아 있을 수밖에.

며칠 전부터 그는 내게 말했다.

"My Chicken, 우리 결혼기념일에 내가 하자는 대로 뭐든 할 수 있겠니?"

그 일이 뭔지도 모르지만, 원래 생일이든 결혼기념일이든 그리 야단
스럽게 맞아본 적이 없는 나는 그냥 심드렁하니 "그러지 뭐." 하고는
간단하게 대답을 했었다.

밋밋하고 심심한 것을 싫어하고 늘 이벤트를 생각하며 삶의 양념을
스스로 만들어 지루하지 않게 살려고 하는 그의 생각을 알기에 나는 이
생각만을 했었다.

'또 뭘 보여주려고 저러시나?'

그런데 그저께, 나이아가라 폭포 근처의 미국 땅 쪽의 은행에 갔다
오는 길에 결혼기념일에 마실 것이라며 알콜이 들지 않은 와인 한 병을
사 오는 것으로 혼자 뭔가를 시작하고 있더니 오늘은 컴퓨터에 앉아 또
뭔가 써서 프린트를 뽑아 내게 주는 것이었다. 그 것은 '2005년 1월 3
일 월요일, 제임스 힐스와 김외숙의 첫 번째 결혼기념일' 이란 타이틀
로 시작되는 내용이었다.

그리고 그 속에는 내일의 우리의 하루 일과가 적혀 있었는데, 오후 3
시에 어딘가 여행을 떠난다는 것과 내가 여행과 기념일을 위해 준비해
야 할 몇 가지를 써 놓고는 이렇게 덧붙였다.

"You must trust me and ask no questions! I love you, and I am in
love with you. Let's have a good time!"

내일 떠나 언제 돌아오는지 물었지만 비밀이라고 대답을 안 했는데
아마도 하룻밤 정도 어딘가에 가나보다 하는 짐작은 할 수 있는 것이,
실은 월요일부터 수요일까지 그는 교회로 출근을 해야 하기 때문이다.
그런데 그 속의 내게 준비를 지시한 물건들이 아주 재미있었다. 그 중
에는 수영복과 한복, 성경과 컴퓨터, 팔찌와 화장품, 그리고 밍크코트
등이다.

밍크코트는 내 어머니가 이 곳이 추운 나라라고, 추울 때 입으라고 어머니, 당신 것을 내게 주셨는데 솔직히 나는 털을 몸에 감고 다니는 것을 그리 좋아하지 않아 입기를 아주 싫어한다. 그런데 그는 내 밍크 코트를 아주 좋아하고 한복은 작년 내가 결혼식에 예복으로 입었던, 내 어머니께서 마련해 주신 것이다. 준비물로 보아 조금 우아한 여행을 생각을 하는 모양인데 그 사이 나도 힐스 목사를 닮았는지 이런 생각을 하고 있었다.

'성탄 지나간 지 얼마나 됐다고 또 저렇게 돈을 쓰고는 나중에 얼마나 허리를 졸라매려고?' 하는, 스스로 분위기 망치는 생각을. 그렇게 내게 그 글을 읽게 한 후 그는 기념일 이브이니 골프클럽으로 가자고 했다. 골프 클럽은 가끔 아침 식사를 하는, 온타리오 호수 변의 레스토랑으로, 돌이켜보니 작년 결혼 하루 전날, 이 곳에 도착을 한 힐스 목사의 자녀들과 내 형제들이 하루 전에 있던 결혼 리허설을 마치고 가서 식사를 그 곳에서 했었다. 그것은 모두는 아니었지만, 양쪽 가족이 처음 한 자리에 앉아 식사를 하는 자리이기도 했었는데, 함께 한 그 식사가, 이 이상한(?) 결혼식에 참석하기 위해 먼 길을 오긴 했지만 여전히 못마땅해 긴장을 하고 탐색하는 눈길을 거둘 줄을 모르던 내 가족의 마음을 좀 누그러뜨리는 역할을 했었다.

그와 함께 저녁 식사를 하면서 나는 생각을 했다.

'참, 지금까지 내가 살아온 방법과는 다르게 사는구나.'

오래 전 내 아이 아버지와는 꼭 십 년을 살았는데 우리는 처음에는 결혼기념일이고 뭐고 그리 생각을 하지 못한 채 살았었다. 그도 그럴 수밖에 없었던 이유가 몸 불편하신 시아버지가 계셨고, 정신이 온전치 않은 시누를 모시고 살았으니 기념을 할 만한 일이 있어도 우리끼리 뭔가를 표현하고 산다는 것이 그리 쉬운 일이 아니었었다. 그렇다고 가족이 모두 한꺼번에 뭔가를 누리기에는 늘 경제가 빠듯했었고 그럴 바엔 차라리 말자며 그냥 지나쳤었다. 그렇게 살다가 조금 한숨을 돌리려니 덜컹 그 사람이 아파 눕는 바람에 신혼의 달콤함이랄까, 오붓함 같은 것은 생각도 할 수 없었는데, 그 사람이 떠난 후, 내 아이가 한 해도 빠뜨리지 않고 결혼기념일에 꽃다발을 내게 안기곤 했었다.

내게 있어 결혼기념일의 가장 큰 선물이요, 가장 행복하게 하는 것은 내 아이가 안기는 꽃다발이었고 내 어머니가 기억을 하시고 꽃이나 선물, 아니면 음식을 준비하기도 하셨는데 이렇게 힐스 목사가 뭔가 계속 이벤트를 궁리하고 나를 놀라게 할 뭔가를 계획하고 있으니 나는 뒤늦게 별천지에 와 있기라도 한 듯 정신이 다 어질할 정도이다. 그러나 그것뿐 아니었다. 힐스 목사야, 남편이라고, 뒤늦게 맞은 색시가 이뻐 못 견뎌 그럴 수 있다고 하지만 성도들까지 우리의 결혼기념일을 두고 흥분을 하는 데는 정말 의아하기조차 하다.

우리 집에는 지난 크리스마스에 많은 카드가 왔었는데 대부분이 성도들이거나 친구들이었다. 그들은 성탄 축하와 함께 우리의 결혼 일주년도 축하를 한다는 글귀를 넣어 남의 결혼식 기념일을 어떻게 그렇게 잘도 기억을 하고 축하를 하는지 내가 좀 신기해했는데, 오늘은 그가 교회에서 오는 길에 자동차에다 큰 선물 박스 하나를 싣고 와 더 놀랐었다.

"외숙, 내 교인이 우리 결혼기념일이라고 직접 만들어 준 거야, 당신이 풀어봐."

'이제는 선물까지?'

하도 상자가 커서 나도 궁금해 열어보니 세상에, 십자수로 만든 결혼 축하 액자와 아주 포근한 실로 뜨개질을 한 큰 미색 블랭킷이 카드와 함께 얌전히 들어 있는 것이었다.

블랭킷은 우리로 말하자면 주로 편안한 의자에 앉기를 즐기는 이 사람들이 의자에 앉을 때 무릎을 덮는 방석 몇 개 크기의 작은 이불 같은 것이다. 내가 만난 적은 없지만, 그 정도는 널싱 홈에 계시는 연세 드신 분으로, 직접 뜨개질을 하여 블랭킷을 만들고 십자수를 놓아 액자를 만든 것이다.

원래 바느질 솜씨가 없고 또 바느질하기를 좋아하지 않지만 잘 하는 사람들을 나는 참 돋보는 편이다. 그들의 여성스러움이랄까, 알뜰함과 좋은 재능에 대한 존경심을 갖고 있다. 더구나 바느질감을 들고 그 속에 열중해 있는 여성의 모습, 얼마나 아름다운가? 내 올케들이 워낙 뜨개질이나 퀼트 등을 잘 해 나는 주로 바느질은 한국 여성들이 잘 하는 줄 알았는데 이 곳 사람들도 뜨개질이나 특히 십자수는 정말 잘하고 즐겨 하는 것 같다. 힐스 목사의 돌아가신 어머니도 십자수로 만든 쿠션이며 갖가지 소품을 남기셨고, 그의 전 부인, Ruth의 퀼트나 뜨개질 솜씨가 대단하다는 것은 그 분이 남겨둔 여러 가지 집안의 물건들을 통해 짐작할 수 있다.

힐스 목사의 친구 중에는 컴퓨터를 잘 아는 사람이 있는데 그는 교직에 있다가 퇴직을 한 분으로, 우리 결혼식에 남편은 피아노 반주를, 아내는 축송을 불렀을 뿐 아니라 힐스 목사와 내 컴퓨터가 이상이 있을 때는 미국 땅에서 와 곧 잘 봐 준다. 그들은 꼭 내외가 함께 내 집엘 오는데 남편이 와서 컴퓨터를 만질 동안 아내는 늘 십자수를 놓는 모습이 아주 인상적이었다.

한 번은 십자수를 놓으면서 아주 큰, 그러니까 웬만한 접시 크기의 렌즈를 목에 걸고 와 그것을 십자수를 놓을 때 마치 물안경처럼 쓴 채 수를 놓았었는데 알고 보니 워낙 정교하고 작은 수를 놓아야 하므로 써야 하는 확대경이었다. 그녀도 내 결혼식에 축송뿐 아니라 십자수로 만든 아름다운 시가 새겨진 액자를 만들어 선물을 해 내가 그 솜씨를 감탄했었고 늘 아낀다.

이렇게 남의 결혼기념일이 뭐 그리 대단하다고 기억을 하고는 카드를 보내고, 또 선물을 보내는 이 곳 사람들이 나는 좀 의아하고 그러면서도 그들의 축하를 아주 행복한 기분으로 누리고 있다. 남들도 이러하니 그의 흥분은 짐작을 할 만하다.

작년 이 밤, 나는 서울에서 며칠 늦게 도착을 한 내 동생들과 내 아이와 만나, 내가 미리 와 머물고 있던 호텔에서 방 몇 개를 더 얻어 지내고 있었다. 나이 쉰을 넘겨 하게 될 결혼은 야릇한 흥분보다는 솔직히 긴장과 두려움, 미래에 대한 불안으로 잠을 잃게 했었다. 그런데 어느 사이 세월은 흘러 나는 심경이 복잡하기 짝이 없던 그 밤들을 다 보내고 이제 다시 되풀이되는 그 날을 하룻밤 앞두고 있다.

그 때보다 솔직히 지금이 더 야릇한 기분이라고 할 수 있는데 그것은 아마도 힐스 목사가 은밀히 계획하고 있는, 그러나 나는 모르는, 내일 있을 비밀의 여행 때문일지도 모른다. 그가 절대로 미리 대답은 할 수 없다고 못을 박듯 말을 한 그 비밀의 여행, 그것은 어쩌면 엎어지면 코 닿을 곳에 있는 나이아가라 폭포 근처의 어느 호텔일 수도 있을 것이다. 그러나 아무려면 어떠랴! 어쨌든 내일은 우리의 결혼기념 한 해째가 되는 날인 것을.

그 날이 귀하고 조금 흥분되는 또 다른 이유는 그간의 크고 작은 온갖 낯선 것들을 서로가 잘 이겨내고 우리가 함께 이 시간까지 왔기 때문일 것이다. 이 시간까지의 과정 속에, 그리고 앞날의 우리의 삶까지 우리에게만 맡기지 않으시고 늘 동행하심을 우리로 하여금 깨닫게 하시는 주님의 사랑 때문일 것이다.

드디어 비밀의 베일은 벗겨지고

남들은 모두 제자리로 돌아간 것 같은데 새해의 벽두부터 제임스 힐스 목사 와 나, 둘이서만 동동거리며 바쁜 것 같았다. 사실, 나는 그리 바쁠 일이 없었는데 힐스 목사 혼자 무슨 일로 바쁜지 아주 바람을 날리며 다녔다. 오늘이 새 해의 나흘째, 지금은 한숨을 돌렸는지 편안한 자신의 의자에 앉아 TV를 켜 놓고 졸고 있다. 사람의 몸이 무쇠도 아닌 터에 그렇게 혼자 바빴으니 졸릴 만도 하다. 사실, 이 글을 쓰고 있는 나도 지금 좀 피곤하다. 여행(?)에서 돌아와 방금 컴퓨터에 앉기 전까지 부엌에 있었기 때문이다. 오늘 저녁에는 나의 중국 여인 친구 준 가족이 저녁을 함께 하기 위해 우리 집엘 오는데 준비를 좀 해야 했기 때문이다.

오늘의 저녁식사는 예정에는 없던 것으로, 순전히 준과 탐의 착각 때문에 갑자기 생긴 저녁 초대이다. 게다가 준의 아들과 준의 남편의 전처의 아들까지 데리고 오겠다니 준비를 하지 않을 수 없었다. 준과 탐은 어제 우리와 함께 식사를 했어야 했다. 며칠 전부터 결혼 일년 기념 여행을 간다고, 준비물까지 적어주던 힐스 목사가 어제 갑자기 준비물 중에 밍크코트는 준비하지 않아도 되겠다고 말했는데 그 이유는 갑자기 봄 날씨처럼 포근해진 날씨 탓이었다.

"외숙, 밍크코트는 준비하지 않아도 되겠다. 날씨가 포근해서 입으면 오히려 이상할 것 같아. 아, 하나님께서 하필 이 날을 포근하게 하시다니…"

날씨 포근하니, 그래서 잔디를 푹 덮고 있던 눈이 녹고 초록의 잔디가 다시 눈을 뜨고 내다보니 나는 살 것 같구만 그는 계획한 밍크코트를 못 입는다고 실망을 했다. 그렇게 밍크코트를 제외하고 하라는 대로 준비를 하는데 내가 주로 파티에 갈 때 입는 가짜 진주가 앞에 수를 놓은 검정 벨벳 원피스를 한복과 함께 준비를 하라고 했다.

"여행가서 저녁 한 끼 먹을 건데 무슨 옷을 이렇게 많이 준비를 해?"

내가 무슨 모델도 아니고, 그렇다고 옷이 많은 것도 아닌데 이 옷 챙겨라, 저 옷 챙겨라 하니 나는 좀 짜증이 났다. 일년 기념이면 기념인 것이지 혼자 하는 결혼도 아닌데 너무 야단스럽다 싶었다. 그러다가, '그래 까짓, 어차피 맨몸으로 있을 것도 아닐 바엔 원하는 옷으로 입지 뭐.' 하고 한복도, 원피스도 다 챙겨 자동차에 올랐다. 이미 어디로 가는지, 얼마나 걸리는지 도무지 질문은 하지 말라고 했으니, 해도 대답을 할 수 없고 저녁에는 절로 알게 된다고 했으니 자꾸 물을 수도 없어 나는 그냥 아무 것도 모른 채 자동차를 탔다. 그런데 자동차는 하이 웨이로 가지 않고 나이아가라 폭포 쪽으로 방향을 틀었다.

"폭포 쪽으로 가는구나, 그렇지요?"

내가 이제는 알겠다 싶어, 나이아가라 폭포 근처의 한 호텔에서 하룻밤 자고 오려나 보다 하고 말했더니 "가 보면 안다."라고만 할 뿐 그는 대답을 하지 않았다. 그렇게 폭포 쪽으로 머리를 두고 가던 자동차가 갑자기 온타리오 호수변으로 가면서 타운을 한 바퀴 돌고는 내가 운동을 하러 가는 호텔, The Pillar & Post로 가는 것이었다.

"뭐야, 여기였어?"

걸어서 오륙 분 걸리는 호텔을 동네 한 바퀴 돌아 들어서서는 프론트 데스크에게 주머니에서 금방 뭔가를 한 번 슬쩍 내보이고는 말도 한 마디 걸지 않은 채 바로 룸으로 가는 것이었다. 그리고 들어간 큰 룸에는 벽난로와 어쩐지 예사로워 보이지 않는 장식들, 엄청 화려한 침대와 가구들이 있었다.

"짐, 이게 우리 방이에요?"

내가 어리둥절해 묻는데 그가 말했다.

"그래, Chicken, 오늘 우리가 쉴 방이다. 쉬어보고 편하다 싶으면 쉬고 싶은 만큼 쉬다가자."

'어머나, 이 양반이 정신이 어떻게 되셨나? 이 방이 도대체 얼만데 엎어지면 코 닿을 데 집 놔두고.'

그러면서 문에 걸린 그 룸의 하룻밤 가격을 보니 평소 500불을 더 받는 곳이었다.

"돈 걱정은 마라, Chicken, 나는 돈을 어떻게 써야 하는 줄을 잘 안다."

'돈을 어떻게 써야 하는 줄을 너무 잘 알아 탈인 사람이 안다면서 이런 곳에?'

내가 어이가 없어 맹하니 쳐다보는데, 그가 말했다.

"아직 7시 저녁 시간까지는 여유가 좀 있으니 수영하고 싶으면 하고 와, 나는 좀 쉬련다."

그러나 나는 수영이고 뭐고 다 귀찮아 소파에 털썩 앉아버렸다. 이 겨울밤에 저녁은 일찍 먹고 말지 7시까지 기다릴 건 뭔가 싶었다. 그러면서 생각해보니, 엄청 호화스러운 방에 어차피 들어온 것, 언제 자주 올 것도 아닌데 누리다 가자 싶어 벽난로를 지폈다. 평소 운동 때문에 맨날 오면서도 나는 언제 한 번 이런 데 와 자보나? 하는 생각을 했었다. 비싸기도 하지만 집이 가까우니 호텔에 와 잘 일이 없기 때문이었다. 적당히 따뜻하고 안락하고 우아하니 그만 자리에서 일어나기가 싫었는데 그러다 깜박 잠이 들었다.

"외숙, 저녁 먹으러 가자, 한복을 입고 드레스는 들고 가자."

힐스 목사가 자는 나를 깨웠다.

'밥 한 끼 먹는데 정말 옷을 두 벌이나? 도대체 무슨 꿍꿍이속이야?'

참, 나는 그 속을 알지 못해 답답했지만 결혼기념일이니 좋은 것이 좋겠다 싶어 한복을 입고 원피스를 챙겼다.

한복은 내 어머니가 지난 1월 3일 내 결혼식에 웨딩드레스 대신 입으라고 맞춰주신 것이고 원피스는 내 동생이 지난 나의 결혼식에 한 번 입고는 아무래도 이 나라가 파티가 많을 거라며 날 입으라고 두고 간 것이었다. 나는 약간 굽이 있는 자주색 꽃신을 신어도 길이가 길어 잘 잘 끌릴듯 하는 치맛자락을 잡고는 지난 결혼식에 입었던 예복을 일년 만에 다시 입은 힐스 목사를 따라 레스토랑으로 갔다.

매일 드나드는 팜 트리가 휘어진 수영장을 평소처럼 수영복이 아닌, 눈에도 확 드러날 수밖에 없는 분홍 한복을 입고 걸으니 수영장의 사람들이 "뷰티플!" 하고 감탄을 하고, 나는 치맛자락에 걸려 행여 넘어지기라도 할까 아주 진땀을 흘리며 힐스 목사를 따라가는데 레스토랑 입구에서 우리 동네에서 좀 떨어진 곳에 사는 한국인 내외를 만났다.

"어머나, 여기 웬일이세요, 한복까지 입고?"

"글쎄 말예요, 일이 이렇게 됐어요."

그 내외는 반갑다는 듯 말하는데, 나는 한복까지 입고 시선을 끌고 있는 것이 부끄러워 어쨌든 빨리 레스토랑으로 들어가고 싶었다. 그렇게 레스토랑으로 가는데 힐스 목사는 레스토랑을 지나 The olde Library라는 아주 고상하면서도 화려한 방으로 향하는 것이었다. 그 곳은 지난 해, 교회에서 결혼식을 마치고 리셉션을 한 후, 양쪽 가족과 가까운 분들을 모시고 디너를 했기 때문에 내가 잘 알고 있었다. 좌석을 그 곳으로 예약을 했나 보다며 어쨌든 치맛자락에 걸릴까 그 신경만을 쓰며 라이브러리로 들어가는데, 그 이웃도 우리를 따라왔고 문을 들어서니 이미 실내에는 사람들이 가득 차 있는 것 같았다.

나는 한복 때문에 사람을 좀 피하고 싶었는데 오히려 사람이 많은 방으로 와 순간적으로 난감해 멈칫댔다. 그런데 어쩐지 시선이 내게로 쏠아지고 있는 듯했다. 그때서야 놀라 휘 둘러보니 둥근 테이블마다 아는 얼굴들이 있었다. 내가 나가는 한국인 교회의 교인들과 뉴저지와 매사츄세츠에 사는 둘째 아들 가족과 딸 가족, 토론토에 사는 내가 아는 언니 가족과 휘트니스 클럽의 친구들, 워킹 그룹 친구들, 제임스 힐스 목사의 친구들, 교인들, 내 이웃들 등. 테이블에 앉아 있던 사람들과 제임스 힐스 목사, 모든 시선들이 일제히 "와!" 하고 웃음과 감탄을 터뜨리며 박수를 치기 시작했다.

"비밀이 이것이었어?"

내가 멍하니 서 있었다. 그리고 순간 내 온 몸과 기분이 발효를 하는 것처럼 부풀어 오르는 듯하면서 이내 부웅 공중으로 떠오르는 것 같았다. 입구에 선 채 그대로 발효하여 부글부글 괴어오르는 듯한 기분을 참지 못하고 나 또한 웃음을 터뜨리기 시작했다.

"힐스 목사, 내가 손들었다!"

공모자들이었다, 제임스 힐스 목사와 그들은.

그로부터 11월부터 초대장을 받고도 또 그 시간까지 나를 여러 번 만났으면서도 눈빛으로도 한 번 힌트를 주지 않은 철두철미한 공모자들. 입이 근질거려 어떻게 버텼을까? 나는 그들의 무거운 입의 무게에 다시 한번 감탄을 했다. 아니, 무딘 나의 눈치가 오히려 어이없기도 했다.

나는 힐스 목사의 자녀들이 9시간이라는 긴 시간 동안 운전을 해, 전날 나이아가라 폭포 근처에서 묵고 있어도 몰랐고, 내가 이 곳에 와 알게 된 토론토에 사는 언니의 가족은 11월에 초대를 받았어도 몰랐고,

매주 워킹 그룹 친구들을 만나고 내 이웃을 불과 며칠 전에 만났어도
짐작도 못했고, 매일 아침 휘트니스 클럽에서 내 친구들을 만나도, 그
리고 그 친구가 웨딩케이크를 나 대신 잘라 손님들에게 줄 선물로 작은
봉투를 만들었어도 몰랐다. 미국의 내 오빠에게 초대 전화를 힐스 목사
가 했어도 나는 몰랐고, 송구영신예배 대신 참석한 파티에서 쥰 가족을
만났어도 나는 낌새도 채지 못했었고, 미국의 힐스 목사의 교회 교인들
과 많은 친구들, 그 전 교회 교인 등, 58명이 되는 사람들이 알고 찾아
도 나만 몰랐었다. 그뿐인가 그가 그 많은 초대장을 만들고, 손님 명단
을 만들었어도 나는 몰랐고 그 많은 초대장을 보내고 답을 받아도 나는
몰랐었다.

　내가 바보인 것인가, 그들이 무서운 사람들인 것인가? 내가 모를 수
밖에 없었던 이유는 있었다. 모든 초대장에 대한 참석 여부의 답장을
그는 교회의 주소로 했었고 초대장 속에는 이렇게 적혀 있었다.

Top Secret. Not a Word to Oew Sook!

Not even a Hint!

(She will have no idea of the gala nature of this event. Let's shock
her!)

　이렇게 시작을 하는 초대장은 날짜와 장소, 기입해 놓고 이렇게 당
부를 했다.

Please return the enclosed card to me in the USA, as addressed.

　그리고 외숙에게 비밀로 하고 힌트도 주면 안 된다는 위의 말을 다

시 당부를 하는 것이 초대장 내용이었다. 이렇게 철통같이 한통속(?)이 되어 비밀을 지켰으니 내가 모를 수밖에. 한참을 웃다가 생각하니 문득 울고 싶어졌다. 그것은 지금까지 나만 몰랐던 것이 억울해서가 아니라 가슴이 벅차서였다. 그것으로 낯선 곳에서 겪은 마음고생이 거품처럼 사라지는 것 같았다. 맨날 "사랑해."라고 해, 그냥 습관처럼 하는 소린가 했었는데 정말 사랑하긴 하는구나 싶은 확인 때문이랄까?

그 사랑 하나를 위해 그 복잡하고 많은 과정을 혼자 은밀하게 하느라 얼마나 고생했을까 싶은 생각도 들고, 그것도 모른 채 무슨 비밀이 그렇게 많으냐고 타박을 한 것이 미안도 하고 이루 말로 표현을 할 수 없는 복잡한 감정이 발효되면서 웃음으로, 눈물로 쏟아지려 했다. 그러나 울 수는 없었다. 감쪽같이 날 모르게 한, 미국에서 9시간을 운전해서 오고 토론토에서 오고 이웃에서 온 분들에게 나는 인사를 해야 했기 때문이었다. 그들은 나를 안고 볼을 맞추며 축하를 하고, 나는 오직 "고맙습니다."라고밖에 말을 할 수가 없었다.

제임스 힐스 목사. 이 모든 이벤트의 공모자. 그는 세상에서 제일 행복한 사람의 표정을 하고는 자리에서 일어서서 색시 자랑을 하기에 바빴다. 노목회자가 그렇게 일어서서 색시 자랑을 해도 아무도 불출이라고 탓을 하는 것 같지는 않았다. 내 눈에도 그냥, 참 색시를 무지 사랑하는구나 싶어하는 모습으로 비칠 뿐이었다. 그렇게 제임스 힐스 목사와 나, 김외숙의 결혼 일년 기념일을 야단스럽게 보냈는데 정말 보여야 할 사람이 눈에 띄지 않았다. 나야, 초대를 했는지 하지 않았는지 모르지만 그가 자꾸만 중국인 내 친구, 쥰과 남편, 탐이 오지 않았다는 것이었다.

그러고 보니 그들이 보이지 않았다. 그가 내 친구들의 주소와 전화를 어떻게 알고 다 연락을 해 토론토에서도 왔는데, 엎어지면 코 닿을 곳에 있는 준 가족을 초대하지 않았을 리 없었다. 이 곳의 초대 문화는 일단 초대를 받으면 가부간의 답을 초대한 사람에게 다시 해야 한다. 왜냐하면 레스토랑에다 예약을 해야 하기 때문이다. 그런데 분명 온다고 예약을 했는데 연락도 없이 오지 않았으니 아주 실례가 되는 것이다. 그런데 오늘 아침, 그 우아한 룸에서 하룻밤을 자고 체크아웃을 하기 전에 내가 휘트니스 클럽엘 갔더니 준이 와 있었다.

"준, 왜 어제 오지 않았니?"

내가 물었더니 그녀가 이렇게 말했다.

"외숙, 비밀인데 알고 있어? 근데 오늘이야."

알고 보니 그녀는 어제를 오늘로 알고 있었고, 그 비밀을 내가 알고 있다는 사실과 그리고 잘못 알고 있는 사실을 어이없어했다. 우리는 그렇게 한바탕 둘이서 웃었다. 그리고 어제 남은 음식을 호텔에서 냉장고에다 보관해 두었다 주기에 그 음식으로 오늘 그들을 우리 집으로 초대를 한 것이다. 그렇게 제임스 힐스 목사와 나, 김외숙의 결혼 일년 기념일은 지나갔다.

오늘 아침, 엎어지면 코 닿을 곳에 집 놔두고 너무 비싼 곳에 왔다고 타박을 하다가 우아한 스위트 룸이라는 곳에서 하룻밤을 자보니 나는 집에 오기가 싫었다. 그러나 재미 들였다가는 딱 쪽박 차기 좋은 그 방에다 미련을 두어서는 안 되었다. 그래서 주섬주섬 가방을 챙기는데 그가 말했다.

"My Chicken, 우리 하룻밤 더 자고 가자."

어머나, 목사님은 신선놀음에 도끼자루 썩는다는 말도 모르시나? 나는 행여 체크아웃시간 넘길까 잽싸게 보따리를 챙겨 집으로 왔다.

망각에 대하여

어제 저녁부터 그는 뭔가를 찾았다. 평소, 들고 다니는 가방 속을 살펴보고 그래도 안 되니 선반을 살피기도 했다. "뭘 찾는데요?" 하고 내가 물으니 '자동차 키'라고 했다. 자동차 키라면 오후에 병원심방을 다녀온 후, 어떻든 집까지 왔으니 집안 어딘가에 있을 것이기에 나는 그리 신경을 쓰지 않았다. 그러나 그가 심각하게 자동차 키를 찾는 이유는 그 꾸러미에 자동차 키만 있는 것이 아니라 우편박스 키, 집 현관문 키, 교회 자신의 사무실 키 등 어느 하나도 없어서는 안 될, 한 움큼의 키가 함께 달려 있기 때문일 것이었다. 그래도 나는 그리 걱정을 하지는 않았다, 왜냐하면 어쨌든 그는 그 키로 자동차를 집까지 몰고 왔고 그렇다면 그 키는 역시 집안 어딘가에 있다는 걸 의미했기 때문이었다.

"주머니에 없어요?"

그래도 너무 무심하면 또 관심도 없다고 할까 한마디 하는데 그는 고개를 저었다. 하긴 주머니에 있다면 왜 심각한 표정으로 찾고 있겠는가?

그는 뭔가를 잊기를 잘 했다. 특히 그가 잘 잊는 것은 안경인데, 돋보기가 없으면 글을 읽지 못하는 나와는 대조로 컴퓨터 일이나 글을 읽을 때는 오히려 안경을 전혀 필요로 하지 않을 정도이다. 그러다 보니 외출할 때는 안경을 쓰고, 집안에서는 그리 필요로 하지 않아 돌아와 어딘가 에다 벗어두면 그리 크지도 않은 집 어디에다 뒀는지 찾지 못한다. 그래서 내가 알기로 그는 안경이 네 개쯤 되는데 그것은 나도 마찬가지다.

책상 위에 하나, 부엌 식탁 위에 하나, 침대 머리맡 탁자 위에 하나,

핸드백에 하나. 이렇게 손쉽도록 챙겨두지 않으면 나는 글을 읽을 수 없다. 그가 그렇게 이틀에 한 번 정도는 안경을 잊어버리면 찾는 사람은 언제나 나다. 그가 안경을 잊어버리면 내가 늘 갑갑한데 그것은 가까운 것을 보지 못하든, 먼 것을 보지 못하든 안경 없이는 볼 수 없는 상태의 갑갑함을 내가 너무나 잘 알기 때문이다. 나는 그가 안경을 잊어버릴 때마다 어딘가에서 찾아내서는 꼭, 그냥 주지 않고 한 마디씩 생색을 낸다.

"당신 참, 비서 하나 잘 됐다. 나 안 왔으면 안경은 누가 찾을꼬?"

그러면 그는 빙그레 웃으며 말한다, "외숙 없었을 때는 다른 여자가 찾아줬지."라고.

어쨌든 그는 키를 찾고 있었고, 나는 저녁 식사 후 한 차례 더 운동을 하기 위해 휘트니스 클럽에 가야 했는데, 그 때는 내가 가진 자동차 키를 이용해야 했다. 그러고는 그도 나도 키를 잊어버렸다는 사실조차도 잊고 있다가, 토요일마다 함께 가는 새벽예배에 나서려는데 또다시 키가 발목을 잡는 것이었다.

"어디 갔어, 정말?"

그 때부터는 나도 심각해져 걱정이 되는데, 마냥 걱정만 하고 있을 수만 없어 다시 내가 가진 키로 교회까지 갔고 그리고 예배를 마친 후 교인들과 아침 식사를 위해 레스토랑엘 가야했다.

내가 나가는 한국인 교회는 토요일만 드리는 새벽예배에 많은 인원이 참석하지 않아 거의 매주 함께 식사를 한다. 그리고 한국인교회 새벽예배는 힐스 목사도 몇 년째 동참을 하고 있다. 식사시간에는 한 달 만에 여행에서 돌아온 힐스 목사의 여행 애기를 하고 또 듣느라 자동차 키는 생각도 하지 않았다. 그런데 식사를 끝내고 레스토랑의 주차장에 나왔을 때였다. 그 레스토랑에 찾아온 캐네디언 내외가 키 꾸러미를 들고는 "이것이 누구 거냐?"고 하고 있었다.

"어머나, 저 키!"

그거 어디서 났냐고 그가 묻고 내가 물으니 그들이 말했다.

"자동차 트렁크에 꽂혀 있더라."

"맙소사, 그 키를 트렁크에다 꽂아둔 채 식사를?"

그와 내가 마주보며 어이없어했다. 생각해보니 어이없기는 그것뿐 아니었다. 그 키를 자동차 꼬리에 매단 채 어제 저녁, 내가 한 시간 이상이나 운동을 하고 왔고, 그 키를 매단 채 도로에다 세워두고 새벽예배를 드렸고 그리고 아침식사를 즐겼던 것이다.

"이 나라 사람들은 남의 물건에 관심이 없는 건가, 아니면 남의 거라면 원래 손을 안 대는 건가?"

어쨌든 자동차를 집까지는 몰고 왔으니 집안 어딘가에 있다고 태평하게 있던 나도 휴우, 하고 숨을 내쉬지 않을 수 없었다. 잊어버리는 것이 어디 키와 안경뿐일까? 나도 나이가 나이인지라 돌아서면 잊어버린다. 요즘은 새로운 사람을 만나도 한 번 만나서는 기억도 할 수 없는데, 특히 이 쪽 캐네디언을 만날 때는 더욱 그렇다. 내가 만나는 거의 대부분의 사람이 얼굴이 희고 노란 머리에다, 도르르 구르는 듯한 영어를 쓰니 내가 제대로 알아듣지도 못하는 말 때문에 헷갈리고, 그 사람이 그 사람 같은 사람 모습에 헷갈려 한동안은 인사를 한 사람도 못 알아봐 맹하게 있던 적이 한두 번이 아니었다. 내 나이에도 이러하거늘, 내가 어찌 그의 망각의 증세를 탓할 수가 있을까?

망각이라고 하면 늘 생각나는 것이 있다. 내 아이의 아버지가 세상을 떠난 후 나는 마음이 싸아하게 아리거나 흔들리는 마음을 가눌 길이 없을 때는 참 많이도 그가 있는 산소를 찾곤 했다. 찾아간다고 뭔가가 해결되는 일도 없음에도 허둥대며 가 말없이 앉아 있다오면 아무런 들은 말은 없어도 마치 감옥에 있는 남편, 잠시 투명한 창 너머르 면회하고 오는 아내처럼 마음 편안해하곤 했다.

나는 그의 무덤을 찾을 때마다 꽃을 들고 갔다. 봄, 여름에는 꽃을 사기도 하고 가을에는 들꽃을 꺾기도 했는데, 내가 그렇게 한 것은 그가 생전에 내게 꽃을 주기를 즐겨했기 때문이었다. 그리 여유 있던 살림도 아니었음에도 그가 퇴근길에 한 다발 꽃을 들고 와 내 앞에 자주 내밀던 이유는 형편에 맞지 않게 여태 소녀적 치기를 벗지 못하는 아내의 취향을 그가 알고 있었기 때문이었다. 그런데 내가 갈 때마다 들고 간 꽃을 돌 화병에다 꽂아두고 와 다음에 가면 그 꽃은 영락없이 시들고 비바람에 흐트러져 볼썽사나운 모양을 하고 있기가 일쑤였다. 그러면 그 꽃을 뽑아내고 들고 간 새 꽃을 꽂는데 그러다 어느 날 문득 생각해보니, 그는 내가 꽃을 들고 그 곳에 가는 사실도 모른다는 생각이 드는 것이었다.

나는 허기진 마음으로 허이허이 달려가는데 그는 나를 모른다? 내가 그렇게 생각을 한 것은 내가 꽂아둔 꽃이 비바람에 시들고 흐트러졌어도 깔끔한 그가 그대로 둔다는 것은 결국 그는 이 땅에 없음을 의미한다고 여겼기 때문이고, 그의 영혼 또한 내가 이렇게 다녀감을 전혀 알지 못하기 때문이라는 생각을 하게 했기 때문이었다. 그것은 그의 존재가 이 땅에서는 아무 것도 아님을, 그는 역시 이 땅의 사람이 더 이상 아님을 확인하는 것밖에 되지 않았다. 그것은, 다 아는 사실이었음에도 참으로 내 마음을 못 견디게 했고, 결국 꽃을 들고 가는 행위는 그가 모르는, 나 자신의 위한 행위였다는 뼈아픈 깨달음만 얻게 했다.

그리스 신화에 의하면, 사람이 죽으면 영혼은 여러 강을 건너야 한다. 그 첫째의 강이 '비통의 강', 즉 아케론 강이고 두 번째의 강은 '시름의 강', 즉 코퀴토스 강, 세 번째의 강은 '불의 강', 즉 플레게톤 강,

그리고 이 강을 건너면 '망각의 강' 즉 레테 강이 놓여 있다고 한다. 이 망각의 강을 건넌 혼령은 이승의 일을 잊고 저승의 사람으로 다시 태어나는데 이 강은 혼령들이 행여 저승에서 이승에서의 추억으로 괴로워할까 생긴 강이라고 한다.

나는 가끔 그렇게 생각했다.

'그는 이미 레테 강을 건너 저 쪽의 사람이 된 탓에 내가 가져와 꽂아둔 꽃이 시들고 모양이 흐트러져도 그것을 모르니 버릴 줄도 모르나 보다.'

이것은 내가 한때 그리스 로마 신화에 심취해 있을 때 한 생각이었다. 사람을 일러 망각의 동물이라고도 한다. 다른 동물처럼 늘 망각하듯 살면 구태여 그런 말을 할 필요도 없겠지만 많은 기억과 함께 망각의 비중도 적지 않기에 붙여진 말인지도 모른다. 하기야, 이 작은 머리가 아무리 기억의 용량이 엄청나기로 일평생 보고 듣고 겪는 일을 다 기억한다면 기억의 무게에 짓눌려 어떻게 살 수가 있을 것인가?

망각이 편안한 것 중의 하나로 우리 여성들의 출산의 경험과 망각을 들 수도 있겠다. 첫 아이 해산 때의 고통만을 기억하자면 아무도 둘째를 가질 사람이 없겠지만 우리는 이미 그 고통을 잊은 듯하기에 둘째도 셋째도 갖곤 한다. 문제는 이렇게 망각을 해도 좋을 것을 하면 괜찮은데, 해서는 안 되는 일을 할 때가 많은데 있다. 그것은 자연스런 망각이 아니라 의도적인 망각의 경우일 것이다. 죽은 자에게는 망각이 이 땅에서의 고통을 없이할 수도 있듯이, 때로는 산 자끼리도 망각을 바랄 때가 있는데 그것은 사뭇 의도적이고 이기주의적인 발상에 의한 것이다.

가끔, 나로 인해 한 사람의 마음이 상처를 받았을 수도 있겠다 싶을 때, 나는 그 사람이 그 일에 대해 망각을 할 수 있다면 얼마나 좋을까 하는 못된 생각을 하게 된다. 그것은 그 사람의 고통을 덜어주기 위한 방법이기도 하고, 동시에 내 마음의 평안을 위한 바람 때문이기도 하다.

그러나 잊지 말아야 할 것은 잘도 잊고, 잊어야 할 것은 잘도 기억하는 것이 사람이다. 누군가가 내게 상처를 입히면 내가 못 잊어하듯, 내가 입힌 상처도 상대편은 잊지 못하는 것이 당연한 일임에도, 망각을 두고 어리석은 인간은 이렇게 어리석은 생각을 하게 된다.

어제 잊은 자동차 키를 계기로, 나는 오늘 망각의 세계로 떠났다 돌아왔다. 분주하던 가족들 속에서 떠나 이렇게 와 있으니, 생각이 많아져서일까? 해야 하기도 하고, 하지 않아도 될 온갖 생각으로 머리 속은 복잡하다. 바로 이러한 것들을 망각해야 하는 건데…

목사 아내, 처음 교회 가다

다른 교회에 다니게 될 줄은 몰랐다. 결혼을 하면 당연히 같은 교회로, 함께 선교 일을 할 수 있을 줄 알았다. 그러나 지난해 1월, 결혼식 이후, 우리는 서로 다른 교회에 다니지 않을 수 없었다. 그것도 한 사람은 미국 땅의 교회, 한 사람은 캐나다 땅의 교회로.

힐스 목사의 교회가 미국 땅에 있으니 영주권 신청 과정 중일 때는 코앞에 있는, 그러니까 나이아가라 강 하나만을 건너면 미국 땅임에도 건너갈 수가 없었다. 아니, 이미 미국 비자를 갖고 있으니 여행은 가능한데 캐나다로 다시 돌아올 수가 없는 것이었다. 그 이유로 결혼과 동시에 명색이 목회자 아내이면서도 나는 그가 설교를 하는 교회로 가지 못하고 나이아가라 폭포 근처의 한국인 교회로 나가야 했다. 언제 나올지 모르는 영주권이 주어질 동안.

지난 일월에 결혼을 한 후, 온갖 서류를 만드는 과정이 몇 개월 지나 지난 6월에 제대로 된 서류를 신청할 수 있었는데 보통 일년 이상 또는 더 걸리기도 한다고 해 나는 안달할 수도 없었다. 가뜩이나 모든 것이 낯설어 적응하기 힘든 새 생활에 영주권마저 나오지 않아 발목이 묶였다고 안달을 하면 결국 나만 힘들 것 같아 잊은 듯 지내려 했다. 그것은 도무지 방법이 없는 상황 속에서 나 자신을 다스리는 나름의 방법이기도 했다.

나는 작년 힐스 목사가 몽골과 중국, 한국과 일본, 두 차례로 나누어 두 달 반씩이나 선교 여행을 떠났어도 동행을 할 수 없었고, 지난여름 내 큰오빠가 세상을 떠났어도 갈 수가 없었으며, 내 아들이 그렇게 보고 싶어도 아이가 오는 방법 외에는 다른 방법을 찾을 수가 없었다. 갈 수 있음에도 가지 않는 것과, 갈 수 없어 가지 못하는 것의 차이는 엄청나다. 결혼 전에는 오히려 여행자의 신분이어서 마음대로 다니다가 정작으로 마음이 탈 때는 갈 수가 없으니 사람이 마치 족쇄에 묶여 있는 듯했다.

며칠 전부터 힐스 목사는 '오늘 이민국에 가면 분명 여행을 허가할 것.' 이라고, 그래서 미국에서 축하 파티하고 오자고 하는데 나는 믿을 수가 없었다. 그의 말을 믿지 못한 것이 아니라 이 나라가 정말 허락을 할 것인지를 믿을 수가 없었다. 만일 허락하면 나는 당장 내일 수요일의 Lenten Service에 참석을 해야 하고 주일마다 그와 함께 교회에 가야 하는데 도무지 확신을 할 수가 없었다. 마치 맨날 속고만 산 사람처럼. 그런데 오늘, "영주권자가 된 것을 축하합니다."라며 간단한 인터뷰를 마무리하며 이민국의 직원이 손을 내밀며 악수를 청하면서 내 발목을 묶고 있던 족쇄는 풀어졌다.

일년이 넘도록 그렇게 기다렸던, 그렇게 복잡하던 그 과정이 이제야 끝이 나고 드디어 나는 날개를 단 것 같은 느낌이랄까? 사실 엄밀히 계산을 하면 작년 6월에 서류를 신청했으니 약 8개월 만에 끝이 난 것이다. 그 길로 우리는 날 듯이 달려 미국 땅의 제임스 힐스 목사의 교회로 갔다. 교회로 가는 길에 그는 이다음 내가 운전을 할 때를 대비해 거리나 건물의 특징을 일러주고 심지어는 도로의 어느 부분에서 노면이 좋지 않아 엉덩방아를 찧을 수 있다는 것까지 알려 주었다. 그는 앞으로 내가 교회에 같이 나가면 내 노트북 컴퓨터를 어디에다 두고 글을 쓸 것인가 하는 것도 알려주었다. 우리는 그렇게 도착을 해 그의 사무실과 예배실에서 기도를 했다.

"주님께서 오늘의 기쁨을 주시니 고맙습니다."

그는 전자 올갠 위에 앉아 찬송가 두 곡을 연주한 후, 교회에 부속된 모든 방을 내게 소개 했는데, 실은 이미 내가 여행자의 신분이었을 때 한 번 와서 본 적이 있는 교회였다.

결혼을 할 것이라고 상상도 하지 않았던 그 때와는 전혀 다른 입장으로 교회에 와 있으니 인생길 참 묘하다는 생각이 들었다. 결국은 이렇게 와 있게 될 것을 인생길은 때로 왜 그렇게 그 과정이 복잡해야 하는지, 왜 그렇게 두르고 둘러서야 오게 되는 것인지. 인간이 인생을 앞질러 안다면 교만한 인간은 분명 하나님을 필요로 하지 않을지도 모른다.

하나님께서, 어차피 걸을 길을 때로는 둘러서, 때로는 험난하게 만드시는 이유는 그 길을 통해 우리가 깨닫기를 원하는 뭔가를 두셨기 때문일 것이다. 그것이 무엇인지는 각자의 삶 속에서 발견해야 할 인간의 몫이다. 그러나 그 과정이 좀 고난스럽고 둘러온다 할지라도 그 속 갈피갈피마다 우리가 깨달아 유익할 뭔가를 두셨음은 얼마나 감사한 일이며, 또 깨달아 내 것으로 취할 수 있음은 또 얼마나 큰 축복인가? 결국 그 모든 과정은 생각해 보면 하나님께서 우리를 축복하시기 위한 하나님의 방법이었다.

약속대로 둘이서 레스토랑을 찾았다. 나는 와인 한잔을 하겠다고 했다. 오늘 같은 날은 아무리 그가 목회자이지만 내 심정은 그러고 싶었었다. 그래서 와인 한잔을 하고 느긋하게 축하 식사도 둘이서 나누고는 '세상에서 가장 아름다운 일요일 오후의 드라이브 길'을 달려 집으로 왔다. 그 먼 길을 혼자 다니다가 옆에 색시를 두고 달리는 길이어서 인지 운전대를 잡은 그의 입술에서 찬송이 끊이지 않았다.

나의 위태로운 소프라노를 그의 베이스가 떡 하니 받쳐주면 놀라운 (?)화음이 된다. 그것이 놀라운 화음이 될 수밖에 없는 이유는 바로 찬송이기 때문이다. 감사해 부르는 찬송.

나는 목회자의 아내가 된 지 정확하게 십삼개월 만에 처음으로 오
늘, 남편 제임스 힐스 목사의 교회에 갔다 왔다.